Blondel

JAMES PATTERSON

New-Yorkais, président d'une grande agence de publicité, James Patterson est l'auteur d'une dizaine de romans policiers, dont plusieurs ont paru sous le nom de James Spider. La série des aventures d'Alex Cross, le psy-détective noir de Washington, a fait de James Patterson l'un des nouveaux maîtres du thriller psychologique et l'a rendu célèbre dans le monde entier.

# ROUGES SONT LES ROSES

DU MÊME AUTEUR
*CHEZ POCKET*

JACK & JILL
ET TOMBENT LES FILLES
AU CHAT ET À LA SOURIS
LE JEU DU FURET
LA DERNIÈRE PROPHÉTIE
SOUFFLE LE VENT

JAMES PATTERSON

# ROUGES SONT LES ROSES

*Traduit de l'américain par*
*Philippe R. Hupp*

JC LATTÈS

Titre original :

*ROSES ARE RED*

Publié par Little, Brown and Company



ISBN : 2-266-12322-X

*Pour Charles et Isabelle ; Lorraine et O.B. ; Maryellen et Andrew ; Carole, Jilly, Brigid et Meredith ; Theresa et Rick ; Suzie et Jack ; Artie, Harriette, Richard, Nancy, Gideon et Adam — toutes les familles dont s'inspire la famille Cross.*

Prologue

# Poussière, poussière

# 1

Brianne Parker n'avait pas une tête de braqueuse ni de criminelle — les traits doux de son visage poupin trompaient tout le monde. Et pourtant, elle savait que ce matin-là, s'il le fallait, elle n'hésiterait pas à tuer. À 8 h 10, elle serait fixée.

Il était encore tôt. Les gens rejoignaient leurs lieux de travail. Personne ne prêta attention à la jeune femme en treillis, coupe-vent bleu pastel aux couleurs de l'université du Maryland, vieilles Nike aux pieds, émergeant d'une Acura blanche à la carrosserie abîmée pour aller se réfugier sous un gros bosquet d'arbres.

Un peu avant 8 heures, elle était devant la Citibank de Silver Spring, dans le Maryland. L'agence allait ouvrir dans quatre-vingt-dix secondes. Le Cerveau lui avait expliqué qu'il s'agissait d'un bâtiment indépendant flanqué de deux ruelles avec, tout autour, des magasins qu'il qualifiait de cartons à chaussures : Target, PETs-MART, Home Depot et Circuit City.

À 8 heures précises, Brianne quitta sa cachette, juste derrière un inoffensif panneau vantant les mérites du petit déjeuner McDonald's. L'employée de banque, qui était en train d'ouvrir la porte vitrée et avait fait quelques pas à l'extérieur, ne pouvait pas la voir.

Arrivée à quelques mètres de la jeune femme, elle colla sur son visage un masque souple à l'effigie du président Clinton, l'un des masques les plus vendus aux États-Unis, ce qui vouait quasiment à l'échec toute tentative de remonter jusqu'à l'acheteur. Elle savait comment s'appelait la caissière et prononça très clairement son nom lorsqu'elle sortit son arme pour la lui enfoncer au creux des reins.

— À l'intérieur, mademoiselle Jeanne Galetta. Ensuite, vous vous retournez et vous refermez la porte à clé. Nous allons rendre visite à votre directrice, Mme Buccieri.

Elle respectait le scénario au mot près, au silence près. Le Cerveau était catégorique : un braquage de banque devait se dérouler selon un enchaînement très précis, un peu à la manière d'une pièce de théâtre. Il fallait tout savoir par cœur.

— Je ne tiens pas à vous tuer, Jeanne, mais je n'hésiterai pas à le faire si vous n'exécutez pas très exactement ce que je vous demande, au moment où je vous le demande. Maintenant, ma chérie, c'est à vous de prendre la parole. Avez-vous compris tout ce que je viens de vous expliquer ?

Jeanne Galetta hocha si vigoureusement la tête que ses lunettes à monture métallique faillirent tomber.

— Oui, j'ai compris, hoqueta-t-elle. S'il vous plaît, ne me faites pas de mal.

C'était une petite brune aux cheveux courts, pas loin de la trentaine, plutôt mignonne dans le genre banlieue, mais vieillie par son tailleur-pantalon bleu en polyester et ses ridicules chaussures à talons compensés.

— Le bureau de la direction. Maintenant, mademoiselle Jeanne. Si je ne suis pas ressortie d'ici dans huit minutes, vous mourrez. Je ne plaisante pas. Si je ne suis pas ressortie dans huit minutes, vous et Mme Buccieri mourrez. Et n'allez pas vous imaginer que je ne passerai pas à l'acte parce que je suis une femme. Je vous abattrai comme des chiennes.

# 2

Savourant son pouvoir et le respect soudain qu'on lui témoignait, Brianne suivit l'employée tremblante. Elles passèrent devant les distributeurs de billets, puis traversèrent le hall d'accueil. Brianne songeait au temps précieux qui s'était déjà écoulé. Le Cerveau avait insisté sur la nécessité de suivre le scénario à la seconde près. Seule une parfaite exécution pouvait garantir le succès de l'opération.

« Chaque minute, chaque seconde a son importance, Brianne. Et ce n'est pas par hasard que nous avons choisi d'attaquer la Citibank aujourd'hui. »

Exactitude, précision, perfection : le casse avait été réglé comme une horloge. Et elle était dans les temps. Le Cerveau avait tout prévu, avec une marge d'erreur de « 0,0001 % ».

Du plat de la main, Brianne poussa l'employée à l'intérieur du bureau de la directrice d'agence. Elle entendit le bourdonnement d'un ordinateur, puis aperçut Betsy Buccieri installée dans son beau fauteuil de cadre. L'autre la dévisagea avec de grands yeux, pétrifiée.

— Vous ouvrez votre coffre tous les matins à 8 h 05 ! Alors allez-y, ouvrez-le, et tout de suite !

— Je ne peux pas, protesta Mme Buccieri. L'ouverture est déclenchée par un signal informatique qui vient du siège, à Manhattan. L'horaire change tout le temps.

La braqueuse désigna son oreille gauche, fit signe à la directrice d'écouter. Mais quoi ? « Cinq, quatre, trois, deux... » Brianne tendit la main vers le téléphone. Qui se mit à sonner. La synchronisation était parfaite.

— C'est pour vous, chuchota-t-elle derrière son masque de Clinton. Écoutez bien.

Elle tendit le combiné à Mme Buccieri, en sachant déjà, au mot près, ce qu'on allait lui dire. Elle savait également qui était au bout du fil.

La voix que la directrice d'agence entendit n'était pas celle du Cerveau. Il ne s'agissait pas de menaces précises, mais somme toute lointaines. Non, la voix était bien plus terrifiante.

— Betsy, c'est Steve. Il y a quelqu'un à la maison, j'ai une arme braquée sur moi. Il dit que si la femme qui se trouve dans ton bureau n'est pas ressortie de la banque avec l'argent à 8 h 10 très exactement, il nous tuera, Tommy, Anna et moi. Et il est 8 h 04.

Puis plus rien. La voix de son mari s'était tue.

— Steve ? Steve !

Les larmes aux yeux, Betsy Buccieri se tourna vers la femme masquée. Elle vivait un cauchemar.

— Ne leur faites pas de mal. Je vous en supplie. Je vais vous ouvrir le coffre. Tout de suite. Ne faites de mal à personne.

Brianne répéta le message :

— 8 h 10 très exactement. Pas une seconde de plus.

Et pas d'entourloupes. Les alarmes silencieuses, l'encre indélébile, vous oubliez.

— Suivez-moi. Je ne donnerai pas l'alarme.

Dans la tête de Betsy Buccieri, tout se bousculait. Steve, Tommy, Anna. Elle entendait les noms résonner.

Lorsqu'elles arrivèrent devant le coffre Mosler, il était 8 h 05.

— Ouvrez la porte, Betsy. Nous sommes tout juste à l'heure. Nous perdons du temps. Votre famille perd du temps. Steve, Anna et le petit Tommy risquent de mourir.

Il fallut moins de deux minutes à Betsy Buccieri pour pénétrer à l'intérieur du coffre, une merveille d'acier poli dont les pistons ressemblaient à ceux d'une locomotive. Il y avait des liasses de billets empilées sur presque toutes les étagères ; jamais Brianne n'avait vu autant d'argent. Elle ouvrit d'un geste sec deux sacs de toile et commença à les remplir sous l'œil de Mme Buccieri et Jeanne Galetta, muettes. La crainte et le respect qu'elle lisait sur leurs visages n'étaient pas pour lui déplaire.

Conformément aux instructions, Brianne égrenait les minutes tout en garnissant ses sacs. « 8 h 07... 8 h 08. »

Une fois son travail effectué, elle annonça :

— Je vous boucle toutes les deux dans le coffre. Pas un mot, ou je vous abats avant de vous enfermer.

Elle souleva les deux sacs noirs.

— Ne faites pas de mal à mon mari, à mon bébé, implora Betsy Buccieri. On a fait ce que...

Brianne referma brutalement la lourde porte d'acier sur les supplications de la directrice.

Elle allait être en retard. Elle traversa le hall, déverrouilla la porte d'entrée — elle portait des gants de plastique — et sortit. Elle arracha son masque de Clinton. Son visage ruisselait de sueur. Luttant contre l'envie de courir, elle marcha tranquillement jusqu'à sa voiture comme si elle était parfaitement insouciante en cette belle matinée de printemps. Elle caressa l'idée de sortir son revolver pour faire un joli trou dans la gueule de l'œuf McMerde qui la regardait du haut de son panneau. Ah, elle ne manquait pas de cran, ça, non.

Parvenue à sa voiture, elle regarda l'heure. 8 h 10 min 52 secondes. Le décompte se poursuivait. Elle était en retard, mais c'était prévu. Un sourire se dessina sur son visage.

Elle n'appela pas Errol chez les Buccieri pour lui demander de libérer Steve, Tommy et la bonne, Anna, pour l'informer qu'elle était en possession de l'argent et qu'elle avait regagné l'Acura sans encombres.

Le Cerveau lui avait dit de ne pas le faire.

Les otages étaient censés mourir.

## Livre Premier

# Braquages sanglants

# 1

Il existe un vieux dicton auquel j'ai fini par croire quand j'étais dans la police : « Ce n'est pas parce que l'eau est calme qu'il n'y a pas de crocodiles. »

Et ce soir-là, l'eau était indéniablement très belle et très calme. Ma petite Jannie, toujours aussi gaie, tenait Rosie, notre chat, par les pattes avant. Elle dansait avec la *chatte rousse*[1], un jeu qu'elle pratiquait souvent.

« Les roses sont rouges, les violettes sont bleues », chantonnait-elle de sa petite voix mélodieuse. Jamais je n'oublierai les détails de cet instant. Amis, proches et voisins affluaient ; nous avions organisé une petite fête pour le baptême d'Alex, et j'avais bien l'intention d'en profiter pleinement.

Nana Mama nous avait concocté un extraordinaire buffet : crevettes marinées aux herbes, moules grillées, jambon cru, oignons de Vidalia, jus de fruits frais. Des odeurs de poulet à l'ail, de côtes de porc et de pain chaud — il y en avait quatre sortes, entièrement fait maison — embaumaient l'air du soir. J'avais moi-même contribué au festin en préparant un cheesecake crémeux à souhait, garni de framboises fraîches.

1. En français dans le texte. *(N.d.T.)*

Une des citations que Nana avait collées sur la porte du frigo était signée Toni Morrison. « Il y a en l'homme noir des trésors de magie et d'énergie que nul n'a jamais réussi à occulter. Mais tout le monde a essayé. » On pouvait en dire autant de ma grand-mère, me dis-je en souriant, et elle avait passé les quatre-vingts ans...

C'était un vrai bonheur. Flanqué de Jannie et de Damon, Alex dans les bras, j'accueillais nos invités. Alex était un bébé charmant. Il avait l'air heureux et souriait à tout le monde, y compris à mon équipier John Sampson, qui pourtant fait souvent peur aux bambins. Parce qu'il est taillé comme un colosse, et qu'il fait vraiment peur.

— Dis donc, je sens que c'est un petit fêtard, celui-là, me glissa Sampson avec un grand sourire.

Et Alex le regardait, béat, pas du tout impressionné par ses deux mètres et ses cent vingt-cinq kilos.

Sampson me prit le bébé, qui disparut presque entièrement dans ses mains aussi larges que des gants de boxeur et, hilare, se mit à lui babiller des mots parfaitement inintelligibles.

Christine émergea de la cuisine pour venir nous rejoindre. Elle et Alex Junior n'habitaient pas encore ici. Nous attendions tous le jour où ils viendraient s'installer dans la maison, le jour où Nana, Damon, Jannie, Christine, Alex Junior et moi ne ferions qu'une seule grande et même famille. Je voulais que Christine soit ma femme, pas simplement une petite amie. Je voulais pouvoir réveiller le petit Alex chaque matin, et le border dans son lit chaque soir.

— Je vais le garder dans les bras pour dire bonsoir à tout le monde, m'annonça John. Pour draguer les belles femmes, c'est imparable. Et je n'ai même pas honte.

Sur quoi il s'éloigna avec son précieux fardeau.

— Tu crois qu'il se mariera un jour ? me demanda Christine.

— Alex ? Le petit ? Bien sûr.

— Non, je parlais de ton complice, John Sampson. Va-t-il finir par se marier, se caser ?

Nous, nous n'étions pas mariés, mais cela n'avait pas l'air de la déranger.

— Je pense que oui, un jour ou l'autre. Tu sais, John est échaudé à cause de ses parents. Son père s'est tiré quand il avait un an et est mort d'une overdose. Sa mère était droguée. Il y a encore quelques années, elle vivait à Southeast. John a quasiment été élevé par ma tante Tia, avec l'aide de Nana.

On regarda Sampson se balader au milieu des invités, le bébé dans les bras, et il finit par brancher une très jolie femme. Elle s'appelait De Shawn Hawkins et travaillait avec Christine.

— Il se sert vraiment d'Alex pour draguer, me souffla Christine, stupéfaite. Et elle lança à sa collègue : Méfie-toi de lui, De Shawn !

En riant, je fis :

— Ah, il dit ce qu'il fait, il fait ce qu'il dit.

La petite fête avait commencé vers 14 heures et à 21 h 30, elle battait encore son plein. Je venais de chanter *Skinny Legs and All* de Joe Tex avec Sampson, devant un auditoire conquis. Rires et sifflements d'encouragement fusaient. Et John était en train d'attaquer *You're the First, the Last, My Everything.*

C'est là que Kyle Craig, du FBI, débarqua. J'aurais dû dire à tout le monde de rentrer. La fête était quasiment finie.

# 2.

Kyle avait apporté un cadeau de naissance joliment emballé et enrubanné. Et des ballons ! Mais il en fallait plus pour me berner. Kyle est un bon copain et peut-être un grand flic, mais il n'est pas du genre grégaire et il évite comme la peste tout ce qui peut ressembler à une fête ou à une réunion mondaine.

— Pas ce soir, Alex, me dit Christine avec une lueur d'inquiétude, voire d'exaspération, dans le regard. Ce n'est pas le moment de te lancer dans une nouvelle affaire sordide. Je t'en prie, Alex, ne fais pas ça. Pas le soir du baptême.

Je voyais ce qu'elle voulait dire, et je pris son conseil — ou sa menace — très au sérieux. Je sentais ma bonne humeur s'estomper.

Tu nous emmerdes, Kyle Craig.

— Non, non et non. (Je m'avançai vers lui en faisant une croix de mes deux index.) Disparais.

— Moi aussi, je suis ravi de te voir, me dit-il avec un grand sourire. (Il me donna l'accolade et ajouta, à mi-voix :) Une affaire de meurtre. Une vraie tuerie.

— Désolé, rappelle-moi demain ou après-demain. Aujourd'hui, je suis en congé.

— Je sais bien, mais on a un vrai problème, Alex. Là, ça fait très mal.

Kyle refusait de me lâcher. Il me raconta qu'il n'était à Washington que pour la nuit et qu'il avait vraiment besoin de moi. On le pressait d'obtenir des résultats. Je lui répondis une nouvelle fois non, mais il ne m'écoutait pas, et nous savions l'un comme l'autre qu'une partie de mon travail consistait justement à donner un coup de main au FBI dans les dossiers importants. De surcroît, je devais un ou deux services à Kyle. Quelques années plus tôt, il m'avait permis de participer à une enquête sur une série d'enlèvements et de meurtres, alors que ma nièce, étudiante à l'université de Duke, avait disparu.

Kyle connaissait Sampson et certains de mes autres amis et collègues. Ils vinrent donc bavarder avec lui comme s'il était venu à titre privé. Les gens l'appréciaient, en général. Moi aussi, mais pas ce soir. Il me dit qu'il voulait voir le petit Alex avant que nous parlions affaire.

# 3

Je l'accompagnai. L'enfant dormait dans un couffin, dans la chambre de Nana, au milieu de ses peluches et de ses ballons, cramponné à son ours préféré, qui s'appelait Pinky.

— Pauvre gosse, murmura Kyle en se penchant au-dessus de lui. Il est vraiment mal barré. Il aurait pu ressembler à Christine, mais il a ta tête. Au fait, comment ça va, pour vous deux ?

— Tout s'arrange petit à petit, lui répondis-je.

Malheureusement, ce n'était pas tout à fait vrai. Christine avait passé un an loin de Washington et, depuis son retour, les choses ne s'étaient pas vraiment passées comme je l'avais espéré. Nous n'étions jamais seuls, et cela me minait, mais je ne pouvais en parler à personne, pas même à Sampson ou à Nana.

— Kyle, s'il te plaît, pas ce soir. Fous-moi la paix.

— J'aimerais pouvoir te dire qu'on a le temps, Alex, mais ce n'est pas le cas. Je dois rentrer à Quantico. Où peut-on discuter ?

Je sentais la colère monter en moi. Je le conduisis sur la terrasse où se trouve mon vieux piano droit, qui comme moi a encore de beaux restes. Je m'assis sur le tabouret grinçant, pour jouer quelques notes de *Let's Call the Whole Thing Off* de Gershwin. *On laisse tomber.* Le morceau me paraissait de circonstance...

En reconnaissant l'air, Kyle sourit.

— Je suis vraiment désolé.

— Pas tant que ça, apparemment. Bon, vas-y, accouche.

— As-tu entendu parler du braquage de la Citibank à Silver Spring ? Le mari de la directrice, la nounou et le gosse de trois ans, abattus à leur domicile ?

— Évidemment. Comment veux-tu que je ne sois pas au courant ?

Ce carnage inexpliqué avait fait la une de tous les journaux. J'en avais eu l'estomac retourné et les flics de Washington étaient eux-mêmes sous le choc.

— Je n'ai pas très bien compris ce qui s'est passé au domicile de la directrice d'agence. La nana avait l'argent, d'accord ? Pourquoi ont-ils abattu les otages alors qu'ils avaient le pognon ? C'est bien ce que tu es venu me demander, hein ?

Kyle hocha la tête.

— Elle est sortie de la banque en retard. Les ordres étaient précis : la complice devait ressortir de l'agence avec l'argent avant 8 h 10. Et en fait, elle avait un peu de retard. Moins d'une minute, Alex. Alors ils ont tué le père, âgé de trente-trois ans, le petit qui avait trois ans, et la nounou. Elle avait vingt-cinq ans, et elle était enceinte. Ils ont été tous les trois proprement exécutés. Tu vois la scène de crime, Alex ?

J'ai roulé des épaules, bougé le cou. Je sentis la tension envahir mon corps. Oui, je l'imaginais, cette scène de crime. Comment pouvait-on avoir assassiné ces malheureux sans la moindre raison ?

Mais je n'étais vraiment pas d'humeur à me plonger dans une enquête, même s'il s'agissait d'une affaire d'une importance exceptionnelle.

— Et c'est pour ça que tu viens me voir ce soir ? Le jour du baptême de mon fils ?

Kyle sourit brusquement, et son ton s'adoucit.

— Tu sais, de toute façon, il fallait bien que je vienne voir ton chérubin. Malheureusement, cette affaire est d'une gravité exceptionnelle. Il est possible que l'équipe qui a fait le coup soit de Washington et même si ce n'est pas le cas, il est possible que quelqu'un d'ici les connaisse. Alex, il faut absolument que tu retrouves les tueurs avant qu'ils remettent ça. On pense que ce n'était pas un coup isolé. Cela dit, Alex, ton bébé est magnifique.

— Toi, aussi, Kyle. Tu es réellement incomparable.

— Le môme, le père, la nounou, répéta-t-il avant de s'en aller, et juste avant de passer la porte, il ajouta : C'est une affaire pour toi, Alex. Ils ont tué toute une famille.

Sitôt Kyle parti, je cherchai Christine, mais elle avait déjà disparu. J'en étais malade. Elle avait emmené Alex et elle était partie sans dire au revoir, sans le moindre mot.

# 4

Parce qu'il le fallait bien, le Cerveau gara sa voiture et poursuivit à pied. À un jet de pierre du fleuve l'Anacostia, il y avait un lotissement abandonné. La pleine lune jetait une lumière crue, blafarde, sur une demi-douzaine d'immeubles mitoyens à l'abandon, hauts de deux étages, aux fenêtres ouvertes, sans protections. Guère rassuré, il murmura : « C'est parti pour la vallée de la mort... »

Comme si cela ne suffisait pas, il se rendit compte que la planque des Parker se trouvait dans la dernière maison, tout au bout de la rue. Et au dernier étage, bien entendu. Le mobilier de leur charmant pied-à-terre se limitait à un vieux matelas taché et un fauteuil de jardin complètement rouillé. Le plancher était jonché de papiers gras. Kentucky Fried Chicken, Mickey D's...

Il entra dans la pièce en tenant à bout de bras deux pizzas encore toutes chaudes dans leur emballage et un sac en papier.

— Du chianti et des pizzas ! Il faut fêter ça, non ?

Brianne et Errol, manifestement affamés, se jetèrent sur les pizzas en prenant à peine le temps de le saluer, ce qui lui parut cavalier. Il ouvrit la bouteille, remplit les gobelets en plastique qu'il avait pris soin d'apporter pour l'occasion, les distribua, puis leva le sien.

— À nos crimes parfaits.

— Ouais, c'est ça, maugréa Errol Parker avant d'avaler deux grandes gorgées de vin. Parce que Silver Spring, pour vous, c'était des crimes parfaits... On aurait pu les éviter, ces trois meurtres.

— Je persiste et signe, insista le Cerveau. C'était absolument parfait. Vous verrez.

Ils mangèrent et burent en silence. Les Parker semblaient moroses, pour ne pas dire méfiants. Soudain, Errol commença à se frotter la gorge. Il fut pris d'une violente quinte de toux. Puis il se mit à suffoquer bruyamment. La gorge et la poitrine en feu, il ne parvenait plus à respirer. Il tenta de se lever, mais presque aussitôt se plia en deux.

— Errol, que se passe-t-il ? s'inquiéta Brianne, les traits crispés par la peur. Errol ?

Alors, elle porta elle aussi la main à son cou. Elle avait l'impression que des flammes lui dévoraient la poitrine. Elle se leva du matelas d'un bond, lâcha son gobelet, se serra la gorge des deux mains, et hurla :

— Que se passe-t-il ? Qu'avez-vous fait ?

— Ça crève les yeux, non ? lui répondit le Cerveau d'un ton parfaitement détaché, sans la moindre émotion.

La pièce se mit à tournoyer. Un spasme secoua Errol, qui s'effondra, victime d'une attaque. Brianne se mordit la langue jusqu'au sang. Tous deux essayaient désespérément de trouver un peu d'air, les mains sur la gorge. Ils avaient déjà le teint bistre.

Planté au milieu de la pièce, le Cerveau les regarda. La paralysie provoquée par le poison qu'ils avaient ingurgité gagnait du terrain. La douleur était terrible. Cela commençait par les muscles du visage, puis venaient la glotte et le fond de la gorge. Les Parker ne parvenaient manifestement plus à déglutir. Puis vint le tour des organes respiratoires. À haute dose, l'Anectine finissait par provoquer l'arrêt cardiaque.

Il leur fallut donc moins d'un quart d'heure pour mourir. Une mort atroce, comme celle qu'ils avaient infligée à leurs victimes de Silver Spring. Ils gisaient à présent sur le sol, immobiles, bras et jambes écartés. Le Cerveau savait qu'ils étaient morts, mais il vérifia néanmoins qu'ils ne respiraient plus et que leur pouls s'était arrêté. Les traits déformés, le corps comme désarticulé, ils donnaient l'impression d'être tombés d'un immeuble de dix étages.

— À nos crimes parfaits, réitéra le Cerveau en contemplant les deux cadavres figés dans des postures grotesques.

# 5

Je voulus appeler Christine le lendemain matin, mais elle filtrait toujours ses appels et refusait de décrocher. C'était la première fois qu'elle me faisait ça, et j'avais du mal à encaisser le coup. Je me douchai et m'habillai sans réussir à penser à autre chose. Et je me rendis au boulot. Je souffrais, et je sentais en moi un fond de colère.

Avant 9 heures, Sampson et moi étions déjà dans la rue. Tout ce que j'avais pu lire sur le braquage de la Citibank de Silver Spring me laissait perplexe. J'avais beau examiner le problème sous tous les angles, je n'y comprenais rien. Impossible de reconstituer l'enchaînement. Pour quelle raison avait-on assassiné trois innocents ? Les braqueurs étaient déjà en possession du butin. À quel genre de sadiques et de détraqués avions-nous affaire ? Pourquoi avoir abattu froidement un père et son enfant, ainsi que la nounou ?

La journée se révéla longue et terriblement frustrante. À 21 heures, nous étions encore à pied d'œuvre. Je tentai une nouvelle fois de joindre Christine. Elle ne répondait pas. Était-elle chez elle ?

J'ai deux calepins noirs — ou du moins ce qu'il en

reste — remplis de noms de contacts et d'indics. Nous en avions déjà vu plus de vingt-cinq, en commençant par les plus importants. Ce qui nous laissait encore largement de quoi nous occuper le lendemain, le surlendemain et le jour d'après. J'étais déjà lancé à fond dans l'enquête. Pourquoi avait-on tué ces trois personnes ? Pourquoi avoir massacré toute une famille d'innocents ?

— Je crois qu'on se rapproche de quelque chose, marmonna Sampson.

J'avais pris ma vieille Porsche pour écumer Southeast. Nous venions d'interroger un petit margoulin du nom de Nomar Martinez. Il était au courant du braquage, mais ne savait pas qui avait fait le coup. À la radio, Marvin Gaye était plus grand que jamais. Je pensais à Christine. Elle refusait que je continue à risquer ma vie dans la rue, et elle ne plaisantait pas. Moi, je n'étais pas sûr de pouvoir quitter la police. J'aimais mon travail d'inspecteur.

— J'ai eu la même impression avec Nomar, lui dis-je. On aurait peut-être dû le ramener au poste. Il était nerveux, il avait peur de quelque chose.

— Tu connais quelqu'un, à Southeast, qui n'ait pas peur de quelque chose ? Le problème rester entier : qui va bien vouloir nous parler ?

— Et si on essayait avec cet affreux, là ? lui suggérai-je en désignant le coin de la rue. Il est au courant de tout ce qui se passe dans le coin.

— Il nous a repérés, fit Sampson. Merde, il se tire !

# 6

Je braquai violemment à gauche. La Porsche dérapa et vint mordre le trottoir avec un méchant claquement d'amortisseur. On sortit tous les deux en même temps et on se lança à la poursuite de Cedric Montgomery.

— Arrêtez ! hurlai-je. Police !

Nous pourchassâmes la petite frappe dans une allée aussi étroite que tortueuse. Montgomery, qui avait déjà un certain nombre de délits à son actif, était une source d'information, mais pas un informateur. Il savait des choses, tout simplement. Il avait à peine plus de vingt ans, alors que Sampson et moi avions déjà allègrement franchi le cap de la quarantaine. Mais nous faisions de l'exercice et nous étions encore capables de courir vite — ou du moins avions-nous la faiblesse de le croire.

Cela dit, Montgomery était un rapide. Il avait une bonne longueur d'avance sur nous.

— C'est juste un sprinter, ma poule, me souffla Sampson, alors que nous étions au coude à coude. Nous, notre spécialité, c'est la course de fond.

— Police ! hurlai-je de nouveau. Pourquoi tu te sauves, Montgomery ?

Ma nuque et mon dos ruisselaient déjà de sueur.

Mes cheveux dégoulinaient, je commençais à ressentir des picotements dans les yeux. Mais ce n'était pas ça qui allait m'empêcher de courir, hein ?

— On peut le rattraper, dis-je.

Je poussai les gaz, j'accélérai, histoire d'énerver Sampson. Ce petit jeu, nous le pratiquions depuis des années. Si quelqu'un pouvait le faire...

Nous commencions à gagner du terrain. Montgomery se retourna et nous vit, horrifié, juste derrière lui. Il avait deux trains de marchandises aux trousses, et il ne pouvait pas quitter la voie.

— Allez, ma poule ! me lança Sampson. Pied au plancher ! Attention au choc !

Je donnais tout ce que je pouvais. Nous étions toujours côte à côte. Nous disputions notre petite course entre amis, et Montgomery représentait la ligne d'arrivée.

Nous le rattrapâmes au même moment. Il tomba comme un receveur pris en sandwich entre deux ailiers trop rapides. J'eus peur qu'il ne se relève pas, mais il fit un roulé-boulé, se mit à gémir, puis nous regarda, complètement hébété, en murmurant : « Putain ! »

Pas un mot de plus. On appréciait le compliment. On lui passa les bracelets.

Deux heures plus tard, au poste de la Troisième Rue, Montgomery nous déballa tout. Il avoua avoir entendu des bruits au sujet du braquage et des meurtres de Silver Spring, et voulait bien nous communiquer quelques renseignements si nous acceptions, en échange, d'oublier les quelques sacs de petite monnaie trouvés en sa possession quand nous l'avions plaqué au sol.

— Je sais qui vous cherchez, nous dit Montgomery,

avec beaucoup d'assurance. Mais quand je vais vous donner le nom, ça va pas vous plaire.

Il avait raison. Ça ne me plaisait pas. Mais alors, pas du tout.

## 7

Je ne savais pas si le renseignement de Cedric Montgomery était fiable, mais en tout cas, la piste valait la peine d'être explorée. Il n'avait pas menti en annonçant que ce qu'il nous dirait n'allait pas nous plaire. J'étais mal. L'une des personnes impliquées, selon lui, dans le braquage de la banque de Silver Spring n'était autre que le beau-frère de ma femme, Maria, tuée par une balle perdue. Errol Parker...

Avec Sampson, je passai toute la journée du lendemain à essayer de mettre la main sur lui, mais il n'était ni chez lui, ni dans les endroits qu'il fréquentait actuellement à Southeast. Sa femme, Brianne, était elle aussi introuvable. Personne n'avait vu les Parker depuis plus d'une semaine.

Vers 17 h 30, je fis une halte à l'école Sojourner Truth pour voir si Christine était encore là. J'avais pensé à elle toute la journée. Mes appels étaient restés sans réponse.

J'avais fait la connaissance de Christine Johnson deux ans plus tôt, et nous avions failli nous marier. Puis un drame horrible s'était produit, un drame dont je me sentais encore partiellement responsable. Un sadique, auteur de plusieurs meurtres à Southeast, l'avait kidnappée et séquestrée pendant près d'un an. Parce qu'elle sortait avec moi. Elle était longtemps restée introuvable, et nous la pensions morte. Puis nous avions réussi à l'arracher saine et sauve aux griffes de son ravisseur et, ô surprise, elle était maman. Elle avait mis au monde Alex, notre fils. Mais cet enlèvement l'avait marquée. Elle ne parvenait pas à appréhender la nature de ses blessures, et l'épreuve lui paraissait insurmontable. J'avais tenté de l'aider, du mieux que je pouvais. Nous n'avions pas passé une seule nuit ensemble depuis des mois, et elle me repoussait sans cesse davantage. L'arrivée de Kyle Craig n'avait fait qu'aggraver la situation.

D'ordinaire, quand Christine assurait ses fonctions de directrice à l'école Sojourner Truth, c'était Nana qui gardait l'enfant. Le soir, Christine repassait le prendre et rentrait à Mitchellville. Il fallait que ce soit comme ça.

Je pénétrai dans l'établissement par une porte de service, près du gymnase, et j'entendis des ballons rebondir sur le parquet, des rires et des cris joyeux. Christine se trouvait dans son bureau, penchée sur son ordinateur.

Elle m'aperçut sur le seuil de sa porte.

— Alex ?

Au mur, il y avait une maxime. *Prodigue tes éloges en fanfare, et tes reproches en douceur.* Christine étaitelle capable d'en faire autant à mon égard ?

— J'ai presque fini. Si tu veux bien me donner une ou deux minutes...

Elle ne semblait pas m'en vouloir, pour l'autre soir. Elle ne me demandait pas de partir. C'était déjà ça.

— Je suis venu te raccompagner, lui dis-je. Je peux même porter tes bouquins. (Sourire.) D'accord ?

— Pourquoi pas ?

Mais elle, elle ne souriait pas. Et elle paraissait toujours aussi distante.

# 8

Une fois prête, elle me rejoignit. Après avoir fermé l'école ensemble, nous marchâmes tranquillement vers la Cinquième Rue. Comme promis, je portais la sacoche de Christine, qui devait renfermer une douzaine d'ouvrages. Je me risquai à faire de l'humour :

— Tu ne m'avais pas dit que je devrais aussi porter ta boule de bowling.

— Je t'avais prévenu. J'ai beaucoup de livres. C'est parce que je réfléchis beaucoup. En fait, je suis contente que tu sois passé ce soir.

— J'avais trop envie de te voir.

C'était la pure vérité. J'aurais voulu la prendre par le bras, ou au moins par la main, mais je me retenais. Curieuse et anormale sensation. J'étais si proche, et pourtant si éloigné d'elle. Je souffrais atrocement de ne pouvoir la serrer dans mes bras.

— Il faut que je te parle de quelque chose, Alex, me dit-elle enfin. (Elle me dévisageait, et je compris, à son air, que ce que j'allais entendre n'allait sans doute pas me faire plaisir.) J'espérais que cela ne me ferait rien — de te voir travailler sur une nouvelle enquête. Mais ça me fait quelque chose, Alex. En fait, ça me rend complètement folle. Je me fais du mauvais sang pour toi, je me fais du mauvais sang pour le petit. Je m'inquiète même pour moi. C'est plus fort que moi, depuis les Bermudes. Je n'arrive plus à fermer l'œil de la nuit.

Les aveux de Christine me désespéraient. Je savais les moments terribles qu'elle avait vécus, mais elle avait beaucoup changé, et je ne parvenais pas à l'aider. Depuis des mois, j'avais tout tenté, sans le moindre résultat. Je commençais à envisager le pire : j'allais perdre non seulement Christine, mais aussi Alex.

— Je pense encore aux cauchemars que j'ai faits ces temps derniers. Ils sont tellement violents, Alex, ils ont l'air si vrais... La nuit dernière, tu étais de nouveau en train de pourchasser le Furet, et c'est lui qui te tuait. Il était là, tranquillement, et il n'arrêtait pas de te tirer dessus. Ensuite, il a voulu nous tuer, le petit et moi. Et là, je me suis réveillée en criant.

Je finis par lui prendre la main en lui disant doucement :

— Geoffrey Shafer est mort, Christine.

— Ça, tu n'en sais rien, rétorqua-t-elle. Tu n'en es pas certain.

Sur quoi, visiblement énervée, elle retira sa main.

Nous longions à présent l'Anacostia, en silence. Au bout d'un moment, Christine me parla de certains des autres rêves qu'elle avait faits. Je pense qu'elle ne me demandait pas de les interpréter, mais simplement de l'écouter. Toujours des rêves violents, dans lesquels des gens qu'elle connaissait et qu'elle aimait se faisaient mutiler, assassiner...

Puis, à l'angle de la Cinquième Rue, tout près de

chez moi, elle s'arrêta et me déclara, les yeux dans les yeux :

— Alex, il faut que je te dise autre chose. Depuis un certain temps, je consulte un psy, à Mitchellville, le Dr Belair. Il fait ce qu'il peut pour m'aider. Je ne veux plus qu'on se voie, Alex. Il y a des semaines que j'y réfléchis, et j'en ai parlé au médecin. Tu ne me feras pas changer d'avis, et j'aimerais bien que tu n'essaies pas.

Elle reprit sa sacoche et s'éloigna. Je n'avais pas eu le temps de placer un mot, mais de toute manière, j'aurais eu bien du mal à m'exprimer. Dans son regard, j'avais lu la vérité. Elle ne m'aimait plus. Le plus horrible, c'était que moi, je l'aimais toujours, comme j'aimais, bien sûr, notre enfant.

# 9

N'ayant guère le choix, je me plongeai à corps perdu dans l'enquête sur le braquage sanglant de la Citibank. Journaux et chaînes de télévision exploitaient le filon en rivalisant de sensationnalisme, et il était devenu difficile d'échapper à la photo du petit Tommy Buccieri, assassiné à l'âge de trois ans. Je me demandais si, en le tuant, on avait cherché à susciter un mouvement d'horreur.

Sampson et moi passâmes presque toute la journée du lendemain à essayer de mettre la main sur Errol et Brianne Parker. Plus je découvrais les renseignements accumulés sur eux par le FBI, plus il me paraissait évident qu'ils avaient braqué un certain nombre de petites agences bancaires dans le Maryland et en Virginie au cours de l'année écoulée. Le casse de Silver Spring ne s'inscrivait pas, en revanche, dans la même logique. S'ils en étaient les auteurs, le style avait radicalement changé. Ils étaient allés jusqu'au meurtre, et avaient fait preuve d'une brutalité inouïe. Pourquoi ?

Vers 13 heures, nous nous arrêtâmes dans un Boston Market, le temps de manger un morceau. Ce n'était pas, et de loin, notre table préférée, mais le géant avait faim, et pas question de le faire attendre. Moi, j'aurais très bien pu sauter le repas.

— Tu crois que les Parker sont sur un autre coup ? me demanda-t-il alors que nous attaquions notre pâté de viande-maïs-purée.

— S'ils ont commis le braquage du Maryland, ils doivent s'être mis au vert. Ils savent que tout le monde les recherche. De temps en temps, Errol s'offre une petite virée en Caroline du Sud. Il adore pêcher. Kyle a envoyé des agents sur place.

— Tu l'as déjà croisé, Errol ? voulut savoir Sampson.

— Surtout à l'occasion de réunions de famille, mais pour autant que je m'en souvienne, il n'est pas venu souvent. Une fois, je suis allé à la pêche avec lui. On a attrapé des grosses perches et des poissons-chats de plus d'un kilo, et il était heureux comme un gosse. Maria l'aimait bien.

Sans lâcher sa fourchette — il avait commandé une double portion de purée — Sampson me demanda :

— Tu penses souvent à Maria ?

Je me renfonçai sur ma banquette. Peut-être n'étais-je pas prêt à aborder le sujet.

— Un certain nombre de choses me font penser à elle. Surtout le dimanche. On faisait la grasse matinée, parfois jusqu'à midi, et ensuite on s'offrait un bon brunch. Ou alors on allait se balader jusqu'au bassin aux canards, près de la rivière Saint Tony. On se promenait aussi dans Garfield Park, pendant des heures. Quelle tragédie, John — qu'elle soit morte aussi jeune. Et ce qui me fait le plus mal, c'est que je n'ai jamais réussi à mettre la main sur le coupable.

Sampson avait décidé de me soumettre à un véritable interrogatoire. Ça lui prend, parfois.

— Christine et toi, ça va ?

— Non, admis-je enfin, sans réussir à lui dire toute la vérité. Elle ne s'est toujours pas remise de l'enlèvement. Je ne suis même pas certain de la mort de Geoffrey Shafer. C'est bon, là, on a fini ?

Sampson sourit de toutes ses dents.

— Tu parles de quoi, du repas ou des questions que je te pose ?

— Allons-y. On trouve Errol et Brianne Parker, on boucle l'affaire du braquage, et on rentre chez nous de bonne heure.

## 10

Vers 19 heures, nous décidâmes de faire une pause, le temps de manger un morceau. Sans doute allions-nous travailler tard, et risquions-nous d'être encore là à minuit. C'était le genre d'enquête qui nous promettait pas mal d'heures supplémentaires. Je rentrai chez moi pour dîner avec les enfants et Nana Mama.

Le repas terminé, je fis des compliments à Nana, sans avoir réellement eu le loisir d'apprécier sa cuisine. J'étais encore sous le choc de la réaction de Christine. Impossible de penser à autre chose. Et je savais bien, pourtant, que ce n'était pas la solution...

Sampson et moi, on s'était mis d'accord pour se retrouver vers 22 heures, histoire de dire deux mots à quelques oiseaux de nuit qu'il nous était difficile de coincer dans la journée. Et à 22 h 15, nous étions de nouveau dans Southeast, dans ma voiture.

Sampson avisa Daryl Snow, un petit dealer qui nous renseignait de temps en temps. Il traînait avec sa bande devant un bar-grill qui changeait régulièrement d'enseigne et s'appelait maintenant le Used to Be's — autrement dit, Anciennement.

Nous sortîmes vite fait de la Porsche pour lui tomber

dessus. Il ne risquait pas nous échapper, avec son accoutrement. Une vraie caricature. Le short en nylon pourpre par-dessus le pantalon de survêtement en nylon bleu, chemise polo, blouson Tommy Hilfiger, lunettes de soleil Oakley, bref, la tenue du dealer qui se respecte.

— Hé, le bonhomme de neige, gronda Sampson — il faisait allusion à son patronyme — t'es en train de fondre. Bientôt, il y aura plus rien.

Même les copains dealers de Snow éclatèrent de rire. Darryl était plutôt petit, et tout habillé, avec ses fringues griffées, il ne devait pas atteindre les soixante kilos.

— Ramène-toi, Darryl, lui dis-je. On va bavarder un peu. Et je ne te demande pas ton avis.

Sa tête dodelina comme celle d'une poupée suspendue à un rétroviseur, mais il s'avança vers moi.

— J'ai pas envie de vous parler, Cross.

— Errol et Brianne Parker, fis-je dès que nous fûmes assez loin du groupe.

Il me dévisagea, se renfrogna sans cesser de balancer la tête.

— C'est vous qu'étiez marié à sa sœur, ou je sais plus ? Pourquoi vous me demandez ça ? Qu'est-ce que vous avez, à toujours me tomber dessus ?

— Errol ne voit plus beaucoup sa famille, ces temps-ci, expliquai-je. Il est trop pris, il passe son temps à braquer des banques. Où est-il, Darryl ? Sampson et moi, on n'a pas à te faire de cadeau. Tu joues gros, là.

— Pas grave.

Ma main jaillit, empoigna son blouson et sa chemise.

— Si, c'est grave. Fais pas le con, Darryl.

Snow renifla, lança un juron.

— J'ai entendu dire que Brianne était du côté de l'ancienne cité de la Première Avenue. Les baraques pourries, vous voyez ? Mais j'sais pas si elle traîne toujours là. M'en demandez pas plus.

Il leva les mains, paumes tendues.

Sampson arriva derrière lui et fit « Bouh ! ». L'autre sursauta et faillit en perdre ses baskets.

— Notre ami Darryl se montre-t-il coopératif ? Je le trouve un tantinet nerveux.

— Es-tu coopératif ? répétai-je.

— Je vous ai dit où on avait vu Brianne, non ? miaula Snow, pathétique. Z'avez qu'à y aller. Allez voir, quoi. Lâchez-moi. On dirait que vous sortez du *Projet Blair Witch.* Putain, vous foutez la trouille, les mecs.

— Pas qu'un peu, ricana Sampson. *Blair Witch,* c'est que du ciné. Nous, on fait pas de la figuration.

## 11

— J'ai horreur de me retrouver dans ces trous pourris en pleine nuit, râla Sampson. C'est trop glauque.

Nous approchions de la cité à pied. Devant nous se dressaient des immeubles à l'abandon occupés par des toxicomanes et des SDF. Sinistres logements, au cœur même de la capitale des États-Unis.

— On nous rejoue *La Nuit des morts vivants.*

Sampson n'avait pas tort : les silhouettes qui erraient autour des bâtiments ressemblaient vraiment à des zombies.

— Errol Parker ? fis-je à voix basse. Brianne Parker ?

Aucune des ombres dépenaillées, aux joues creusées, pas rasées, ne daigna me répondre. On ne nous regardait même pas. On savait que nous étions de la police.

— Errol ? Brianne Parker ?

Toujours rien.

— Merci de votre aide, Dieu vous le rendra, grommela Sampson à la façon des mendiants les plus collants de Washington.

Nous entreprîmes d'inspecter chaque immeuble,

étage par étage. Le dernier paraissait totalement désert, et pour une bonne raison : c'était le plus délabré. Une vraie ruine.

— Après vous, Alphonse.

Il commençait à se faire tard, et je sentais mon Sampson perdre sa bonne humeur.

J'avais la lampe-torche. À moi de mener la marche. Nous commençâmes par les caves, comme nous l'avions fait pour les autres bâtiments. Le sol en ciment était taché, défoncé un peu partout, et des toiles d'araignée pleines de poussière tapissaient murs et plafonds.

Du pied, je poussai une porte en bois. J'entendis aussitôt des rongeurs de tailles diverses s'égayer en tous sens en grattant frénétiquement le sol comme s'ils étaient pris au piège. Le faisceau de ma torche ne dévoila que deux rats aux prunelles farouches.

— Errol ? Brianne ? leur lança Sampson.

Ils se contentèrent de répliquer par des couinements ridicules.

Nous reprîmes notre exploration d'étage en étage, au bord de la suffocation, tant l'odeur d'urine, d'excréments et de moisissure qui régnait dans ces lieux humides était insupportable.

— J'ai vu des Holiday Inn mieux tenus, dis-je.

Sampson se dérida légèrement.

J'ouvris une autre porte d'un coup d'épaule, et une vague de puanteur déferla aussitôt sur nous. L'odeur caractéristique de la mort. Le pinceau de ma torche balaya les corps de Brianne et Errol. Ils n'avaient plus rien d'humain. La chaleur qui régnait dans le bâtiment avait hâté le processus de décomposition, et j'estimai que le décès remontait à plus de vingt-quatre heures.

Je braquai la Maglite sur Errol, puis sur Brianne.

Soupir, et petit sentiment d'écœurement. J'eus une pensée pour Maria, qui ne détestait pas entièrement Errol. Lorsqu'il était petit, mon fils Damon l'appelait même oncle Errol.

Brianne avait le regard voilé, comme si elle souffrait de la cataracte. Sa mâchoire pendait. Errol offrait à peu près le même spectacle. Je songeai à la famille exécutée à Silver Spring. À quel genre de tueurs avions-nous affaire ? Pourquoi s'étaient-ils débarrassés des Parker ?

La poitrine de Brianne était dénudée, et son jean avait été tiré jusqu'aux genoux. On voyait ses cuisses et son slip rouge.

Que fallait-il en déduire ? Le tueur avait-il emporté son chemisier ? Quelqu'un d'autre s'était-il introduit dans les lieux après le double meurtre ? Le corps de Brianne avait-il été soumis à des attouchements après son décès ?

La perplexité se lisait sur le visage de Sampson.

— Je n'ai pas l'impression qu'il s'agisse d'une overdose, me dit-il. C'est trop violent. Ces deux-là, ils ont souffert.

— John, lui soufflai-je, je pense qu'il est possible qu'ils aient été empoisonnés. On a peut-être voulu les faire souffrir.

J'appelai Kyle Craig pour le tenir au courant. Nous avions partiellement résolu l'affaire du braquage de Silver Spring, mais il y avait encore au moins un assassin dans la nature.

12

Une autopsie pratiquée de toute urgence confirma mes soupçons : Errol et Brianne Parker avaient bien été empoisonnés. L'ingestion d'une forte dose d'Anectine avait entraîné une série de contractions musculaires, puis l'arrêt cardiaque. Le poison avait été introduit dans une bouteille de chianti. Et le cadavre de Brianne Parker avait été violé. Dans le genre sordide, on avait fait très fort.

Nous passâmes encore deux ou trois heures à interroger les SDF et les junkies de la cité abandonnée, mais à les en croire, personne ne connaissait les Parker, et personne n'avait vu d'inconnus pénétrer dans l'immeuble où Brianne et Errol s'étaient terrés.

Je parvins finalement à regagner mes pénates dans l'espoir de récupérer un peu mais, trop énervé pour trouver le sommeil, je ne tardai pas à me relever. Épuisé, je descendis au rez-de-chaussée. Je ne pensais déjà plus qu'à Christine et au petit Alex. Il était 4 heures du matin.

Nana avait collé une nouvelle pensée sur le réfrigérateur : *Jamais, jamais elle ne voulut être blanche/mais elle rêvait d'être plus noire encore.* J'ouvris la porte et pris un soda avant de ressortir lentement de la cuisine en méditant le poème du frigo.

J'allumai la télé, l'éteignis presque aussitôt. Je décidai d'aller jouer un peu de piano sur la terrasse d'été, *Crazy for You,* puis du Debussy, *Clair de Lune,* qui me rappelait mes meilleurs moments avec Christine. J'essayais d'imaginer différents moyens de redonner vie à notre couple. Depuis qu'elle était revenue à Washington, j'avais essayé d'être chaque jour à ses côtés, mais elle n'avait cessé de me repousser. J'en avais les larmes aux yeux. « Elle est partie. Il va falloir que tu reprennes tout de zéro. » Et je n'étais pas sûr d'en avoir la force.

Les lames du plancher grincèrent.

— Je t'ai entendu jouer *Clair de Lune,* me dit Nana. Et je dois dire que c'était plutôt réussi.

Elle tenait un plateau, sur lequel fumaient deux gobelets de café. Elle en poussa un vers moi, je le pris. Puis elle s'installa dans le vieux fauteuil à bascule en osier, près du piano, et sirota tranquillement son breuvage.

— C'est du Nescafé ? demandai-je pour la taquiner.

— Si tu en trouves dans ma cuisine, je te donne la maison.

— Je te signale que le propriétaire, c'est moi, lui rappelai-je.

— Si tu le dis, mon grand. En quel honneur, ce concerto aux aurores ?

Avant l'aube, même. Je n'arrivais plus à dormir. J'ai passé une mauvaise nuit, j'ai fait des cauchemars. (Je goûtai le délicieux café parfumé à la chicorée.) Mais au moins, ton café est bon.

Nana continua à boire le sien à petites gorgées.

— Mmmm. Ça, je le sais déjà. Et autrement ?

— Tu te souviens d'Errol, le beau-frère de Maria ? Sampson et moi, on a retrouvé son corps dans la cité de la Première Avenue, cette nuit.

J'entendis Nana déglutir, puis elle secoua la tête d'un air incrédule.

— Oh, quelle horreur, Alex. Des gens si bien, si gentils...

— Il faut que j'aille annoncer la nouvelle à la famille ce matin. C'est peut-être pour ça que je suis déjà debout. Difficile de dormir.

— Mais il n'y a pas que ça, Alex ? insista Nana, qui me connaissait par cœur — et d'une certaine manière, sa question me réconfortait. Dis-moi tout. Raconte à ta petite grand-mère.

— C'est Christine, avouai-je enfin. Je crois que c'est fini entre nous. Elle ne veut plus me voir. Elle me l'a dit, c'est officiel. Je ne sais pas ce que va devenir le petit Alex, Nana. Je t'assure que j'ai essayé de faire tout qui était en mon pouvoir.

Elle posa alors son gobelet de café et passa son bras décharné autour de ma taille. Elle fait encore preuve d'une vigueur étonnante pour son âge. Elle me serra contre elle et déclara :

— Enfin, tu auras fait tout ce que tu pouvais, hein ? Que veux-tu faire de plus ?

— Elle ne s'est pas remise de l'histoire des Bermudes, dis-je d'une voix réduite à un chuchotement. Elle ne veut pas vivre avec un inspecteur de la criminelle. Elle ne s'en sent pas capable. Elle ne veut pas vivre avec moi.

— Tu prends trop sur toi, me murmura-t-elle. Tu te

crois responsable de tout. Ça te mine, Alex, et tu risques de craquer. Écoute ce que te dit Nana.

— Je t'écoute toujours.

— Tu parles...

— Si, c'est vrai.

— Tu parles... Et n'insiste pas, parce qu'à ce petit jeu-là, c'est toujours moi qui gagne. Qui plus est, ça prouve bien que j'ai raison.

Nana a toujours le dernier mot. En matière de psychologie, dans cette maison, personne ne lui arrive à la cheville — du moins ne cesse-t-elle de me le répéter.

# 13

Le deuxième casse eut lieu tôt dans la matinée à Falls Church, en Virginie, une petite ville située à une quinzaine de kilomètres de Washington. L'opération avait été réglée comme une bombe à retardement.

Le directeur d'agence possédait une belle villa de style colonial dans un quartier agréable dont les résidents semblaient réellement s'apprécier. On sentait qu'ici, les enfants ne manquaient pas d'amour : il y avait de beaux jouets, des vélos, un panier de basket, des balançoires, un petit stand à limonade entièrement bricolé main. Dans le superbe jardin, les massifs fleuris embaumaient l'air, et sur le toit du garage, une girouette originale — une sorcière chevauchant un balai — servait de perchoir à oiseaux. Ce matin-là, on aurait presque pu entendre la sorcière ricaner.

Le Cerveau avait expliqué à sa nouvelle équipe ce qu'elle trouverait et comment il lui faudrait procéder. Tout avait été soigneusement prévu et répété.

La nouvelle équipe était supérieure aux Parker. Il avait fallu la moitié de l'argent récolté à la Citibank pour la motiver, mais cela en valait la peine. Entre eux, ils répondaient aux noms de M. Rouge, M. Blanc, M. Bleu et Mme Vert. Avec leurs cheveux longs, ils ressemblaient à un groupe de hard-rock, mais, excellents techniciens, ils étaient d'une grande efficacité.

M. Bleu se trouvait devant l'agence de la First Union, au centre-ville de Falls Church, à l'heure de l'ouverture. Mme Vert l'y rejoignit. Ils pénétrèrent dans les locaux. Sous leurs blousons, dans des étuis, ils portaient des pistolets semi-automatiques.

M. Rouge et M. Blanc se rendirent au domicile du directeur de l'agence. En entendant le carillon de la porte d'entrée, Katie Bartlett crut qu'il s'agissait de la nounou. Elle ouvrit, blêmit, sentit ses jambes fléchir. Devant elle se tenait un homme armé, masqué, équipé d'un micro et d'un casque avec écouteurs. Et il y avait un autre individu armé juste derrière lui.

M. Rouge brandit son arme à quelques centimètres du visage de Katie.

— À l'intérieur, et vite ! hurla-t-il à travers le masque.

Rouge et Blanc escortèrent la mère et ses trois jeunes enfants jusqu'au salon familial. Sur l'écran du téléviseur géant équipé d'enceintes hifi, les personnages d'un jeu vidéo s'agitaient vainement. Derrière la baie vitrée, on apercevait un petit étang. D'une barque, on aurait pu les voir, mais il n'y avait pas d'embarcation sur l'eau ce matin-là.

— Et maintenant, expliqua M. Rouge d'un ton très naturel, presque enjoué, nous allons tourner une petite vidéo.

— Ne nous faites pas de mal, implora Katie Bartlett. Nous ferons ce que vous voulez. Je vous en supplie, ne braquez pas vos armes sur nous.

— Je vous comprends, Katie, mais il faut que votre mari puisse voir que nous ne plaisantons pas et que je me trouve bien ici, chez vous, avec votre petite famille.

— Ils ont deux, trois et quatre ans, sanglota la mère, mais elle se reprit aussitôt : Ce ne sont que des bébés. Mes petits bébés.

M. Rouge rengaina son arme.

— C'est bon, c'est bon. Je ne veux pas leur faire de mal. Je vous le promets.

Pour l'instant, tout se déroulait de manière assez satisfaisante. Katie paraissait raisonnable et les enfants étaient bien élevés. Les Bartlett formaient une belle famille. Comme l'avait indiqué le Cerveau.

— Je veux que ce soit vous qui leur mettiez le Chatterton sur la bouche, intima M. Rouge à Katie en lui tendant le rouleau.

— Ils ne feront pas de bruit, je vous le jure, gémit-elle. Ils sont sages, vous savez.

M. Rouge eut pitié d'elle. Elle était jolie, c'était une femme bien. Il songea au couple avec enfant de *La Vie est belle*. Il s'adressa directement aux gosses.

— Ça, c'est du ruban tout collant. On va faire un jeu avec.

Les deux plus grands le regardèrent méchamment. Le benjamin était hilare.

— Tout collant ?

— Absolument. Tout collant. Après, on peut plus l'enlever. Maman va vous en mettre sur la bouche et on va vous filmer pour que papa puisse vous voir.

— Et après, on fait quoi ? voulut savoir Dennis, quatre ans, que ce petit jeu commençait à intéresser. On parle avec le nez ? Ouin, ouin ?

M. Rouge se mit à rire. M. Blanc esquissa un sourire crispé. Ils étaient mignons, ces mômes. Pourvu, se dit-il, que je ne sois pas obligé de les tuer dans quelques minutes.

# 14

Dans quelques minutes, quelqu'un allait mourir. Il était exactement 8 h 12. Le braquage de Falls Church se déroulait comme prévu, l'horaire était respecté à la seconde près. La machine était lancée, et plus rien ne pouvait l'arrêter.

Mme Vert pointait son arme à forte cadence de tir sur deux caissières terrorisées qui devaient avoir entre vingt-cinq et trente ans.

M. Bleu, lui, se trouvait déjà dans le bureau du directeur d'agence de la First Union. Il était en train d'expliquer à James Bartlett et sa sous-directrice les règles du jeu « la vérité, rien que la vérité, sinon gare aux conséquences ».

Le ton haut perché et le débit rapide, afin de faire croire qu'il était dans un état de tension extrême et risquait de s'affoler à tout instant, M. Bleu demanda :

— Personne n'est équipé d'un système d'appel de détresse ? Si c'était le cas, ce serait une grave erreur, et aucune erreur ne sera tolérée.

— Nous n'avons rien sur nous, répondit le responsable d'agence, qui paraissait doté d'un minimum de jugement et soucieux de se montrer serviable. Sinon, je vous le dirais.

— Avez-vous déjà écouté les cassettes d'instruction diffusées par la Société Américaine pour la Sécurité Industrielle ? demanda Bleu.

— Non, jamais, bredouilla nerveusement le directeur. Je suis désolé.

— Eh bien, leur premier conseil, en cas de hold-up, est de n'opposer aucune résistance afin d'éviter toute effusion de sang.

Le chef d'agence hocha frénétiquement la tête.

— Je suis tout à fait d'accord. J'ai parfaitement compris. Je ferai ce que vous voulez, monsieur.

— Je vous trouve plutôt intelligent pour un directeur de banque. Tout ce que je vous ai dit, à savoir que votre famille a été prise en otage, est la pure vérité. Je veux que vous aussi, vous me disiez toute la vérité, faute de quoi les conséquences de votre attitude seraient des plus fâcheuses. Autrement dit, pas de rayons de détection, pas de liasses factices, pas de bombes à encre indélébile, pas de caméras cachées. Si Sonitrol a installé ici un dispositif qui est en train de m'enregistrer, dites-le-moi tout de suite.

— Je sais ce qui s'est passé à Silver Spring quand la Citibank a été braquée, bafouilla le directeur.

Son visage large et rectangulaire était aussi rouge qu'une betterave. De grosses gouttes de sueur dégoulinaient de son front. Ses paupières battaient frénétiquement sur ses yeux bleus.

— Jetez un œil sur l'écran de votre ordinateur, fit M. Bleu avec un geste du canon de son arme. Regardez bien.

Le directeur vit une séquence enregistrée. Sa femme

bâillonnait ses trois enfants à l'aide d'un ruban adhésif noir.

— Oh, mon Dieu. Je sais que la directrice d'agence de Silver Spring était en retard. Allons-y. Ma famille représente tout pour moi.

— Nous le savons, fit l'homme à la cagoule avant de braquer son arme sur la sous-directrice. Dites-moi, madame Collins, vous ne voulez pas jouer les héroïnes, n'est-ce pas ?

La jeune femme secoua les souples boucles de sa chevelure aux reflets roux.

— Non, monsieur. C'est l'argent de la banque, pas le mien. Pas de quoi sacrifier ma vie, ni celle des enfants de M. Bartlett.

Sous sa cagoule, M. Bleu sourit.

— Vous m'ôtez les mots de la bouche.

Il se tourna vers le directeur.

— J'ai des enfants, et vous aussi. On ne va pas en faire des orphelins, ce serait trop bête. (Belle réplique, songea-t-il. C'était le Cerveau qui l'avait imaginée.) Bon, au boulot.

Ils s'empressèrent de rejoindre le coffre principal. Pour l'ouvrir, il fallait être deux. Le chef d'agence et sa collaboratrice le firent en moins de soixante secondes.

M. Bleu exhiba alors un appareil en métal argenté qui ressemblait à un boîtier de télécommande pour téléviseur.

— Ceci est un scanner de police, expliqua-t-il. Si la police ou le FBI sont prévenus et se rendent sur place, je le saurai immédiatement. Vous mourrez tous les deux, et les deux employées également. Il n'y a pas de système de détection à l'intérieur du coffre ?

— Non, monsieur, répondit le directeur. Il n'y a pas de système d'alarme dissimulé. Vous avez ma parole.

M. Bleu sourit une nouvelle fois derrière sa cagoule.

— Dans ce cas, allez chercher mon fric. Et vite !

Bleu venait de mettre la dernière liasse dans son sac lorsque, soudain, son scanner capta un message d'alerte. « Attaque à main armée actuellement en cours à la First Union Bank, Falls Church centre. »

Il pivota vers James Bartlett et l'abattit sur-le-champ. Puis il se tourna vers Mme Collins et lui tira une balle en plein front.

Exactement comme prévu.

# 15

J'avais branché la sirène, mais j'avais l'impression que c'était mon corps tout entier qui hurlait.

Dans ma tête, il n'y avait plus qu'un gigantesque cri.

Kyle Craig et ses hommes du FBI arrivèrent à la First Union de Falls Church, en Virginie, en même temps que moi, ou presque.

Un hélicoptère noir était en train de se poser sur le parking quasiment désert du centre commercial, juste derrière l'établissement. Kyle et trois autres agents sautèrent de l'appareil et se dirigèrent vers moi au petit trot, courbés comme des moines craignant d'arriver en retard à l'office. Ils portaient tous le fameux blouson bleu marine frappé du sigle FBI. Le Bureau tenait clairement à faire savoir au grand public qu'il prenait l'enquête en main. Il fallait rassurer l'opinion publique, consternée par cette série de meurtres effroyables.

— Tu es déjà entré dans l'agence ? voulut savoir Kyle, essoufflé, qui me faisait l'impression d'avoir, lui aussi, passé une nuit blanche.

— Je viens d'arriver. Quand j'ai vu débarquer ce gros méchant Bell Jet, je me suis dit que ça ne pouvait être que toi, ou alors Darth Vader. On n'a qu'à y aller ensemble.

— Je te présente l'agent principal Betsey Cavalierre, me dit-il.

Elle n'était pas très grande, et avait des yeux presque aussi noirs que sa chevelure aux reflets soyeux. Sous son blouson FBI manifestement trop grand pour elle, elle portait un T-shirt blanc. Pour le reste, pantalon kaki et chaussures de jogging. Je lui donnais autour de trente-cinq ans. Il y avait dans son regard beaucoup de détermination, et elle était plutôt jolie, même si elle ne faisait aucun effort pour se montrer à son avantage.

Kyle poursuivit les présentations :

— Et voici les agents Michael Doud et James Walsh, qui complètent la première équipe. Alex Cross est le délégué du VICAP[1] au sein de la police de Washington. C'est lui qui a découvert les corps d'Errol et Brianne Parker.

Bref échange de bonjours et de poignées de main. L'agent Betsey Cavalierre donnait l'impression de me jauger. Peut-être parce que son supérieur et moi étions amis, ou peut-être en raison de mon statut d'intermédiaire officiel entre le FBI et la police. Kyle me prit par le coude et m'entraîna à l'écart.

— Si les responsables du premier braquage sont morts, qui a fait le coup cette fois-ci ? me demanda-t-il tandis que nous longions le ruban jaune du périmètre d'interdiction, qui claquait dans la brise soufflant du sud-est. On est vraiment mal. Tu vois pourquoi je t'ai demandé de venir ?

1. Violent Criminals Apprehension Program. *(N.d.T.)*

— Tu avais besoin d'un compagnon de misère...

Le directeur exécutif adjoint du FBI pénétra à l'intérieur de la banque à mes côtés. Je ne pus m'empêcher de frémir d'horreur devant le spectacle qui s'offrait à nous. Deux employées de l'établissement, le tailleur bleu nuit imbibé de sang, gisaient au sol, mortes. On les avait abattues quasiment à bout portant, d'une ou plusieurs balles dans la tête.

— Proprement exécutées, marmonna l'agent Cavalierre. Quelle saloperie !

Une équipe spécialisée du FBI se chargea de filmer la scène de crime et de prendre des clichés. Il nous restait à aller voir le coffre, dont la porte était ouverte.

# 16

Le cauchemar ne faisait que commencer. Il y avait deux autres victimes à l'intérieur du coffre, un homme et une femme, le corps criblé de balles. Les avait-on punis, eux aussi ? Que leur reprochait-on ? Quelle explication trouver à un tel carnage ?

— Je n'y comprends rien, lâcha Kyle en se frottant le visage des deux mains.

Ce vieux tic me rappela aussitôt les nombreuses affaires sur lesquelles nous avions déjà travaillé ensemble. Il nous arrivait de nous en plaindre, mais nous avions toujours pu compter l'un sur l'autre.

— Les braqueurs de banque ne tuent pas, en général, déclara l'agent Cavalierre. Je ne comprends pas la raison de ce massacre.

— La famille du directeur a-t-elle été prise en otage, comme à Silver Spring ? demandai-je, redoutant la réponse.

Kyle se tourna dans ma direction et opina.

— La mère et les trois enfants. On vient d'avoir des nouvelles. Dieu soit loué, ils ont tous été relâchés, sains et saufs. Pourquoi avoir exécuté quatre personnes ici et libéré les autres ? La logique m'échappe.

Je ne savais que répondre. Kyle avait raison : ces braquages sanglants étaient incompréhensibles. Ou alors, nous ne raisonnions pas comme les tueurs. Peut-être la clé était-elle là. Nous n'avions pas encore saisi leur stratégie...

— Il se peut qu'ici, à l'agence, il y ait eu un problème. Si tant est qu'il y ait un rapport avec le casse de Silver Spring.

— Pour l'instant, on peut le présumer, déclara l'agent Cavalierre. À Silver Spring, où le père, la bonne et l'enfant ont été tués, la directrice avait été prévenue que l'équipe devait avoir quitté la banque avant une certaine heure, faute de quoi les otages mourraient. D'après l'enregistrement de la vidéo-surveillance, le délai avait été dépassé de moins de trente secondes.

Comme d'habitude, Kyle disposait, lui, de renseignements plus récents :

— La police de Falls Church a été alertée. Je crois que c'est ce qui a déclenché les quatre meurtres. On essaie de savoir d'où a pu venir l'appel.

— Mais comment les braqueurs ont-ils su que la police avait été prévenue ?

— Ils avaient probablement un scanner, suggéra l'agent Cavalierre.

— L'agent Cavalierre est très calée en matière de hold-up, confirma Kyle. Et dans tous les domaines, d'ailleurs.

— Je fais tout pour lui piquer sa place, me glissa-t-elle avec un petit sourire.

Je la pris au mot.

## 17

J'accompagnai Kyle et son équipe jusqu'au siège du FBI, dans Washington. Après ce que nous venions de voir, nous étions tous encore un peu secoués.

L'agent Cavalierre, qui semblait mériter son titre d'experte en braquages, avait collecté un certain nombre d'informations sur plusieurs affaires ayant eu pour cadre des banques du Midwest, et présentant certaines similitudes avec les drames de la Citibank et de la First Union. En quelques minutes, elle fit imprimer des rapports concernant deux desperados du nom de Joseph Dougherty et Terry Lee Connor. Leurs exploits avaient-ils inspiré les auteurs des casses perpétrés récemment ? Les deux compères avaient attaqué plusieurs banques du Midwest en commençant toujours par prendre la famille du directeur d'agence en otage. Une fois, à l'occasion d'un pont, ils avaient séquestré le responsable et sa famille durant trois jours avant de braquer la banque le lundi.

— Cela dit, il y a une grosse différence, souligna Cavalierre, Dougherty et Connor n'ont jamais blessé personne. Ce ne sont pas des tueurs, alors que, nous,

nous avons affaire à des types extrêmement dangereux. Que veulent-ils ?

Ce soir-là, je me forçai à rentrer chez moi vers 19 heures. Nana nous avait préparé un petit festin maison : fricassée de poulet, croquettes au fromage et brocolis. La corvée de vaisselle achevée, Damon et Jannie me suivirent au sous-sol pour leur séance de boxe hebdomadaire. Je leur apprends la boxe depuis plusieurs années déjà, et cet entraînement n'est plus vraiment indispensable. Damon a dix ans, et c'est un malin. Jannie en a huit. Ils sont tous les deux capables de se défendre, mais cela leur fait de l'exercice et on passe un bon moment, alors ils en redemandent. Moi aussi, d'ailleurs.

Rien ne pouvait laisser prévoir ce qui se passa ce soir-là. Ce n'est qu'après, quand je sus ce qui s'était produit, que je compris.

Jannie et Damon s'amusaient. Ils faisaient du cinéma, montraient ce qu'ils savaient faire. Jannie avait dû s'avancer au mauvais moment.

Le crochet de Damon la cueillit en plein front, juste au-dessus de l'œil. C'est la seule chose dont je sois certain. Le reste est un peu flou. J'étais en état de choc, j'avais l'impression que la scène se déroulait image par image.

Jannie vacilla sur la gauche et s'écroula de tout son poids. Quelques mouvements saccadés, puis ses membres se raidirent. Comme ça.

— Jannie ! hurla Damon en comprenant qu'il venait de blesser accidentellement sa sœur.

Je me précipitai vers elle. Son corps était agité de spasmes incontrôlables, des gémissements étranglés s'échappaient de sa bouche. Elle n'arrivait manifestement pas à prononcer un mot. Puis elle tourna de l'œil, avant de se mettre à suffoquer. J'eus juste le temps d'enlever ma ceinture et de l'enfourner dans sa bouche pour lui éviter d'avaler sa langue ou de la mordre. Le cœur battant, je maintins la ceinture que j'avais enroulée, en lui répétant : « Ça va aller, Jannie, ça va aller. Tout va bien, ma puce. »

Je voulais la rassurer, mais j'étais mort de peur. Les spasmes étaient toujours aussi violents. Pour moi, Jannie était victime d'une attaque.

## 18

« Ça va aller, ma puce. Tout va bien se passer. »

Deux ou trois minutes s'écoulèrent, et je répétais toujours la même chose. En réalité, ça n'allait pas du tout. Je vivais un vrai cauchemar.

Les lèvres bleuâtres, Jannie bavait. Puis elle perdit le contrôle de sa vessie et urina sur le sol. Elle était toujours incapable de parler.

J'avais dit à Damon de remonter appeler de l'aide. Les secours arrivèrent moins de dix minutes après la fin de la crise. J'espérais que ce serait la dernière.

Deux sauveteurs surgirent au pas de course. J'étais toujours agenouillé auprès de Jannie. Nana et moi lui tenions la main. Nous lui avions mis un coussin sous la tête, et nous l'avions couverte. Je délire, ne cessais-je de me dire, ce n'est pas possible.

— Ça va aller, ma chérie, chantonna Nana pour la rassurer.

Jannie, cette fois, la regarda.

— Non, Nana, ça va pas.

Elle était à présent parfaitement consciente. Elle avait peur, elle ne comprenait pas ce qu'il lui arrivait, et elle avait honte de s'être mouillée. Elle savait que quelque chose d'étrange, quelque chose de grave venait de se produire. Les sauveteurs la prirent en charge avec beaucoup de délicatesse, en s'efforçant de la rassurer. Ils vérifièrent ses signes vitaux : température, pouls, tension artérielle. L'un d'eux la mit sous perfusion, tandis que l'autre sortait du matériel d'intubation et d'aide respiratoire.

Le cœur palpitant, j'avais l'impression qu'à tout moment j'allais moi-même cesser de respirer.

— Elle a eu des spasmes violents pendant environ deux minutes, expliquai-je. Ses bras et ses jambes sont devenus complètement raides. Ensuite, elle a tourné de l'œil.

Je leur parlai également de nos petites leçons de boxe et du coup que Jannie avait reçu au-dessus de l'œil gauche.

— À en juger par les symptômes, il pourrait s'agir d'une hémorragie cérébrale, estima la responsable de l'équipe. (Il y avait dans ses yeux verts une réconfortante lueur de sympathie.) Cela peut être dû au coup qu'elle a pris, même s'il n'était pas fort, à cause de l'angle. Il faudrait qu'on l'emmène à l'hôpital Saint Anthony.

J'acquiesçai, puis, épouvanté, les regardai sangler ma gamine sur une civière avant de la transporter dans le fourgon. Le corps engourdi de la tête aux pieds, je tenais à peine sur mes jambes. Un voile noir était en train de s'abattre devant mes yeux.

— Faut que vous mettiez la sirène, murmura Jannie aux infirmiers qui l'installaient à l'intérieur du véhicule. D'accord, hein ?

Et ils mirent la sirène, jusqu'à l'hôpital. Je le sais, parce que j'étais du voyage.

Le voyage le plus long de ma vie.

# 19

Dès son arrivée, Jannie eut droit à un électro-encéphalogramme, puis à un examen neurologique aussi complet que possible à une heure pareille. On lui demanda de marcher le long d'une ligne, puis de sauter à cloche-pied, afin de déceler une éventuelle ataxie. Elle fit ce qu'on lui demandait, et paraissait aller mieux. Moi, j'avais les yeux rivés sur elle, comme si elle risquait de se briser en mille morceaux, telle une porcelaine.

Les examens à peine terminés, Jannie eut une deuxième attaque, plus longue et plus violente que la première. J'aurais tout donné pour prendre sa place. Quand ce fut fini, on lui administra du Valium par intraveineuse. Le personnel de l'hôpital ne ménageait pas ses efforts, mais cette sollicitude me faisait peur. Une infirmière me demanda si des symptômes s'étaient manifestés avant l'accident. Des troubles de la vision, des maux de tête, des nausées, des problèmes de coordination. Je n'avais rien remarqué d'anormal. Nana non plus.

Lorsqu'elle eut fini, le Dr Bone m'entraîna à l'écart.

— Nous allons la garder en observation cette nuit, inspecteur Cross. On ne sait jamais.

— Vous avez raison, on ne sait jamais.

Mes mains tremblaient encore un peu.

— Elle risque de rester un peu plus longtemps. Il faut qu'on lui fasse passer d'autres examens. Ce deuxième malaise ne me plaît pas du tout.

— Bien sûr, je comprends, docteur. Moi non plus, ça ne me plaît pas.

Il y avait un lit disponible au quatrième étage. Nana m'accompagna. Comme l'exigeait le règlement de l'établissement, Jannie fut transportée sur un brancard, qu'on m'autorisa à pousser. Les calmants avaient déjà commencé à faire leur effet et, dans l'ascenseur, Jannie ne prononça pas un mot. Lorsque nous fûmes seuls, derrière un rideau, elle m'interrogea enfin.

— Bon, papa, il faut que tu me dises la vérité. Dis-moi tout. Toute la vérité.

Je respirai à fond.

— Disons que tu as vraisemblablement été victime d'un malaise. Enfin, deux, plus exactement. Ça arrive parfois, chérie. Sans prévenir, comme ce soir. Le coup de poing de Damon y est peut-être pour quelque chose.

Elle fronça les sourcils.

— Il m'a à peine touchée. (Elle me dévisagea en essayant de lire mes pensées.) Bon, c'est pas dramatique, hein ? L'essentiel, c'est que je sois toujours sur terre. Enfin, pour l'instant.

— Ne dis pas des choses comme ça. Ce n'est pas drôle.

— Bon, d'accord, j'arrête. Je ne voudrais pas te faire peur.

Elle me tendit la main. Quelques minutes plus tard, elle dormait profondément, sa main toujours dans la mienne.

Livre Deux

# Lettres de menaces

# 1

Personne ne savait ce qui se passait, ni pourquoi.

Il adorait le sentiment de supériorité que lui procurait cette idée. Pauvres crétins qu'ils étaient...

Sa marge d'erreur de 0,0001 % était respectée. Tout se déroulait à la perfection. Le Cerveau avait la certitude de ne pas avoir commis la moindre erreur notable. Le braquage de Falls Church, avec ses quatre meurtres énigmatiques, le réjouissait particulièrement.

Il revivait chaque instant du carnage comme s'il avait lui-même été présent à la place de MM. Rouge, Blanc, Bleu et Mme Vert. Il se représentait la scène au domicile du directeur, puis les meurtres à l'agence, avec un intense sentiment de plaisir et de satisfaction. C'était comme un film qu'il revoyait encore et encore sans jamais se lasser du scénario, avec un passage préféré : celui des exécutions. Leur beauté artistique, leur charge symbolique étaient une preuve de plus de son intelligence et de sa clairvoyance.

Il se surprit à sourire en songeant à l'appel anonyme qui avait prévenu la police. C'était lui qui l'avait passé, ce coup de fil, pour signaler qu'un hold-up était en cours. Les employés de la First Union avaient été tués parce qu'il l'avait voulu. Toute l'astuce était là. Et dire que personne ne s'en était encore rendu compte !

Il lui fallait maintenant recruter une nouvelle équipe. La dernière, la plus importante, et la plus délicate à réunir. Elle devait être non seulement hautement performante, mais aussi autonome, ce qui représentait un danger. Il savait que les gens intelligents faisaient souvent preuve d'un orgueil démesuré et difficile à gérer. Lui-même ne faisait pas exception à la règle.

Il fit apparaître sur l'écran de son ordinateur les noms des candidats potentiels. Il lut les biographies détaillées, parfois assorties de casiers judiciaires, qui lui faisaient l'effet de véritables CV. Et soudain, en ce pluvieux et lugubre après-midi, il tomba sur une équipe qui tranchait avec toutes les autres autant que lui pouvait trancher avec le reste de l'humanité.

Pour preuve, ces types-là n'avaient pas de casier judiciaire. On ne les avait jamais interpellés, ni même soupçonnés de quoi que ce fût. Ce qui expliquait le mal qu'il avait eu à les dénicher. Tout laissait penser qu'ils étaient parfaitement aptes à mener à bien son joli petit projet. Son chef-d'œuvre.

Et personne ne devinerait ce qui allait se passer.

# 2

J'avais rendez-vous à 9 heures du matin avec Thomas Petito, un neurologue qui m'expliqua patiemment la nature des examens auxquels Jannie allait être soumise. À quoi bon m'inquiéter ? me dit-il. Jannie se trouvait dans d'excellentes mains — les siennes — et ce que j'avais de mieux à faire pour l'instant, c'était d'aller travailler.

— Arrêtez de vous faire du mauvais sang. Et je vous préviens : je ne veux pas vous avoir dans mes pattes.

Après avoir déjeuné avec Jannie, je descendis à Quantico par l'autoroute. Je tenais à rencontrer les meilleurs techniciens, les meilleurs *profilers* du FBI, et ils étaient tous à Quantico. L'idée de laisser Jannie à Saint Anthony ne me plaisait pas trop, mais Nana veillait sur elle, et elle ne devait subir aucun examen important avant le lendemain.

Kyle Craig m'avait appelé à l'hôpital pour me demander des nouvelles de la petite. Il se faisait réellement du souci pour elle. Il m'avait également avoué que le ministère de la Justice, les banques et la presse le harcelaient. Le dispositif mis en place par le FBI couvrait la quasi-totalité de la côte Est, mais les résultats se faisaient attendre. En désespoir de cause, il avait même demandé à l'un des agents responsables de l'arrestation de Joseph Dougherty, le célèbre braqueur des années 80, de prendre l'avion pour participer à la réunion.

Kyle m'avait également appris que c'était désormais l'agent Cavalierre qui pilotait le groupe. Cela ne me surprenait pas. Cette femme était l'un des agents les plus brillants et les plus dynamiques qu'il m'eût été donné de rencontrer.

L'agent qui avait pris part aux enquêtes sur Dougherty s'appelait Sam Withers. Il nous rejoignit dans la salle de réunion de Kyle. Il avait soixante-cinq ans, était à la retraite et disait passer le plus clair de son temps à jouer au golf dans la région de Scottsdale. De son propre aveu, il ne s'intéressait plus aux braquages de banques depuis plusieurs années, mais les hold-up particulièrement sanglants commis récemment avaient néanmoins attiré son attention.

Sans perdre de temps, Betsey Cavalierre lui demanda :

— Sam, avez-vous eu le temps de jeter un coup d'œil sur nos rapports concernant le braquage de la Citibank et celui de la First Union ?

— Bien sûr, répondit-il en caressant de la paume sa coupe en brosse. Je les ai lus et relus dans l'avion.

Withers était du genre massif. Il devait peser facilement plus de cent vingt kilos, et il me rappelait un peu ces batteurs de base-ball à la retraite, Ted Klusewski ou Ralph Kiner.

— Quelles sont vos premières impressions, Sam ? Avez-vous remarqué des similitudes ?

— Il y a une énorme différence entre les derniers casses et ceux sur lesquels j'ai travaillé. Ni Dougherty ni Connor n'étaient des hommes violents. Pour nous, il s'agissait plutôt de petits truands de province. L'ancienne école, comme on dit dans les pubs sur les chaînes sportives. Même les otages les trouvaient « sympathiques » et « courtois ». Connor prenait toujours soin de leur expliquer qu'il ne voulait pas leur voler quoi que ce soit. Qu'il n'avait pas l'intention de leur faire du mal. Dougherty et lui détestaient les banques, détestaient les compagnies d'assurance. Ce pourrait être leur seul point commun avec les types que vous recherchez.

Withers poursuivit, entre souvenirs et conjectures, d'un ton alangui, avec un accent du Midwest. Moi, je m'étais radossé, et je pensais à ce qu'il venait de dire. Peut-être y avait-il quelqu'un d'autre qui détestait les banques et les compagnies d'assurance. Ou qui détestait les banquiers et leur famille. Une histoire de vengeance ? Après tout, pourquoi pas...

Après le départ de Sam Withers, nous évoquâmes d'autres affaires susceptibles d'être liées à notre enquête. L'une d'elles attira plus particulièrement mon attention. Au mois de janvier, dans la banlieue de Philadelphie, deux hommes avaient enlevé le mari d'une dirigeante d'un établissement bancaire, ainsi que leur bébé, en menaçant de les faire sauter avec une charge explosive si on ne leur ouvrait pas le coffre.

— Ils communiquaient par radio, précisa Betsey. Ils avaient également des scanners de police. Un peu comme pour le braquage de la First Union. Ce sont peut-être les mêmes qui ont fait le coup.

— Et à Philadelphie, lui demandai-je, y a-t-il eu des victimes ?

Elle secoua la tête, et la laque de ses cheveux noirs changea de côté.

— Non, personne n'a été blessé.

Malgré les moyens considérables du FBI, malgré les avis transmis à des centaines de commissariats à travers le pays, nous n'avions toujours pas progressé. Cela devenait dramatique. Nous n'étions toujours pas parvenus à nous mettre dans la peau des tueurs.

# 3

Vers 16 h 30, j'étais de retour à Saint Anthony. Jannie n'était pas dans sa chambre, ce qui m'étonna. Nana et Damon, assis, bouquinaient tranquillement. Nana m'expliqua que le Dr Petito était venu chercher Jannie pour lui faire passer des examens.

Jannie revint un quart d'heure plus tard, l'air épuisée. Elle était bien jeune pour subir pareille épreuve. Son frère et elle n'avaient jamais eu de problèmes de santé, ce qui ajoutait encore à notre désarroi.

En la voyant arriver en chaise roulante, Damon s'étrangla. Moi aussi.

Jannie nous regarda, et me dit :

— Papa, tu nous fais l'ours ? Tu sais, comme quand on était petits et que tu nous serrais dans tes bras...

Aussitôt, l'image déferla, comme si c'était hier. Lorsqu'ils n'étaient encore que des bouts de chou, je les prenais ensemble dans mes bras. Et donc, pour faire plaisir à Jannie, je fis l'ours.

Tandis que je les serrais dans mes bras, Nana sortit de la chambre et revint, un instant plus tard, accompagnée de quelqu'un. C'était Christine. Elle portait un chemisier gris argenté, une jupe bleu marine, des chaussures assorties. Elle avait dû venir directement de l'école. Je la trouvai encore un peu distante à mon égard, mais elle avait fait l'effort de venir voir Jannie, et l'essentiel était là.

— Je vois que tout le monde est là, dit-elle sans croiser mon regard. Dommage que je n'aie pas pris mon appareil photo !

— Oh, on est toujours comme ça, lui répondit Jannie. C'est de famille.

Nous bavardâmes un petit peu, mais nous écoutâmes surtout Jannie nous raconter sa longue et inquiétante journée. Elle paraissait soudain si fragile, si menue. À 17 heures, on lui apporta son dîner. Et au lieu de se plaindre de l'insipide nourriture de l'hôpital, elle déclara qu'elle supportait la comparaison avec les meilleurs plats que lui préparait Nana.

Tout le monde, évidemment, éclata de rire. Sauf Nana qui, faussement vexée, lui décocha un regard noir.

— Eh bien, écoute, quand tu rentreras, on pourra commander les repas à l'hôpital. Ça m'évitera bien du travail, et comme ça je ne m'énerverai plus.

— Oh, arrête, lui rétorqua Jannie, tu aimes travailler, et tu adores t'énerver.

— Oui, et toi tu adores me faire marcher, hein ?

Alors que Christine s'apprêtait à se lever, une infirmière apporta un téléphone sans fil. Un appel urgent pour l'inspecteur Cross. Je pris l'appareil en râlant. Tout le monde me regardait.

— Pas de problème, fit Jannie.

C'était Kyle Craig. Les nouvelles étaient mauvaises.

— Je suis en route pour Rosslyn. Ils ont braqué l'agence de la First Virginia, Alex.

Nana me foudroya du regard. Christine m'ignora. J'avais honte, je culpabilisais, et je n'avais rien fait de mal.

— Il faut que je m'absente environ une heure, dis-je. Je suis désolé.

# 4

Les attaques survenaient à un rythme beaucoup trop rapide. C'était une véritable cascade. On ne voulait pas nous laisser le temps de réfléchir, de respirer, de nous organiser.

Rosslyn ne se trouvait qu'à un quart d'heure de l'hôpital. J'ignorais ce que j'allais y découvrir. Des blessés, des morts peut-être. Combien ?

L'agence de la First Virginia était située juste à côté du siège de la Bell Atlantic. Une fois de plus, les braqueurs avaient choisi de frapper un établissement occupant un bâtiment indépendant. Pour quelle raison ?

Juste en face, il y avait un Dunkin'Donuts et un Block-buster Video. Comme si de rien n'était, les gens allaient acheter leurs beignets, louer leurs cassettes. Ce quartier de banlieue vivait sa vie de tous les jours.

Et pourtant, il venait de s'y passer quelque chose.

Apercevant quatre berlines de couleur sombre collées les unes aux autres sur le parking de la banque, je me garai juste à côté. Les voitures étaient vraisemblablement celles du FBI, mais je ne voyais aucun véhicule de police. Kyle m'avait appelé, mais n'avait pas prévenu la police locale. Mauvais signe.

Je montrai ma plaque d'inspecteur à l'agent posté à

la porte de derrière. Un grand gars efflanqué, cheveux châtains, coupe en brosse, qui ne devait pas avoir trente ans, nerveux, inquiet.

— Le responsable vous attend à l'intérieur, inspecteur Cross, me dit-il avec une pointe d'accent virginien, un peu comme Kyle.

— Y a-t-il des victimes ? lui demandai-je.

Il secoua sa tête en pain de sucre en s'efforçant de dissimuler son appréhension.

— Nous venons d'arriver, inspecteur. Je ne sais pas quelle est la situation à l'intérieur. L'agent Cavalierre m'a demandé d'attendre ici. C'est son affaire.

— Oui, je sais.

J'ouvris la porte de verre, m'arrêtai une seconde devant les distributeurs automatiques, le temps de me concentrer et de me préparer psychologiquement. J'ai aperçu Kyle et Betsey Cavalierre dans le hall.

Ils s'entretenaient avec un homme aux cheveux argentés qui pouvait être le directeur de l'agence, ou son bras droit. Apparemment, par bonheur, personne n'avait été blessé.

Dès qu'il me vit, Kyle se dirigea vers moi, suivi comme une ombre par Cavalierre.

— C'est un miracle, m'annonça-t-il. Aucune victime ici. Ils ont pris l'argent et se sont tirés sans être inquiétés. On va chez le directeur. Sa femme et sa fille ont été prises en otages. Impossible de les joindre, la ligne a été coupée.

— Kyle, appelle la police de Rosslyn. Qu'ils envoient des voitures de patrouille sur place.

— On peut y être en trois minutes ! aboya-t-il. On file !

L'agent Cavalierre et lui se précipitaient déjà vers la porte.

# 5

Le message de Kyle ne pouvait être plus clair : l'enquête sur les braquages sanglants était du ressort du FBI. Libre à moi de m'y associer, ou de m'en aller. Kyle et Cavalierre menaient la marche et moi, pour l'instant, je ne faisais que suivre le mouvement. C'étaient eux qui avaient la pression sur les épaules.

Au début, dans la voiture, personne n'ouvrit la bouche. Je me faisais la réflexion que, jusqu'à présent, chaque casse avait fait des victimes. Comme si nous avions affaire à un tueur en série.

Depuis que Kyle m'avait appelé à l'hôpital, une question me trottait dans la tête :

— L'alarme de la banque a alerté directement le FBI ?

Betsey Cavalierre se tourna vers moi.

— La First Union, la Chase, la First Virginia et la Citibank sont toutes reliées à nous pour l'instant. On ne les a pas bousculées ; ce sont elles qui ont pris la décision. On a réparti plusieurs dizaines d'agents supplémentaires dans la région pour être prêts à intervenir en cas de nouveau braquage. Ce coup-ci, il nous a fallu moins de dix minutes pour être sur place, mais ils ont quand même réussi à mettre les voiles.

— Mais la police de Rosslyn, vous l'avez prévenue ?

— On les a appelés, Alex, opina Kyle. Autant éviter les conflits si on peut. Ils sont en route pour l'agence.

Je fis la moue.

— Mais évidemment, ils ne vont pas se rendre au domicile du directeur.

— Nous voulons être les premiers sur place, répondit sèchement l'agent Cavalierre. Les tueurs ne plaisantent pas. Nous ne pouvons pas nous permettre de commettre la moindre erreur.

Son ton ne me plaisait pas, et j'avais la nette impression qu'elle se fichait éperdument de mon opinion.

— Rosslyn dispose d'excellents effectifs de police, rétorquai-je, bien décidé à défendre des hommes que j'appréciais. J'ai déjà eu l'occasion de travailler avec eux. Et vous ?

— Tu sais bien que tout dépend de qui débarque en premier, soupira Kyle. Le problème est là. Betsey a raison — cette fois-ci, pas question de commettre la moindre erreur.

Nous nous engageâmes dans High Street. Le quartier respirait le calme, la sérénité et l'opulence. Pelouses soigneusement tondues, garages à doubles portes, villas spacieuses, récentes ou anciennes.

Ils tuent chaque fois quelqu'un, me répétai-je. Ils ont déjà massacré toute une famille.

Nous nous garâmes devant une grande demeure de style colonial, dont la boîte à lettres jaune paille arborait un énorme 315 rouge. Une autre berline de couleur sombre vint se coller derrière la nôtre.

Kyle s'empara de son talkie-walkie :

— L'équipe a sans doute déjà quitté les lieux, mais rappelez-vous bien qu'on ne sait jamais. Ces types ont déjà tué, et on dirait presque qu'ils aiment ça.

# 6

On ne sait jamais... Rien de plus vrai. Rien de plus angoissant, parfois.

Était-ce en partie pour cela que je m'accrochais à mon boulot ? Parce que je vivais des moments intenses ? Parce que chaque nouvelle enquête était une aventure ? Parce que j'aimais trop les frissons que me procuraient mes parties de chasse ? Parce qu'il y avait, au fond de moi, quelque chose d'inavouable ? Parce que le bien, parfois, triomphait ? Parce que, souvent, le mal l'emportait ?

En dégainant mon Glock, je m'efforçai de vider mon esprit de tout ce qui risquait d'entraver mon jugement et mes réflexes. Nous fonçâmes vers la porte, arme au poing. Tout le monde avait l'air bien calé, professionnel, suffisamment nerveux.

On ne sait jamais...

Aucun bruit ne parvenait de l'intérieur de la maison. Un chien, quelque part, se mit à aboyer. On entendit ensuite hurler un bébé. Les cris ne venaient pas du domicile que nous nous apprêtions à investir.

— Je passe d'abord, dis-je à Kyle sans lui demander son avis. Nous sommes à Washington. Enfin, presque.

Kyle ne protesta pas. L'agent Cavalierre, muette, scrutait mon visage. Je me demandai si elle avait déjà eu l'occasion d'être en première ligne. Que pouvait-elle ressentir en cet instant ? S'était-elle déjà servie de son arme ?

La porte n'était pas fermée. L'avaient-ils volontairement laissée ouverte ? Ou avaient-ils négligé de le faire dans la confusion du départ ?

Je pénétrai dans les lieux en me déplaçant rapidement, sans faire de bruit. Je m'attendais au pire. L'entrée, le séjour et la cuisine étaient plongés dans l'obscurité. Seule la lueur rouge de l'horloge digitale du four perçait la pénombre par intermittence. J'entendais bourdonner le réfrigérateur.

L'agent Cavalierre nous fit signe de nous déployer. Le silence qui régnait à l'intérieur de la maison ne me disait rien qui vaille. Où étaient passés la femme et l'enfant ?

En position de tir, je m'approchai de la cuisine. Elle était déserte.

Au fond, une porte en bois. Ce n'était qu'un placard. Odeurs d'épices et de condiments.

J'ouvris une autre porte. Elle donnait sur un escalier de service menant à l'étage.

La troisième porte était celle de l'escalier qui descendait à la cave.

Il fallait que j'aille voir. J'actionne l'interrupteur. Pas de lumière. Et merde...

— Police !

Pas de réponse.

Je respire à fond. Je ne me sens pas menacé, mais je

redoute ce que je risque de découvrir en bas. Une ou deux secondes d'hésitation, puis je descends. Les marches de bois craquent sous mes pas. J'ai toujours détesté les caves.

— Police !

Toujours rien. Fouiller une maison dans le noir, c'est l'horreur, même quand on a une arme et qu'on sait s'en servir. Je sors ma Maglite et je l'allume. Maintenant, on y va.

Le cœur battant, je dévale les dernières marches, prêt à faire feu. Je baisse la tête, je regarde autour de moi. Nom de Dieu !

Le faisceau de ma torche accroche les poutres de bois, et je les aperçois. L'adrénaline déferle.

— Je suis l'inspecteur Cross ! C'est la police !

La femme et l'enfant étaient là. La mère avait été ligotée et bâillonnée avec du ruban noir et des chiffons de couleur. Ses yeux écarquillés brillaient comme des phares. La petite fille, la bouche enrubannée, sanglotait silencieusement. Je le voyais au mouvement de sa poitrine.

Mais elles étaient en vie. Il n'y avait pas eu de victimes. Ni ici, ni à la banque.

Curieux...

Ils avaient changé de méthode.

J'entends Kyle Craig crier :

— Que se passe-t-il, en bas ? Ça va, Alex ?

Je braque ma lampe vers le haut et je les aperçois, lui et Cavalierre, plantés en haut de l'escalier.

— Elles sont là. Elles vont bien. Tout le monde est en vie.

Que se passait-il ?

# 7

Le Cerveau. Un nom désuet, absurde, presque pervers. Ce qui faisait d'ailleurs tout son charme.

Il observa tout ce qui se passa au domicile du directeur de la banque, en ayant l'impression d'être sorti de son corps. Cela lui rappela une émission qu'il regardait lorsqu'il était enfant. Comme Si Vous Y Étiez.

Et c'est avec une joie presque enfantine qu'il vit les techniciens du FBI débarquer avec leurs boîtes à magie noires. Il les connaissait bien. C'étaient les hommes du VCU, pour Violent Crime Unit.

Il suivit des yeux le ballet des agents du Bureau, qui arboraient tous le même air grave.

Puis il assista à l'arrivée de la police de Rosslyn. On n'avait pas lésiné sur les moyens. Une demi-douzaine de voitures de patrouille, gyrophares en action. Plutôt joli, comme spectacle.

Et enfin, il vit l'inspecteur Alex Cross quitter les lieux. Cross était grand et bien bâti. Une petite quarantaine, il ressemblait un peu au Mohammed Ali des grandes années, mais il n'avait pas le visage aplati. Ses yeux marron étincelaient. En fait, Ali n'avait jamais été aussi beau.

Cross était l'un de ses grands adversaires. Le combat promettait d'être terrible. Et le vainqueur de ce duel à mort serait celui qui saurait se montrer non seulement le plus intelligent, mais aussi et surtout le plus volontaire.

Le Cerveau était certain de battre Cross. À ses yeux, la lutte était même inégale. Après tout, ne gagnait-il pas toujours ? Pourtant, il sentait le doute l'effleurer. L'assurance dont Cross faisait preuve l'énervait. Comment osait-il ? Pour qui se prenait cet inspecteur ?

Il continua de surveiller la maison durant quelques instants depuis son poste d'observation, en sachant qu'il ne risquait absolument rien.

Absolument rien.

Avec une marge d'erreur de 0,0001 %.

Puis une idée folle lui traversa l'esprit.

Il savait d'où elle lui venait. Enfant, il adorait voir des westerns au cinéma ou à la télé. Il était toujours du côté des Indiens. Et il admirait particulièrement l'une de leurs prouesses, qui consistait à s'introduire chez l'ennemi pendant son sommeil et à le toucher, tout simplement. Pour marquer le coup, comme ils disaient.

Le Cerveau avait bien envie de marquer le coup avec Alex Cross.

# 8

Dès que nous sûmes que tout le monde était sain et sauf, j'appelai l'hôpital pour avoir des nouvelles de Jannie. Je m'en voulais de l'avoir laissée, mais il fallait bien que je fasse mon boulot. Et comme je devenais paranoïaque, j'avais vraiment l'impression que le sort s'acharnait sur moi. La famille du banquier était tirée d'affaire. Mais la mienne ?

On me passa le service de garde à l'étage de Jannie, et ce fut une infirmière du nom de Julietta Newton qui me répondit. Elle était plusieurs fois venue voir Jannie lors de mes visites. Elle me rappelait une de ses collègues, Nina Childs, une vieille amie qui avait trouvé la mort l'année précédente.

— C'est Alex Cross. Désolé de vous déranger, Julietta, mais j'essaie de joindre ma grand-mère. Ou bien ma fille, Jannie.

— Nana n'est pas à l'étage actuellement. Jannie vient de descendre passer un scanner. Il y avait un créneau libre, et le Dr Petito a voulu en profiter. Nana l'a accompagnée.

— J'arrive. Jannie va bien ?

L'infirmière hésita, avant de me répondre :

— Elle a eu un autre malaise, inspecteur. Maintenant, elle est stabilisée.

Un quart d'heure plus tard, j'étais à l'hôpital. Je descendis aussitôt au sous-sol, premier niveau, trouvai l'aile réservée aux examens. Il était presque dix heures du soir, et il n'y avait personne à l'accueil. Je suivis un couloir bleu ciel qui avait quelque chose d'à la fois lugubre et irréel.

Je m'apprêtais à pousser une porte sur laquelle on pouvait lire TOMOGRAPHIE et IRM lorsqu'un interne fit irruption dans le couloir. Moi, perdu dans le brouillard de mes angoisses, je ne pus m'empêcher de sursauter.

— Puis-je vous aider ? me demanda-t-il. Êtes-vous autorisé à venir ici, monsieur ?

— Je suis le père de Jannie Cross. Inspecteur Cross. Jannie doit passer une IRM. Elle a eu un malaise ce soir.

Il hocha la tête.

— Elle est ici. Je vais vous montrer le chemin. Je pense qu'elle en est à la moitié. C'est notre dernière cliente ce soir.

# 9

L'interne me conduisit dans la salle d'IRM. Sur une chaise, Nana veillait. Elle s'efforçait d'afficher sa sérénité et son aplomb habituels, avec un succès pour une fois très relatif. Je voyais la peur briller dans son regard. Ou peut-être ne faisais-je que projeter mes propres inquiétudes.

Ultramoderne, l'appareil à IRM n'avait pas le côté caisson et instrument de torture de certains de ses prédécesseurs. J'en avais déjà vu, pour avoir subi deux fois ce genre d'examen. Je connaissais. Jannie était allongée à l'intérieur, la tête immobilisée entre deux « sacs de sable », et j'en avais des frissons. Mais elle venait de faire son troisième malaise en deux jours...

— Peut-elle nous entendre ? demandai-je à Nana.

Elle coiffa ses oreilles de ses mains.

— Elle est en train d'écouter de la musique, mais tu peux lui prendre la main, Alex. Elle saura que c'est toi.

Je pris l'une des mains de Jannie, la serrai doucement, et sentis les doigts se refermer. Elle m'avait reconnu.

— Que s'est-il passé pendant mon absence ?

— Nous avons eu de la chance, me répondit Nana.

Beaucoup de chance. Le Dr Petito est passé la voir, et elle a fait un autre malaise pendant qu'il lui parlait. Il a tout de suite demandé qu'on lui fasse passer une IRM. Il y avait un créneau libre. En fait, le service fait des heures sup'.

Je dus m'asseoir, éreinté par cette longue et dramatique journée. Elle n'était d'ailleurs pas terminée. J'avais le cœur qui battait la chamade, le cerveau en ébullition, et le reste de mon corps essayait de tenir le rythme.

— Ne commence pas à te faire des reproches, me dit Nana. Je te dis qu'on a eu de la chance. Le meilleur médecin de l'hôpital était dans sa chambre au moment où ça s'est passé.

— Personne n'y est pour rien, marmonnai-je, en sachant très bien que ce n'était pas vrai.

Nana se renfrogna.

— Si tu avais été là pendant son malaise, ça n'aurait rien changé. Elle serait de toute façon en train de passer son IRM maintenant. Et au cas où tu t'imaginerais encore que votre séance de boxe pourrait être à l'origine du problème, je te signale que d'après le Dr Petito, c'est extrêmement improbable. Le choc a été minime. Il y a autre chose, Alex.

Et c'était justement ce que je craignais.

L'examen parut durer une éternité. Lorsque Jannie put enfin s'extraire de l'appareil, elle m'aperçut, et son visage s'illumina.

— Les Fugees, m'expliqua-t-elle en me tendant ses écouteurs. *Killing Me Softly With His Song*. (Elle se mit à chantonner.) Salut, papa. T'avais dit que tu reviendrais, t'as tenu parole.

Je me penchai pour l'embrasser.

— Bien sûr. Comment tu vas, ma puce ? Tu te sens mieux, maintenant ?

— Ils m'ont passé de la musique vraiment sympa. Je tiens bien le coup. Je suis pressée de voir les photos de mon cerveau, tu sais.

Moi aussi, j'avais hâte de les voir. Le Dr Petito les attendait également. À croire qu'il ne quittait jamais l'hôpital. Il me reçut dans son bureau vers 23 h 30. Nous étions tous deux exténués.

— Vous avez eu une longue journée, lui dis-je.

Apparemment, pour le Dr Petito, tous les jours se ressemblaient. Il commençait ses consultations à 7 h 30, et ne quittait pas l'hôpital avant 21 ou 22 heures, voire plus tard. Et il n'hésitait pas à donner son numéro de téléphone personnel à ses patients ; à tout moment du jour et de la nuit, ceux-ci pouvaient le joindre, ne fût-ce que pour être rassurés.

— C'est ma vie, commenta-t-il d'un air résigné. Une vie qui m'a poussé au divorce, il y a quelques années. (Il ne put réprimer un bâillement.) Et je peux vous dire qu'elle m'aide à rester célibataire, malgré moi. Enfin, ça, plus le fait que je me méfie des contrats longue durée. Mais j'aime ce que je fais, vous savez...

J'opinai, songeur. Je comprenais. Puis vint le moment de poser la question qui me brûlait les lèvres :

— Qu'avez-vous découvert ? C'est grave, ou pas ?

Il secoua lentement la tête avant de prononcer les mots que je redoutais.

— Je crains qu'il ne s'agisse d'une tumeur. Nous avons très certainement affaire à un astrocytome pilocytique, un type de tumeur qui frappe les jeunes enfants. La chirurgie nous le confirmera. Elle est située dans le cervelet. C'est une tumeur importante, qui peut se révéler fatale. Je suis navré de devoir vous annoncer d'aussi mauvaises nouvelles.

Nouvelle nuit à l'hôpital avec Jannie. Elle s'endormit en me tenant la main.

# 10

Le lendemain matin, mon bipeur se manifesta de très bonne heure. Sandy Greenberg, une amie du QG d'Interpol, à Lyon, avait elle aussi de mauvaises nouvelles à me transmettre.

Une femme du nom de Lucy Rhys-Cousins avait été sauvagement assassinée dans un supermarché londonien, sous les yeux de ses enfants. La police soupçonnait son mari, Geoffrey Shafer, l'homme que nous avions surnommé le Furet.

Je ne pouvais y croire. Pas le Furet, pas maintenant.

— S'agissait-il vraiment de Shafer ? demandai-je à Sandy. Tu en es sûre ?

— C'est bien lui, Alex, même si nous refusons de le confirmer devant les charognards de la presse. Scotland Yard est catégorique. Les enfants l'ont reconnu. Leur cinglé de père ! Il a poignardé leur mère devant eux.

C'était Geoffrey Shafer qui, quelques mois plus tôt, avait organisé l'enlèvement de Christine. Il avait également commis plusieurs meurtres particulièrement horribles à Washington, dans le secteur de Southeast, en s'attaquant à la population la plus fragile et la plus démunie. L'idée qu'il pût être encore en vie, capable de tuer à nouveau, me faisait l'effet d'un coup de poing sous la ceinture, aussi violent qu'inattendu. Mais quand Christine apprendrait la nouvelle, ce serait encore pire.

Je voulus la joindre chez elle, mais tombai sur le répondeur. Je m'efforçai de parler aussi calmement que possible : « Christine, si tu es là, décroche. C'est Alex. Décroche, je t'en prie. C'est important, il faut que je te parle. »

Mais personne ne décrocha. Je savais que Shafer ne pouvait pas se trouver à Washington en ce moment, et pourtant je ne pouvais pas m'empêcher d'être inquiet. Le Furet avait la réputation d'être toujours où on ne l'attendait pas...

À ma montre, il était 7 heures. Normalement, Christine n'avait pas encore rejoint son bureau. Je décidai néanmoins d'aller faire un tour à l'école Sojourner Truth, qui n'était pas très loin de l'hôpital.

# 11

Au volant, je ne cessais de me dire : Non, ce n'est pas vrai ! Ça ne va pas recommencer ! Dieu, je t'en prie, ne lui fais pas une chose pareille !

Je me garai à proximité de l'établissement, sortis de la voiture en courant, me retrouvai galopant dans le couloir qui menait à l'angle où se trouvait le bureau de Christine. Mon cœur battait si fort qu'il me faisait mal, et j'avais les jambes en coton. Avant même d'avoir atteint la porte, j'entendis le cliquètement du clavier.

Je pointai le nez à l'intérieur de la pièce.

Quel soulagement ! Christine était bien là, dans le douillet capharnaüm de son bureau, les yeux rivés à son écran. Toujours aussi concentrée. Pour ne pas l'effrayer, je restai un moment planté là, à la regarder, avant de frapper doucement sur le montant de la porte.

— C'est moi, fis-je à mi-voix.

Elle s'arrêta de pianoter, se retourna. L'espace d'un instant, elle m'apparut telle que je l'avais connue autrefois, et je sentis mon cœur chavirer. Elle portait un pantalon bleu marine et un chemisier de soie jaune. Je savais qu'elle traversait une période extrêmement difficile, mais cela ne se voyait pas.

— Que fais-tu ici ? finit-elle par me demander. Je suis déjà au courant. J'ai regardé CNN ce matin. Il y avait un reportage sur le crime, à Londres.

Elle ferma les yeux, l'air de ne pas y croire.

— Ça va ?

— Non, ça ne va pas ! Comment voudrais-tu que ça aille ? Surtout après ce qui vient de se passer. Je ne peux plus trouver le sommeil. Je fais tout le temps des cauchemars. Dans la journée, plus moyen de me concentrer. J'imagine tout ce qui pourrait arriver à Alex. À Damon, à Jannie, à Nana, et à toi. Ça m'obsède !

Ses mots me déchirèrent. Je ne pouvais rien faire pour elle, et j'avais l'impression de vivre un véritable supplice.

— Je ne pense pas qu'il remettra les pieds ici, lui dis-je.

Les yeux rouges de colère, elle me rétorqua :

— Ça, tu n'en sais rien.

— Shafer s'estime bien au-dessus de nous. Dans son univers, nous n'occupons qu'une place modeste. Ce n'était pas le cas de sa femme. Je m'étonne même qu'il n'ait pas également tué les enfants.

— Tu vois, tu t'en étonnes ! Personne ne peut savoir ce que ces détraqués sont capables de faire ! Et aujourd'hui, tu en as encore plus sur le dos. Des ordures qui prennent des innocents en otages et les abattent sans raison. Tout simplement parce qu'ils sont en mesure de le faire.

Je fis mine d'entrer dans le bureau, mais elle m'arrêta d'un geste.

— Non. Ne t'approche pas de moi.

Elle se leva, passa devant moi et se dirigea vers les toilettes des enseignants.

Je savais qu'elle n'en ressortirait qu'après s'être assurée que j'étais parti. Et en m'en allant, je me fis la réflexion qu'elle ne m'avait pas demandé comment allait Jannie.

## 12

Je refis une halte à Saint Anthony avant d'aller travailler. Jannie était debout. Nous prîmes le petit déjeuner ensemble. J'étais le meilleur papa du monde, me dit-elle. Et toi, la meilleure fille, lui répondis-je. Puis je lui révélai qu'elle était atteinte d'une tumeur et qu'il faudrait l'opérer. Elle fondit en larmes dans mes bras.

Nana arriva. Peu après, on vint chercher Jannie pour la soumettre à d'autres examens. Pendant quelques heures, je ne pouvais plus être d'aucune utilité. Il était temps que je reprenne contact avec le FBI. Flic j'étais, flic je resterais. « Ton boulot, c'est de poursuivre des détraqués. » Christine avait raison. Et ce n'était pas près de s'arrêter.

L'agent spécial Cavalierre arriva à 11 heures précises. Toute l'équipe s'était donné rendez-vous au bureau de la Quatrième Rue, dans Northwest. J'avais l'impression qu'il y avait là la moitié des effectifs du FBI, et ce déploiement de forces avait quelque chose de rassurant.

On me rappela que la ponctualité était l'une des exigences des braqueurs. Cela expliquait peut-être que Kyle Craig eût choisi de confier l'enquête à l'agent

Cavalierre qui, selon ses dires, cultivait l'exactitude et la précision, et faisait preuve d'un professionnalisme irréprochable. Mais pourquoi ce besoin de faire les grands titres ? Cherchaient-ils à préparer les établissements bancaires et leurs employés à d'autres attaques sanglantes ? À terroriser tout le monde pour s'assurer de ne pas rencontrer de résistance ? Ou pouvait-il y avoir, derrière tous ces meurtres, une vengeance ? Après tout, rien n'excluait que l'un des tueurs, voire plusieurs d'entre eux, eussent fait partie du personnel d'une banque.

Le PC de crise était bourré à craquer. On avait poussé les cloisons contre un mur pour les transformer en tableaux couverts de commentaires, de photos de suspects et de témoins. Des suspects malheureusement très improbables. « Le Gros », « Maîtresse du mari », « Moustache », disaient les légendes.

Nous n'avions pas un seul suspect sérieux. Que fallait-il en déduire ? Où avions-nous fait fausse route ?

— Bonjour à tous, lança l'agent Cavalierre en ajoutant, avec juste ce qu'il fallait d'ironie : Je tiens à vous remercier d'avoir accepté de renoncer à votre week-end.

Pantalon kaki, T-shirt violet, petite barrette dans les cheveux. Elle paraissait extrêmement confiante, et étonnamment détendue.

— Si vous ne venez pas samedi, renchérit dans le fond un agent arborant de belles bacchantes, inutile de venir dimanche.

Toujours aussi sûre d'elle, Cavalierre observa :

— Vous remarquerez, comme moi, que les donneurs de conseil sont toujours assis au dernier rang. (Elle brandit un énorme classeur de couleur bleue.)

Chacun de vous a reçu un gros dossier semblable à celui-ci, où sont regroupées différentes affaires susceptibles d'avoir un rapport avec celles qui nous intéressent. Les hold-up commis par Joseph Dougherty dans le Midwest au cours des années 80 présentent ainsi certaines similitudes. Vous trouverez également pas mal de choses sur David Grandstaff, l'instigateur du plus grand braquage de banque de l'histoire du pays. Incidemment, je vous rappelle que c'est le FBI qui a arrêté Grandstaff. Dans notre zèle à vouloir le capturer, nous avons malheureusement pris des libertés avec les textes et au terme d'un procès de six mois, le jury a délibéré dix bonnes minutes avant de décider sa remise en liberté. Ce qui fait qu'à ce jour, les trois millions de dollars de la First National Bank de Tucson sont toujours dans la nature.

Des mains se levèrent.

— Où se trouve actuellement M. Grandstaff ?

— Oh, il a décidé de faire le mort. Il est au fond d'un caveau, ce qui le met définitivement à l'abri des poursuites. Il n'est pas impliqué dans les braquages qui nous intéressent, agent Doud, mais il peut avoir contribué à les inspirer. Il en va de même pour James Dougherty. Nos tueurs sont peut-être des émules, qui ont soigneusement étudié leurs méthodes.

Une demi-heure après le début de la réunion, l'agent Cavalierre entreprit de me présenter à ses collègues.

— Certains d'entre vous connaissent déjà Alex Cross, de la police de Washington. Il travaille à la brigade criminelle et possède un doctorat de psychologie. Le Dr Cross, donc, expert en psychologie criminelle, se trouve être un excellent ami de Kyle Craig. Tous deux entretiennent les meilleurs rapports. Par conséquent, quoi que puissiez penser de la police de Washington ou de votre hiérarchie, je vous suggère de le garder pour vous. (Elle lança un regard dans ma direction.) D'ailleurs, c'est le Dr Cross qui a découvert les corps de Brianne et Errol Parker. Autrement dit, nous lui devons la seule avancée notable enregistrée à ce jour. Vous remarquerez que je prends soin de cirer les pompes du Dr Cross...

À mon tour de me lever pour prendre la parole.

— Je crains effectivement que les Parker aient décidé d'imiter M. Grandstaff en se mettant aux vers. (Quelques rires dans l'assistance.) Brianne et Errol étaient de petits délinquants, déjà condamnés pour divers braquages. Nous nous sommes renseignés sur tous les détenus qu'ils ont pu côtoyer à la prison de Lorton, sans rien trouver de concluant. Nous avons beau chercher dans toutes les directions, rien. Il y a de quoi se poser des questions.

« Les Parker étaient des voleurs relativement doués, mais loin d'être aussi organisés que ceux qui les ont recrutés et qui, ensuite, ont décidé de les supprimer. Au fait, pour votre gouverne, les Parker ont été empoisonnés. Je crois qu'ils sont morts de manière atroce, sous les yeux du ou des tueurs. Et il est possible que le corps de Brianne Parker ait subi des violences sexuelles. Je m'avance peut-être, mais je pense que nous avons affaire à bien davantage que de simples hold-up.

## 13

Le Cerveau n'arrivait plus à fermer l'œil. Trop de pensées désagréables tournoyaient comme un essaim de guêpes énervées autour de son crâne déjà malmené. La grave agression dont il avait été victime l'avait mené à cette situation intolérable. Il devait absolument se venger. Un objectif auquel il consacrait désormais sa vie — depuis quatre ans.

Le Cerveau se leva enfin de son lit. Affalé sur son bureau, il attendit que les nausées s'estompent, que ses maudites mains cessent de trembler. Quelle vie misérable, songea-t-il. Je la méprise. Je la méprise dans le moindre de ses détails, chaque seconde.

Et finalement, il commença à rédiger la lettre anonyme qu'il avait concoctée dans son lit.

*À l'attention du président de la Citibank*

*Cette lettre a pour but de vous alerter, et j'espère que vous en tiendrez compte. Faute de me prendre au sérieux, la Citibank s'exposerait à de graves conséquences.*

*Vous vous imaginez être à l'abri des petites gens, mais vous n'en êtes pas à l'abri.*

*J'écris ces mots d'une main tremblante. Ma colère est telle que tout mon corps frissonne.*

*Ma banquière dort aux commandes. Ma « conseillère personnelle », comme vous l'appelez, est aussi impersonnelle que les cloisons grises du placard qui lui tient lieu de bureau. J'ai toujours cru que les banquiers étaient des gens intelligents et méticuleux. Comment se fait-il, alors, que j'aie été victime, ces derniers temps, d'erreurs aussi énormes qu'insensées, qui m'ont fait perdre un temps précieux ?*

*J'ai demandé un simple virement de compte à compte, entre mon compte-épargne et mon compte courant. Ce virement n'a pas été effectué dans le délai requis.*

*J'ai récemment déménagé, et mon changement d'adresse n'a visiblement pas été enregistré comme il aurait dû l'être. Trois mois se sont déjà écoulés, et je n'ai encore reçu aucun relevé de compte. Apparemment, personne n'a jugé bon de faire le nécessaire, et mes relevés continuent d'être expédiés à mon ancienne adresse.*

*Après toutes ces ignominies, après toutes ces erreurs commises par vos employés toujours aussi occupés à ne rien faire, votre établissement se permet de me refuser un prêt personnel. Le plus insupportable étant pour moi d'avoir à subir le laïus hypocrite et condescendant d'une petite Miss à peine sortie de l'école et qui se la joue.*

*Quand je note les services d'une société, je dois*

*pouvoir leur donner 99,999 sur 100. Votre banque est loin du compte, très loin.*

*Les petites gens sauront s'en souvenir.*

Il relut sa lettre et ne la trouva pas trop mauvaise, compte tenu du fait qu'il était plus de 2 heures du matin. Non, à vrai dire, cette lettre était plutôt bonne.

Il y apporterait quelques corrections avant de la signer, puis de la ranger dans son armoire. Comme il l'avait fait pour toutes les lettres précédentes. Ce genre de courrier était bien trop dangereux, bien trop compromettant pour être confié aux postes fédérales.

Dieu qu'il haïssait les banques ! Les compagnies d'assurance ! Les sociétés d'investissement, si prétentieuses ! Les start-up et leur cinéma ! Le gouvernement fédéral ! Il fallait que tous ces grands responsables imbus de leur personne mordent la poussière, et bientôt ce serait chose faite. Les petites gens allaient enfin prendre leur revanche.

# 14

En quittant Jannie, ce matin-là, je lui avais fait la promesse solennelle de revenir avec une pizza de chez Big Mike Giordano.

Je réapparus donc les bras chargés d'un carton brûlant. Jannie ne pouvait pas manger grand-chose, mais une petite tranche ne lui ferait pas de mal, avait dit le Dr Petito.

— C'est le livreur de pizza, fis-je en valsant dans la chambre.

— Youpi ! s'écria Jannie, allongée dans son lit. Je vais pouvoir enfin échapper à cette bouffe d'hôpital immangeable. Merci, papa. C'est toi le meilleur.

Elle n'avait pas l'air souffrante, et on aurait pu se demander ce qu'elle faisait là, à Saint Anthony. J'aurais aimé qu'il s'agisse d'une erreur, mais je connaissais déjà les principaux détails de l'opération. La préparation et l'intervention elle-même prendraient de huit à dix heures. Le chirurgien enlèverait la tumeur, dont un échantillon serait prélevé pour la biopsie. L'opération aurait lieu à 8 heures, le lendemain, et d'ici là, Jannie recevrait de la Dilantine afin que son état reste stable.

— Tu voulais bien des olives et des anchois ? plaisantai-je en ouvrant le carton.

— Ah, désolée, monsieur le livreur, mais vous avez dû faire une erreur. (Elle darda sur moi un œil noir, comme le faisait son arrière-grand-mère.) S'il y a des petits anchois visqueux qui se tortillent dessus, vous allez me rapporter cette pizza d'où elle vient, et vite fait.

— Mais non, il te fait juste marcher, fit Nana en l'imitant.

Jannie haussa les épaules.

— Je sais, Nana. Moi aussi, je le fais marcher. C'est un petit numéro entre nous.

Et elle se mit à chantonner.

— Moi, j'aime bien les anchois, intervint Damon par pur esprit de contradiction. C'est super salé.

— Ça m'étonne pas, commenta sa sœur. Je parie que t'étais un anchois dans une autre vie.

Tout le monde se mit à rire en piochant dans la pizza. On se serait cru comme avant. Un verre de lait à la main, chacun raconta sa journée, et Jannie fut, bien sûr, la vedette. Elle nous décrivit dans le détail son deuxième scanner, qui avait duré environ une demi-heure, puis proclama :

— J'ai décidé de devenir médecin. C'est un choix définitif. J'irai sûrement étudier à Johns Hopkins, comme mon père.

Vers 20 heures, Nana et Damon se levèrent pour partir. Ils étaient arrivés en début d'après-midi, juste après la sortie de l'école.

— Papa reste encore un peu, décréta Jannie. Il a dû aller travailler, et je ne l'ai pas assez vu aujourd'hui.

Elle fit signe à Nana de la prendre dans ses bras.

Elles demeurèrent l'une contre l'autre un long moment, puis Nana chuchota quelques mots à l'oreille de Jannie, qui acquiesça.

Jannie convoqua ensuite Damon à son chevet, en exigeant « un câlin et un gros bisou ».

Les grands gestes, les « au revoir », les « à demain », ça n'en finissait plus. Et Jannie qui les regardait, assise dans son lit, les joues mouillées de larmes, tout en souriant.

— En fait, ça me plaît, leur dit-elle. Vous savez bien que j'adore être au centre de toutes les attentions. Et arrêtez de vous inquiéter pour moi — je vais devenir médecin. D'ailleurs, à partir de maintenant, je veux que tout le monde m'appelle Dr Jannie.

— Bonsoir, Dr Jannie, lui dit Nana, à voix basse, depuis la porte. Faites de beaux rêves. On se voit demain, ma chérie.

— B'soir, fit Damon. (Puis, se ravisant :) Bon, d'accord, Dr Jannie.

Après, il y eut un instant de silence. Je pris Jannie par les épaules. La scène du départ avait dû nous affecter tous les deux. Assis au bord du lit, je la tenais comme si elle allait pleurer et nous demeurâmes ainsi un long moment, en ne prononçant que quelques mots.

Puis, à ma grande surprise, je vis qu'elle s'était endormie dans mes bras. Et c'est alors que mes larmes se mirent à couler.

## 15

Je passai toute la nuit à l'hôpital aux côtés de Jannie, mort de tristesse et d'angoisse. La peur était devenue une créature vivante qui me broyait la poitrine. J'avais du mal à fermer l'œil. De temps en temps, histoire de me changer les idées, je pensais aux braquages, à tous ces innocents sauvagement assassinés, à cette violence qui, finalement, nous concernait tous.

Je pensais aussi à Christine. Je l'aimais, c'était plus fort que moi, mais je savais bien qu'elle avait pris sa décision. Je ne pouvais plus rien y faire. Elle ne voulait pas vivre avec un inspecteur de la criminelle et, moi, je me voyais mal faire autre chose.

Le lendemain, nous nous réveillâmes vers 5 heures. La chambre de Jannie donnait sur une grande terrasse et un petit jardin en fleurs. Nous admirâmes le lever du soleil, mais ce spectacle serein et magnifique me replongea dans un abîme de tristesse. Et si c'était la dernière fois ? Je ne voulais pas y penser, mais impossible d'échapper aux idées noires lorsqu'elles ont décidé de vous harceler.

Jannie, évidemment, déchiffra mon masque avec un vrai talent de nécromancienne.

— T'en fais pas, papa. Il y en aura d'autres, dans ma vie, des levers de soleil... Mais quand même, j'ai un peu peur. Je te le dis franchement.

— On a toujours parlé franchement.

— Bon, alors, j'ai même très, très peur, corrigea-t-elle d'une toute petite voix.

— Moi aussi, mon petit lapin.

Main dans la main, nous contemplions l'orange sanguine émergeant à l'horizon. Jannie ne disait rien. J'avais toutes les peines du monde à ne pas fondre en sanglots. À un moment, la gorge trop serrée, je fis semblant de bâiller, mais Jannie ne fut pas dupe.

— C'est quoi, le programme, ce matin ? me demanda-t-elle d'une voix à peine audible.

— On continue à te préparer pour l'opération, lui répondis-je. Tu vas peut-être avoir droit à un autre prélèvement sanguin.

Elle fronça le nez.

— Ici, tu sais, c'est des vrais vampires. C'est pour ça que j'ai voulu que tu restes cette nuit.

— Bonne idée. J'ai dû en repousser quelques-uns vers 2 ou 3 heures du matin. Je n'ai pas voulu te réveiller. Au fait, on va aussi sûrement te raser le crâne. Ce sera une première.

Elle se couvrit la tête des mains.

— Oh, non !

— Juste un petit peu, derrière. Ça te donnera un air hyper-branché.

— Ben voyons, fit-elle, la mine toujours horrifiée. Si c'est ce que tu penses, t'as qu'à le faire aussi. Comme ça, on aura tous les deux l'air branché.

— Si tu veux que je le fasse, je le ferai, lui répondis-je en souriant de toutes mes dents.

À cet instant, le Dr Petito pénétra dans la chambre pour annoncer à Jannie, avec un sourire, qu'elle avait l'honneur d'être la première à passer sur le billard.

Elle gonfla sa petite poitrine.

— Tu vois, papa, je suis la première !

Et à 6 h 55, on m'enleva Jannie.

## 16

Tout au long de cette longue et horrible matinée, je ne fis que me cramponner à l'image de Jannie en train de danser avec Rosie, notre chatte, en chantant : « Les Roses sont rouges ». Je crois qu'il n'y a rien de pire qu'être à l'hôpital et attendre. C'est sans doute un avant-goût de l'enfer, ou tout du moins du purgatoire. Nana, Damon et moi ne parlions quasiment pas. Sampson et les tantes de Jannie passèrent en coup de vent, le visage décomposé. Je vivais les instants les plus pénibles de ma vie.

Quand Sampson voulut nous emmener manger un morceau à la cafétéria, je ne pus me résigner à quitter la chambre. Nous n'avions aucune nouvelle de l'état de Jannie. Tout ce que je voyais autour de moi me paraissait irréel. Des images de la mort de Maria, victime d'une violence aveugle, me revenaient épisodiquement. C'était dans ce même hôpital qu'on avait en effet transporté ma femme, tombée sous des coups de feu tirés d'une voiture.

Peu après 17 heures, le neurologue fit son apparition dans la salle d'attente où nous nous étions regroupés.

Je l'aperçus. Il ne m'avait pas encore vu. Je crus me sentir mal. Mon cœur affolé battait à tout rompre. Sur le visage du Dr Petito, je ne lisais rien, rien d'autre que la fatigue. Il nous remarqua, fit un geste de la main, vint vers nous.

Il souriait. C'était bon signe.

— On a réussi, dit-il en nous serrant à tous la main. Félicitations.

— Merci pour tous ces sacrifices, réussis-je à murmurer en lui broyant presque les doigts.

Un quart d'heure plus tard, Nana et moi étions autorisés à entrer dans la salle de réveil. Je me sentais soudain léger, presque euphorique. Jannie était seule. Nous rejoignîmes son lit sur la pointe des pieds. La tête enturbannée de gaze, elle était branchée de partout : moniteurs, perfusions.

Je pris sa main, Nana fit de même. Notre petite allait s'en sortir. Ils avaient réussi.

— J'ai l'impression d'avoir vécu et d'être au ciel, me dit Nana. Pas toi ?

Jannie bougea. Vingt-cinq minutes après être arrivée en salle de réveil, elle commença à émerger. Le Dr Petito, appelé auprès d'un autre patient, revint quelques instants plus tard. Il demanda à Jannie de respirer à fond deux ou trois fois, puis d'essayer de tousser.

— As-tu mal à la tête, Jannie ?

— Oui, je crois.

Puis son regard se tourna vers Nana et moi. Encore sous l'effet des anesthésiques, elle avait de tout petits yeux.

— Bonjour, papa. Bonjour, Nana. Je savais qu'on se retrouverait au paradis.

Je n'eus plus alors qu'à me retourner, pour lui montrer ce que j'avais fait.

Je m'étais rasé une partie du crâne, à l'arrière. J'avais la même marque qu'elle.

## 17

Deux jours plus tard, je me replongeai dans l'affaire des braquages sanglants, qui me fascinait autant qu'elle me révulsait. Le travail ne manquait pas. L'enquête avait survécu à mon absence, mais personne n'avait été interpellé. Je pensais à ce que me disait souvent Nana : si tu tournes en rond, c'est peut-être qu'il y a des angles qui t'échappent.

Je retrouvai Betsy Cavalierre au bureau du FBI, sur la Quatrième Rue. Elle me désigna d'un index accusateur tout en affichant un sourire cordial. J'étais content de la voir, et à en juger par son attitude, l'heure était au dégel.

— Vous auriez dû me parler de votre fille, Alex, de cette opération. Tout va bien ? Vous n'avez pas beaucoup dormi, dites ?

— D'après le chirurgien, la totalité de la tumeur a pu être enlevée. C'est une petite fille courageuse. Le lendemain, elle m'a demandé quand nous pourrions reprendre nos cours de boxe. Désolé de ne pas vous avoir prévenue. Je n'étais pas moi-même.

Elle balaya d'un geste mes excuses.

— Je suis heureuse que votre fille s'en soit bien sortie. À vous voir, on vous sent soulagé.

— Je le suis. Maintenant, pour moi, les choses sont plus claires. Au boulot.

Clin d'œil de Betsey.

— Je suis là depuis 6 heures.

— Oui, pour frimer...

Je m'installai devant le bureau qu'on m'avait attribué et entrepris d'éplucher la montagne de paperasse qui s'était déjà accumulée. L'agent Cavalierre travaillait juste en face de moi. J'étais content d'avoir repris du service. Des tueurs faisaient régner la terreur, et j'avais bien l'intention de contribuer à leur arrestation.

Environ une heure plus tard, je levai les yeux et vis Betsey plongée dans ses pensées, le regard perdu dans ma direction.

— Il faut que je voie un type, lui dis-je. J'aurais dû y penser plus tôt. Il a quitté Washington pendant un certain temps, il est allé à Philadelphie, à New York, à Los Angeles. Et puis il est revenu. Il a braqué pas mal de banques, et c'est un violent.

Betsey opina.

— Je serais ravie de faire sa connaissance. Ça a l'air d'être quelqu'un de bien.

Sans doute est-ce en partie parce que nous manquions de pistes sérieuses, mais ce matin-là, elle m'accompagna. Avec sa voiture, nous nous rendîmes dans un hôtel miteux de New York Avenue. Façade lépreuse, déco à l'abandon, le Doral avait connu des jours meilleurs. Trois putes en mini-jupe aussi défraîchies qu'efflanquées étaient en train de quitter les lieux à notre arrivée. Le dos contre une Cadillac décapotable jaune citron, un mac en costume lamé or taillé ample, sorti tout droit des années 70, se curait les dents.

— Je vois qu'on n'hésite pas à m'emmener dans les endroits les plus chic, commenta l'agent Cavalierre.

Lorsqu'elle descendit de voiture, je vis qu'elle portait une arme à la cheville. Savoir s'habiller, c'est la clé de la réussite...

# 18

Tony Brophy occupait une chambre au quatrième étage du Doral, depuis une semaine. Selon l'employé de la réception, c'était « un mec très perturbé, pas sympa, un dangereux connard ».

— Je connaissais le Doral de Miami, observa Betsey tandis que nous empruntions l'escalier de service, mais c'est un cinq étoiles. Celui-ci ne doit pas faire partie de la même chaîne. Il craint un peu.

— Attendez de voir Brophy. Ici, il ne dépare pas.

Nous arrivâmes devant la porte sans nous annoncer, dégainâmes nos armes. Brophy pouvait être logiquement suspecté d'avoir participé aux braquages meurtriers ; son profil correspondait. Mes doigts tambourinèrent contre le bois nu et balafré de la porte.

— C'est pour quoi ? grommela quelqu'un. J'ai dit : c'est pour quoi ?

— Police de Washington ! Ouvrez !

On entendit des pas, puis le ferraillement de plusieurs verrous. La porte s'ouvrit lentement et Brophy emplit tout l'encadrement. Il faisait près de deux mètres et pas loin de cent trente kilos, dont une grande partie en muscles bien saillants. Il avait le cheveu ras, et le crâne sillonné au rasoir.

— Sale con de flic, maugréa-t-il, une cigarette sans filtre fichée au coin des lèvres. Et c'est qui, la conne qui est avec toi ?

— Je suis capable de répondre moi-même, intervint Betsey.

Un petit sourire se dessina sur le visage épais de Tony Brophy. Qu'on réagisse à ses insultes ne lui déplaisait pas.

— C'est bon, je vous écoute.

— Je suis l'agent principal Cavalierre, du FBI.

— Agent principal ! Attends, c'est comment, encore, la phrase qu'on entend toujours dans les séries télé ? « On peut adopter la manière forte, ou vous pouvez nous faciliter la tâche. » C'est bien ça ?

Ses dents ma parurent étonnamment blanches. Il portait en tout et pour tout un pantalon noir style paramilitaire et des tongs blanc cassé. Ses bras et le haut de son torse étaient recouverts de tatouages de taulard à demi enfouis sous un tapis de poils noirs bouclés.

— J'opterais plutôt pour la manière forte, rétorqua Betsey. Mais c'est une question de goût.

Brophy se tourna vers une blonde osseuse vautrée devant la télé sur un vieux canapé couleur citron vert. Elle ne portait qu'un slip et un grand T-shirt.

— Eh, Nora, elle te plaît autant qu'à moi ?

L'autre, rivée au poste, répondit par un haussement d'épaules. Elle devait être défoncée. Cheveux filasse, la frange plaquée sur son front, elle s'était fait tatouer des barbelés autour des chevilles, des poignets et de la gorge.

Brophy nous dévisagea.

— Je suppose que vous êtes venus parler business. Ainsi donc, notre belle inconnue est du FBI. Excellent. Ça veut dire que vous êtes en mesure de payer les renseignements que je pourrais vous fournir.

Betsey secoua la tête.

— Je préférerais les obtenir par la force.

Les yeux marron de Tony s'illuminèrent.

— Ah, elle me plaît vraiment bien, celle-là.

Nous le suivîmes jusqu'à une table bancale, dans la minuscule cuisine, et il s'installa à califourchon sur une chaise dont le dossier disparut dans la masse de sa poitrine. Il fallut trouver un arrangement financier avant qu'il concède à nous livrer la moindre information. Il ne s'était pas trompé sur un point : Betsey Cavalierre disposait d'un budget bien plus important que le mien.

— Il faut que les renseignements tiennent la route, prévint-elle.

Il hocha crânement la tête, sûr de lui.

— Tu pourras pas trouver mieux sur le marché, ma belle. C'est du premier choix. Tu vois, le type qui a monté les coups dans le Maryland et en Virginie, où ça a dégommé, je l'ai rencontré. Et tu veux savoir comment il est ? Ben, je vais te dire, il fait pas dans le sentiment. Venant de moi, tu peux imaginer ce que ça implique.

Brophy nous fixa des yeux. Nous étions tout ouïe. Il reprit avec son phrasé lent qui sentait la Floride :

— Le Cerveau, il se faisait appeler. Et il rigolait pas. Le Cerveau ! Vous me croyez ? On s'est retrouvés au Sheraton de l'aéroport. Il m'avait contacté via un mec que je connais de New York. En tout cas, il savait des trucs sur moi. Mes points forts, mes points faibles, il était hyper bien renseigné. Il était même au courant pour la belle Nora et son péché mignon.

— Tu penses que ça pouvait être un flic ? lui demandai-je. Compte tenu de tout ce qu'il savait sur toi ?

Grand sourire de Brophy.

— Non. Trop futé, le type. Mais il y a peut-être des flics qui l'ont rencardé, vu qu'il était au courant de tout. C'est pour ça que je l'ai écouté jusqu'au bout. Plus le fait qu'il me promettait plus d'un demi-million de dollars. Y avait de quoi être intéressé.

Brophy était lancé, et nous ne pouvions plus l'arrêter.

— De quoi avait-il l'air ?

— Vous voulez savoir à quoi il ressemblait ? C'est la question jackpot. Je vais vous dresser le décor. Quand je suis entré dans sa chambre, à l'hôtel, j'avais des spots braqués sur moi. Comme pour une première à Hollywood. J'y voyais que dalle.

— Pas même des formes ? Tu as bien dû voir quelque chose.

— Sa silhouette. Il avait les cheveux longs. Ou il portait une perruque. Un grand nez, de grandes oreilles. On aurait dit une voiture les portes ouvertes. On a discuté, et il m'a dit qu'il me recontacterait. J'ai jamais plus eu de nouvelles. Sûrement qu'il voulait pas de moi dans son équipe.

— Et pourquoi ? voulus-je savoir, très sérieusement. Pourquoi n'aurait-il pas voulu de toi ?

Brophy fit semblant de me tirer dessus avec un pistolet imaginaire.

— Ce qu'il veut, mec, c'est des tueurs. Moi, je suis pas un tueur. Moi, je suis un *lover*. Pas vrai, agent Cavalierre ?

# 19

Brophy nous avait fait des confidences inquiétantes. Pas question d'en parler à la presse. Un homme se faisant appeler le Cerveau était en train de recruter des tueurs professionnels. Des tueurs, exclusivement. Que mijotait-il ? D'autres braquages avec prise d'otages ? Quelle pouvait être sa stratégie ?

Ce soir-là, après le boulot, je me rendis à l'hôpital. Jannie récupérait bien, mais je décidai de passer une fois de plus la nuit à ses côtés. Saint Anthony était devenu mon pied-à-terre, et Jannie me surnommait déjà « son coloc ».

Je passai la matinée du lendemain à examiner une série de rapports sur d'anciens employés de la Citibank, de la First Virginia et de la First Union susceptibles d'avoir voulu se venger, ainsi que sur diverses personnes ayant lancé des menaces sérieuses contre ces banques. Le calme qui régnait dans le bureau semblait être celui du désespoir. On était loin du brouhaha fébrile des enquêtes en bonne voie. Nous n'avions hélas ni piste, ni indice. Et pas un seul suspect digne de ce nom.

Les banques confient généralement à leurs propres

services le soin d'enquêter sur les menaces et les appels fantaisistes dont elles peuvent faire l'objet. La plupart des lettres anonymes émanent de clients qui se sont vu refuser un prêt ou dont les biens ont été saisis. Elles sont envoyées par des femmes aussi bien que par des hommes. À en juger par les profils psychologiques qui m'avaient été communiqués, il s'agissait souvent de personnes en butte à des problèmes d'ordre professionnel, privé, ou financier. Parfois, les menaces étaient liées à des conflits syndicaux, ou à l'existence de succursales étrangères — l'Afrique du Sud, l'Irak, l'Irlande du Nord. La plupart des banques passaient leur courrier aux rayons X, et les fausses alertes étaient fréquentes. Il n'était ainsi pas rare que les cartes de vœux musicales affolent les appareils.

Autant chercher une aiguille dans une botte de foin, me disais-je, mais il fallait bien le faire. Des heures plus tard, je me rendis compte que la pauvre Betsey Cavalierre n'était pas mieux lotie que moi. Elle disparaissait presque derrière la pile des documents entassés sur son spartiate bureau métallique.

— Il faut que je fasse un saut quelque part, lui dis-je. Il y a un gars auquel j'aimerais dire deux mots. Il a plusieurs fois menacé la Citibank. Il habite dans le coin.

Elle reposa son stylo.

— Je vous accompagne. Si vous n'y voyez pas d'inconvénients. Kyle pense que vous avez de bonnes intuitions.

— Regardez où ça l'a conduit.

— Exactement. (Elle me fit un clin d'œil.) On y va.

J'avais lu et relu le dossier de Joseph Petrillo, qui émergeait nettement du lot. Au cours des deux dernières année, le président de la Citibank avait reçu à son siège new-yorkais une avalanche de lettres agressives signées Petrillo. Une par semaine. Petrillo était un ancien employé de la sécurité, entré dans la société en 1990. On l'avait licencié dans le cadre d'un plan de restructuration touchant tous les services, mais il n'avait jamais accepté cette explication, pas plus que les diverses offres de reconversion que lui avait proposées la banque.

Quelque chose, dans le ton de ses lettres, m'avait paru très inquiétant. Intelligentes et bien rédigées, elles laissaient néanmoins entrevoir des signes de paranoïa, voire de schizophrénie. Petrillo avait servi au Vietnam avec le grade de capitaine, il était allé au feu. Sur plainte de la banque, la police l'avait interrogé, mais aucune charge n'avait été retenue contre lui.

— Encore un de vos fameux pressentiments, j'imagine, railla Betsey tandis que nous approchions de la maison du suspect, sur la Cinquième Avenue.

— Un de mes fameux mauvais pressentiments, rectifiai-je. L'enquêteur qui lui a rendu visite il y a quelques mois a eu la même impression. La banque n'a pas maintenu sa plainte.

Contrairement à son homologue new-yorkaise, la Cinquième Avenue était bordée d'immeubles peu reluisants, à la lisière du quartier du Capitole qui, lui, s'embourgeoisait à vue d'œil. Les immigrés italiens avaient laissé la place à une population de toutes origines. Le long des trottoirs, on ne voyait que de vieilles voitures rouillées. Une berline BMW suréquipée et quasiment neuve sortait du lot ; sans doute appartenait-elle à un dealer.

— Ça n'a pas changé, ça n'a vraiment pas changé, observa Betsey.

— Vous connaissez ce quartier?

Elle acquiesça, ses yeux marron se firent plus petits.

— Il y a un certain nombre d'années, nombre que je me refuse à dévoiler pour l'instant, je suis née non loin d'ici. Quatre rues plus loin, pour être exacte.

Elle regardait devant elle, l'air un peu morose. Elle venait de me laisser entrevoir une partie de son passé : elle était née à Washington, mais pas là où il fallait. Cela ne se voyait pas.

— Rien ne nous oblige à vérifier maintenant si j'ai raison de m'inquiéter, lui dis-je. Je peux y aller plus tard. Ce n'est sans doute rien, mais comme Petrillo habitait à deux pas du bureau...

Elle fit non, haussa les épaules.

— Vous avez passé en revue pas mal de dossiers, et c'est celui-ci qui vous a le plus frappé. Autant faire la lumière. Revenir dans les parages ne me dérange pas.

Nous nous arrêtâmes devant une épicerie autour de laquelle les jeunes du quartier devaient traîner depuis des décennies. La dernière fournée, jeans larges, T-shirts noirs et cheveux gominés, avait un côté rétro. C'étaient tous des Blancs.

Nous traversâmes l'avenue. À l'angle du pâté de maisons, il y avait une petite baraque jaune.

— C'est là qu'il habite.

— Allons lui parler, dit-elle. Histoire de voir s'il a braqué des banques récemment.

Un escalier de béton menait à une porte grillagée. Je frappai à l'encadrement.

— Police de Washington. Je voudrais parler à Joseph Petrillo.

Je me tournai vers Betsey, qui se tenait à ma gauche, une marche plus bas. Je ne sais même plus ce que je voulais lui dire.

Je n'eus même pas l'occasion d'ouvrir la bouche.

Il y eut une énorme déflagration. Sans doute celle d'une cartouche de chevrotines. Un fracas assourdissant, plus terrifiant que la foudre, qui provenait de l'intérieur, non loin de la porte.

Betsey poussa un grand cri.

## 20

Je n'eus que le temps de plonger, entraînant Betsey avec moi. Et nous voilà sur la pelouse, à quatre pattes, le souffle court, tentant de dégainer nos armes.

— Oh, putain ! hoqueta Betsey.

Nous n'avions pas été touchés, mais nous n'en menions pas large. Et je m'en voulais de m'être montré aussi imprudent devant la porte.

— Merde ! Je ne m'attendais pas à ce qu'il nous tire dessus !

— Vous, en tout cas, quand vous avez une intuition, c'est du solide. J'appelle les renforts.

— Appelez d'abord la police, lui dis-je. C'est notre ville.

Nous nous étions accroupis derrière une haie et quelques rosiers à l'abandon, arme au poing. Le Glock collé au visage, canon vers le ciel, je me demandais si nous avions enfin localisé le Cerveau.

De l'autre côté de la rue, les gosses de l'épicerie essayaient de savoir d'où venait le coup de feu. Pas affolés pour un sou, les yeux écarquillés, ils nous regardaient comme si nous étions en train de tourner un épisode de *NYPD Blue* ou *New York District.*

— Joe a pété les plombs ! hurla l'un d'eux, les mains en porte-voix.

— Au moins, pour le moment, il ne tire plus, murmura Betsey. Joe a pété les plombs.

— Le problème, c'est qu'il a toujours sa pétoire. Il peut nous arroser quand il veut.

Je pivotai pour avoir une meilleure vue de la façade de la maison. Il n'y avait pas de trou dans la porte. Rien.

— Joseph Petrillo ! fis-je une nouvelle fois.

Pas de réaction.

— Police de Washington ! T'as pété les plombs, Joe ? Tu attends que je repointe le bout de mon nez, tu veux que je fasse une meilleure cible, Joe ?

Je me rapprochai, en veillant à rester à l'abri du perron.

Les jeunes, en face, avaient commencé à me singer :

— M'sieur Petrillo ? Hé, m'sieur Petrillo, ça va la tête ?

Les renforts arrivèrent quelques minutes plus tard. Deux voitures de patrouille, sirènes hurlantes. Puis deux autres, suivies de deux berlines du FBI. Tout le monde était armé jusqu'aux dents, prêt à l'assaut grandeur nature. On barricada les accès de la rue, on fit évacuer les maisons voisines ainsi que l'épicerie. Un hélicoptère de la télévision vint survoler les lieux inopinément, sans s'attarder.

J'avais déjà souvent, trop souvent, pris part à ce genre d'opération musclée. Nous attendîmes encore vingt minutes l'arrivée de la brigade spéciale d'intervention, les SWAT. Les chevaliers bleus. Caparaçonnés de la tête aux pieds, ils défoncèrent la porte d'entrée à l'aide d'un bélier. Il ne nous restait plus qu'à investir la maison.

Rien ne m'y obligeait, mais je suivis néanmoins la première vague. Comme l'agent Cavalierre, j'avais mis mon gilet pare-balles en Kevlar. Betsey voulait absolument y aller aussi, ce que je trouvais plutôt sympathique.

Le spectacle qui nous attendait à l'intérieur défiait toute description. Le séjour ressemblait au grenier d'une bibliothèque : des piles de livres moisis, sans couvertures, de magazines déchirés et de vieux journaux occupaient la plus grande partie de la pièce. Certaines faisaient plus de deux mètres de haut. Et il y avait des chats partout, des dizaines de chats qui poussaient des miaulements pathétiques et paraissaient mourir de faim.

Joseph Petrillo était là, lui aussi. Il gisait au milieu d'un tas de vieux *Newsweek, Time, Life* et *People*. Une pile qu'il avait vraisemblablement renversée en tombant en arrière. Sa bouche dessinait une sorte de sourire — enfin, de demi-sourire.

Il s'était tiré une décharge de fusil de chasse en pleine tête. L'arme reposait au sol. La moitié droite du visage avait disparu. Des éclaboussures de sang recouvraient le mur, un fauteuil et certains ouvrages. L'un des chats s'appliquait à lécher la main du cadavre.

En examinant les livres répandus près du corps, je remarquai une brochure de la Citibank, ainsi que des extraits de compte bancaire adressés à Petrillo. Le solde créditeur, d'un montant de sept mille sept cent onze dollars trois ans plus tôt, était tombé à soixante et un dollars.

Betsey Cavalierre, agenouillée près de ce qui restait

de notre suspect, donnait l'impression de lutter contre la nausée, sans prêter attention aux deux félins efflanqués qui se frottaient contre sa jambe.

— En tout cas, ce n'était pas lui le Cerveau, fit-elle, songeuse.

Dans son regard, je vis un peu de peur, et une grande tristesse.

— Non, sûrement pas, Betsey. Je vois mal comment ça aurait pu être ce pauvre Petrillo, avec ses chats faméliques.

## 21

Finalement, Jannie eut pitié de moi. Deux nuits que je me cassais le dos à dormir sur une chaise, dans sa chambre. Elle m'autorisa à dormir chez moi. Quand le téléphone sonna, je dormais profondément. Je décrochai à la troisième sonnerie.

C'était Christine.

— Alex, il y a quelqu'un chez moi. Je crois que c'est Shafer. Il est venu me tuer. Alex, fais quelque chose !

— Appelle la police, j'arrive. Prends Alex et mettez-vous à l'abri tout de suite !

En général, il me faut près d'une demi-heure pour aller à Mitchellville mais cette fois-ci, je fis le trajet en moins d'un quart d'heure. La rue était illuminée comme à Noël. Il y avait deux voitures de patrouille devant la maison de Christine, et il pleuvait des cordes.

Je bondis hors de ma Porsche. Devant la porte, un homme en tenue à la carrure massive, protégé par une capote bleu marine ruisselante, m'arrêta de la main.

— Je suis l'inspecteur Alex Cross, police de Washington. Je suis un proche de Christine Johnson.

Il hocha la tête, ne demanda pas à voir ma plaque.

— Elle est à l'intérieur avec les autres agents. Elle va bien, inspecteur. Le gamin aussi.

J'entendais déjà le petit Alex pleurer. Dans le salon, je vis deux autres hommes en tenue aux côtés de Christine, qui les interpellait entre deux sanglots.

— Il est ici ! Je vous dis qu'il est ici, Geoffrey Shafer, le Furet. Il est ici, quelque part !

Elle criait, elle passait les mains dans ses cheveux.

Dans son petit parc, le bébé pleurait de plus belle. Je le pris dans mes bras et, aussitôt, il se calma. Je rejoignis Christine et les deux policiers.

— Parle-leur de Geoffrey Shafer, m'implora-t-elle. Raconte-leur ce qui s'est déjà passé. Explique-leur que c'est un fou furieux, qu'il est capable de tout !

Je déclinai mon identité aux deux hommes, puis leur fis le récit de l'horrible enlèvement dont Christine avait été victime aux Bermudes, un peu plus d'un an auparavant. Je m'en tins à l'essentiel, et lorsque j'eus fini, ils acquiescèrent. Ils avaient compris.

— Je me souviens d'avoir lu des articles sur cette affaire, me dit l'un d'eux. Le problème, c'est qu'aucun indice ne démontre que quelqu'un s'est introduit ici ce soir. Nous avons vérifié toutes les portes, toutes les fenêtres, tous les abords.

— Verriez-vous un inconvénient à ce que je jette un coup d'œil dans la maison ? demandai-je.

— Non, pas du tout. Nous vous attendons ici avec Mme Johnson. Prenez tout votre temps, inspecteur.

Je confiai le petit Alex à Christine, puis entrepris d'inspecter soigneusement toute la maison. Pas le moindre signe d'intrusion. Je fis le tour du jardin. L'herbe était mouillée, mais aucune empreinte n'était visible. Il me paraissait improbable que Shafer fût venu ce soir-là.

En revenant dans le salon, je trouvai Christine et Alex tranquillement blottis l'un contre l'autre sur le canapé. Les agents m'attendaient devant la porte.

— Je peux parler franchement ? me dit l'un d'eux. Mme Johnson a peut-être fait un cauchemar, non ? Cela y ressemble. Elle affirme que ce Shafer est entré chez elle, dans la chambre à coucher, mais nous n'avons rien trouvé qui aille dans ce sens. Toutes les portes étaient fermées à clé, l'alarme était toujours branchée. Est-elle sujette aux cauchemars ?

— Parfois, ces temps derniers. Merci pour votre aide. Je vais prendre le relais.

Lorsque les voitures de patrouille se furent éloignées, je rejoignis Christine. Elle me paraissait rassérénée, mais une infinie tristesse noyait son regard.

— Que m'arrive-t-il ? gémit-elle. Je veux que tout redevienne comme avant. Je n'arrive pas à me défaire de ce type.

Même là, elle refusa que je la prenne dans mes bras. Elle n'en démordait pas : elle n'avait pas fait de cauchemar, et Geoffrey Shafer, dit le Furet, s'était bien introduit chez elle. Elle me remercia simplement d'être venu, et me demanda de partir.

— Tu ne peux rien faire pour moi.

Je repris donc la route après avoir déposé un baiser sur le front du petit Alex.

# 22

La nouvelle équipe allait passer à l'action. Il y avait M. Bleu, M. Blanc, M. Rouge et Mme Vert. Ce matin-là, à 7 heures précises, M. Bleu s'était posté juste derrière une maison, dans les bois de Woodley Park, aux abords de Washington.

Comme les trois jours précédents, Martin Casselman, directeur d'agence bancaire, quitta son domicile vers 7 h 20. Avant de monter dans sa voiture, Casselman jeta un coup d'œil autour de lui. Une précaution sans doute dictée par la psychose qui avait suivi les récents hold-up commis dans le Maryland et en Virginie. Mais les gens ne pensaient jamais que cela pouvait réellement leur arriver à eux.

La femme de Casselman était prof d'anglais au collège de Dumbarton Oaks. M. Bleu détestait les profs d'anglais. Mme Casselman partait en général vers 8 heures. Le couple Casselman était aussi méthodique que prévisible, ce qui facilitait la tâche.

Bleu rampa jusqu'au pied d'un vieil orme à l'agonie. Il attendait un appel sur son portable. Pour l'instant, le timing était respecté, et il se sentait détendu. Huit minutes environ après le départ de Martin Casselman, le téléphona sonna. Bleu décrocha.

— Bleu. J'écoute.

— M. C vient d'arriver, juste à l'heure pour notre réunion. Il est en train de se garer sur le parking. Terminé.

— Reçu cinq sur cinq. Ma réunion avec Mme C se présente bien.

À peine avait-il raccroché que Bleu vit Victoria Casselman sortir de chez elle et fermer la porte à clé. Avec son pantalon-tailleur rose, elle lui rappelait Farrah Fawcett au temps de sa splendeur.

— Mais où va-t-elle ? fit-il à mi-voix, pris au dépourvu.

Les surprises ne figuraient pas au programme de l'opération. Le Cerveau était censé avoir tout prévu. Tout devait être parfait et, là, ce n'était pas le cas. M. Bleu s'élança dans les buissons et les hautes herbes qui le séparaient de la maison des Casselman, mais il comprit très vite qu'il n'arriverait jamais à temps.

« Quelqu'un vient de commettre une erreur. Moi, ou elle ? Nous deux ! Elle est partie de chez elle trop tôt, et moi, je ne me suis pas placé au bon endroit ! »

Il courut en direction de Hawthorne Street, mais Mme Casselman était déjà en train de faire marche arrière dans l'allée, au volant de sa Toyota noire. Si elle tournait à droite, tout était fichu. Si elle tournait à gauche, il lui restait encore une chance de sauver les meubles. « Allez, Farrah, ma chérie, tourne à gauche ! »

M. Bleu essayait d'imaginer ce qu'il pourrait lui crier pour la stopper net. « Réfléchis, réfléchis ! »

Brave fille ! Elle avait tourné à gauche. Malgré tout, il doutait de pouvoir la rattraper à temps.

Il accéléra, tête baissée. Une soudaine vague de chaleur lui brûla la poitrine. Depuis quand n'avait-il pas couru ainsi, jusqu'au bout de ses forces ?

— Ohé ! Ohé ! hurla-t-il à s'en déchirer les cordes vocales. Aidez-moi, s'il vous plaît !

Les cris finirent par alerter Victoria Casselman. La coiffure blonde se tourna dans la direction de M. Bleu. La voiture ralentit.

Il fallait qu'il trouve un moyen de l'arrêter.

— Ma femme va accoucher ! hurla Bleu. Je vous en prie, aidez-moi. Ma femme va accoucher !

Avec un immense soupir de soulagement, il vit la Toyota noire s'immobiliser au milieu de la route. Pourvu, se dit-il, qu'un voisin trop curieux ne soit pas en train d'épier toute la scène depuis ses fenêtres. Mais c'était secondaire, de toute manière. L'important était d'arrêter cette femme, d'une façon ou d'une autre. Hors d'haleine, il ne se trouvait plus qu'à quelques mètres de la voiture.

— Il y a un problème ? lança Victoria Casselman, vitre baissée. Où est votre femme ?

M. Bleu poursuivit sa course jusqu'à la portière en soufflant bruyamment, puis il sortit un pistolet Sig Sauer et, du canon, frappa violemment la mâchoire de Mme Casselman, qui émit un glapissement de douleur. Il s'engouffra dans le véhicule, colla son arme sur le front de la conductrice.

— On retourne à la maison ! Où tu pensais aller, hein, à 7 h 30 du matin ? Oh, et puis, ferme-la, je m'en fous un peu. Tu as fait une erreur, Victoria. Une grosse erreur.

Et M. Bleu se retint de l'abattre sur-le-champ, au volant de sa voiture.

## 23

Il y avait une attaque à main armée en cours à l'agence de la Chase Manhattan Bank située près de l'hôtel Omni Shoreham. Betsey Cavalierre et moi étions en route. Nous ne parlions quasiment pas. Nous redoutions ce qui nous attendait sur place.

Betsey se concentrait sur le moindre de ses gestes. Elle avait sorti le gyrophare et nous traversions Washington à tombeau ouvert, sirène à fond. Il s'était remis à pleuvoir, et des seaux entiers d'eau martelaient le toit et le pare-brise de la voiture. Washington pleurait. Le cauchemar prenait de l'ampleur, et le film s'accélérait. Jamais je n'avais été confronté à une série de crimes aussi inquiétants, aussi imprévisibles. Je n'y comprenais rien. Des braqueurs de banques, peut-être répartis en plusieurs équipes, jouaient les serial killers. La presse ne parlait plus que de cela et dans le grand public, l'heure était à la psychose. Les banques, elles, s'impatientaient et fustigeaient nos piètres résultats.

Le ululement des sirènes, devant nous, m'arracha à mes interrogations ; ce concert lugubre et strident me donnait chaque fois la chair de poule. Puis j'aperçus l'enseigne bleu et blanc de la Chase Manhattan.

Betsey se gara juste avant la Vingt-huitième Rue. Nous ne pouvions pas aller plus loin. Malgré la pluie battante, des centaines de badauds s'étaient déjà agglutinés autour des dizaines d'ambulances et de voitures de patrouille. Il y avait même un camion de pompiers.

Sous les trombes d'eau, nous courûmes jusqu'au modeste bâtiment de briques rouges qui s'élevait à l'angle de Calvert. Betsey avait quelques longueurs de retard sur moi, mais elle assurait bien.

— Police de Washington, inspecteur Cross.

Je mis ma plaque sous le nez d'un homme en tenue qui s'efforçait d'interdire l'accès au parking de la banque. Il s'effaça à la vue de mon écusson doré.

Le lamento des sirènes des véhicules de police et de secours n'en finissait plus. Je compris pourquoi dès que j'eus pénétré dans le hall de la banque. Il y avait cinq victimes. Trois femmes, deux hommes, tous tués par balles. Un nouveau massacre, encore plus effroyable que les précédents.

— Pourquoi, mon Dieu ? bredouilla Cavalierre.

L'espace d'une seconde, elle s'accrocha à mon bras, avant de se rendre compte de ce qu'elle faisait et de me lâcher.

Un agent du FBI se précipita à notre rencontre. Il s'appelait James Walsh. Je l'avais vu lors de la première réunion au bureau local.

— Cinq morts. Tous des employés de la banque.

— Y avait-il des otages au domicile du directeur ? voulut savoir Betsey.

Walsh secoua la tête.

— Sa femme a été également abattue. Quasiment à bout portant. Exécutée pour une raison qui nous échappe... Betsey, ils ont laissé un survivant à la banque. Il a un message pour vous et l'inspecteur Cross. De la part d'un type qui se fait appeler le Cerveau.

# 24

Le survivant se nommait Arthur Strickland. On le tenait à l'écart de la presse, dans le bureau du directeur. C'était le vigile de l'établissement.

Strickland devait avoir un peu plus de quarante-cinq ans. Grand, mince, il était visiblement, malgré sa robuste constitution, en état de choc. La sueur perlait sur son visage et son épaisse moustache ; la chemise de son uniforme bleu ciel était déjà trempée.

Betsey alla lui parler avec toute la douceur requise.

— Je suis l'agent principal Cavalierre, du FBI. C'est moi qui dirige cette enquête, monsieur Strickland. Et voici l'inspecteur Cross, de la police de Washington. J'ai cru comprendre que vous aviez un message pour nous.

Et là, il s'effondra en sanglots. Il lui fallut une bonne minute pour se reprendre et retrouver l'usage de la parole.

— Ce sont des gens bien qui ont été tués aujourd'hui, gémit-il. C'étaient mes amis. J'étais là pour les protéger. Ainsi que nos clients, bien sûr.

— Ce qui s'est passé est horrible, mais ce n'est pas votre faute, lui dit Betsey, attentive à le réconforter. Pourquoi les a-t-on tués ? Pourquoi eux, et pas vous ?

Le vigile secoua la tête, consterné.

— Ils m'ont tenu en joue dans le hall, avec les autres. Ils étaient deux. On nous a demandé de nous allonger sur le ventre. Ils disaient qu'ils devaient être ressortis de la banque à 8 h 15. Pas plus tard. Pas d'entourloupes, ils nous ont répété. Pas de sirènes, pas d'alarmes silencieuses.

— Ils sont sortis de la banque trop tard ? lui demandai-je.

— Non, monsieur, bafouilla le vigile. Tout est là. Ils auraient très bien pu partir dans les délais, mais on aurait dit qu'ils ne voulaient pas. Ils m'ont dit de me relever, et à ce moment-là, j'ai bien cru qu'ils allaient me flinguer. J'ai fait le Vietnam, mais jamais je n'ai eu aussi peur.

— Ils vous ont demandé de nous laisser un message ?

— Oui, monsieur. Un message qui vous est adressé à tous les deux. Il y en a un qui m'a demandé : elle te plaît, cette banque ? Je lui ai répondu que j'aimais bien mon métier. Là, il m'a traité de « connard de Black ». Ensuite, il m'a dit que j'allais être leur messager. Je devais dire à l'agent Cavalierre, du FBI, et à l'inspecteur Cross qu'il y avait eu une entourloupe à la banque. Il a dit qu'il ne fallait plus qu'il y ait d'entourloupes. Il l'a répété plusieurs fois. Plus d'entourloupes. Il a dit : dis-leur que c'est un message de la part du Cerveau. Et ensuite, ils ont abattu tous les autres. Ils les ont exécutés comme ils étaient, allongés par terre. Tout ça, c'est ma faute. C'était moi, le vigile de service. Et je les ai laissés faire.

— Non, monsieur Strickland, lui murmura Bestey Cavalierre. Ce n'était pas votre faute. C'est nous qui sommes responsables, pas vous.

## 25

Plus d'entourloupes.

Le Cerveau savait tout sur Betsy Cavalierre, la fille du FBI, et l'inspecteur Cross. Il avait la totalité des éléments en main, et connaissait même le nom des hommes affectés à l'enquête. Ces hommes faisaient maintenant partie de son plan.

Il n'aurait pas pu choisir une plus belle journée pour son escapade à la campagne. Marguerites, coquelicots et tournesols étaient en fleurs, et dans le ciel couleur azur, on n'apercevait que deux petits nuages blancs plantés symétriquement à l'est et à l'ouest.

L'équipe actuelle séjournait dans une ferme des environs de Hayfield en Virginie, à cent trente kilomètres au sud-ouest de Washington.

À la sortie d'un virage, sur un chemin de terre, il aperçut l'arrière de la fourgonnette de M. Bleu dépassant d'une grange rouge qui, visiblement, n'avait pas été repeinte depuis une éternité. Dans la cour, deux chiens essayaient vainement de mordre les taons qui les harcelaient. Il ne voyait pas les membres de l'équipe, ni leurs petites amies, mais il entendait leur musique assourdissante : un rock un peu sudiste, bien carré, avec beaucoup de guitares, qu'ils écoutaient en continu du matin au soir.

Il entra dans le corps de ferme transformé en loft. Il vit M. Bleu, M. Rouge, M. Blanc et leurs petites amies, dont Mme Vert faisait partie. Une bonne odeur de café chaud vint lui caresser les narines. Il y avait un balai contre le mur, ce qui signifiait qu'ils avaient fait un semblant de ménage juste avant son arrivée. Et à côté du balai, il y avait une carabine de précision Heckler & Koch.

— Bonjour, tout le monde, fit-il avec un salut volontairement timide de la main.

Il souriait, mais il savait bien que, pour eux, il n'était qu'un illuminé. Si ça pouvait leur faire plaisir... Et Mme Vert, elle, le dévisageait comme s'il était un illuminé en train de craquer pour elle.

— Hé, mon professeur ! s'exclama Bleu avec un sourire béat si hypocrite qu'il en devenait grotesque.

Le Cerveau ne se laissait pas duper. Bleu était un tueur sans états d'âme. Voilà pourquoi il avait été retenu pour les braquages de la First Union et de la Chase. Ils étaient tous des tueurs, y compris les filles.

— Pizza ! annonça le Cerveau en brandissant deux cartons et un sac en papier. J'ai apporté de la pizza. Et un excellent chianti.

# 26

Je suis mortel, comme type, se dit le Cerveau, et son jeu de mots lui inspira un demi-sourire un peu forcé. Il était un peu plus de 16 heures et un beau soleil brillait encore. Le Cerveau s'était offert une jolie petite balade dans les prés. Il avait tout prévu. À présent, il rentrait à la ferme.

Il passa par-devant. Il poussa la porte-moustiquaire, promena son regard sur les corps. Les six occupants de la ferme étaient morts, et leurs corps étrangement tordus et déformés faisaient penser à des barres de fer qu'on aurait jetées dans un brasier. Il avait déjà été témoin de ce phénomène une fois, juste après un incendie qui avait ravagé les hauteurs de Berkeley, en Californie. Il avait adoré la formidable beauté de ce cataclysme naturel.

Il s'immobilisa et examina les morts. Des assassins qui, heureusement, avaient souffert. Cette fois-ci, il les avait empoisonnés avec du Marplan. Curieusement, le fromage et le vin rouge, notamment le chianti, potentialisaient les effets de cet antidépresseur. Cette combinaison chimique peu ordinaire entraînait une brusque montée de la tension, puis une hémorragie cérébrale et enfin un collapsus circulatoire. Point final.

Il étudia les morts de plus près. Un tableau fascinant, extraordinaire. Les pupilles étaient dilatées. Les bouches tordues s'ouvraient sur des cris muets. Les langues pendaient, boursouflées et bleuâtres. À présent, il fallait qu'il les sorte d'ici. Il fallait qu'il fasse disparaître les corps, comme s'ils n'avaient quasiment jamais existé.

Une jeune fille du nom de Gersh Adamson gisait près de la porte d'entrée. Elle avait tenté de s'enfuir. Tant mieux pour elle. C'était Mme Vert, une minuscule blondinette qui prétendait avoir vingt-cinq ans, mais n'en paraissait que quinze. Sa bouche s'était figée sur un cri de détresse qu'il adorait. Il aurait pu passer des heures à contempler ses lèvres.

Il estima qu'elle devait être la plus légère à porter ; elle pesait sans doute moins d'une cinquantaine de kilos.

— Salut, madame Vert. Vous m'avez toujours bien plu, vous savez. Ce n'est pas très facile à dire. Il faut que je vous avoue que j'ai toujours été un peu timide, mais je vous assure que je fais des progrès.

Il tendit la main, effleura sa petite poitrine et constata alors, à son grand étonnement, que Mme Vert portait un soutien-gorge à balconnets sous sa chemise. Inattendu, chez une fille qui jouait les écolos. Il déboutonna la chemise, l'enleva, et admira le buste fluet.

Il déboutonna ensuite le jean. Glissa un doigt dans la petite culotte. La chair était un peu froide. La fille avait un anneau d'argent dans le nombril. Il le caressa. Tira dessus comme pour décapsuler une cannette de bière.

Mme Vert portait des chaussures gris satin, à

semelles compensées et à talons hauts, qu'il fit doucement glisser. Il tira ensuite le jean jusqu'aux chevilles, puis réussit à l'enlever, non sans difficultés, tant il était moulant. Les ongles des pieds de Mme Vert étaient peints d'un vernis du plus beau bleu.

Le Cerveau dégrafa ensuite le soutien-gorge en dentelle, prit les petits seins dans ses mains, les frotta l'un contre l'autre avec les paumes. Puis il pinça violemment les minuscules tétons, si délicats, si parfaits. Il avait envie de le faire depuis qu'il l'avait vue. Il aurait tant aimé lui faire un petit peu mal. Voire très mal.

Il regarda la baie vitrée, puis les corps allongés.

— Rassurez-moi, je ne choque personne, dites ?

Il traîna Mme Vert par les pieds jusqu'au vieux tapis, au milieu de la pièce. Puis il enleva son propre pantalon. Il commençait à bander, chose qui ne lui arrivait quasiment plus. Peut-être que le FBI avait vu juste : peut-être était-il bien, finalement, un tueur en série. Peut-être commençait-il seulement à comprendre qui il était vraiment.

— Je suis un vampire, dit le Cerveau.

Sur quoi il écarta la petite culotte et pénétra la fille morte.

— Je suis fou, madame Vert, et c'est ce qu'il y a de plus comique dans toute l'histoire. Le fou, c'est moi. Si la police savait... Quel bel indice...

Livre Trois

# Grosses pointures

1

Il n'y avait pas eu de nouveau braquage depuis trois jours. Je pus passer l'après-midi du samedi avec le petit Alex avant de le rendre, vers 18 heures, à Christine.

Au dernier moment, je lui fis faire un tour dans le jardin. Dans le « parc », comme j'aimais le surnommer. C'était un magnifique jardin, entièrement créé et entretenu par Christine. On y trouvait toutes les variétés de roses, des thés hybrides, des rosiers multiflores, des grandiflora. Ce jardin, véritable régal pour l'œil, me rappelait la Christine que j'avais connue avant notre voyage aux Bermudes. Et m'y promener maintenant, sans elle, me faisait mal au cœur.

Je portais le petit sur la hanche, je lui parlais, je lui montrais la pelouse bien tondue, le gros saule pleureur, le ciel, le soleil couchant. Je lui faisais voir ce que nos visages avaient en commun : le nez, la bouche, les yeux. Toutes les deux minutes, je lui déposais un bisou sur la joue, le cou ou le crâne.

— Sens le parfum des roses, lui chuchotai-je.

Quelques minutes plus tard, je vis Christine sortir de chez elle en courant, talonnée par sa sœur Natalie.

Était-elle là pour la protéger ? J'avais l'impression qu'elles allaient me tomber dessus à bras raccourcis.

— Alex, il faut qu'on parle, m'annonça-t-elle. Natalie, tu veux bien t'occuper un moment du bébé ?

À contrecœur, je confiai Alex à Natalie. Je n'avais guère le choix, semblait-il. Christine avait tellement changé au cours des derniers mois que j'avais parfois le sentiment de ne plus la connaître. Ses cauchemars y étaient peut-être pour quelque chose. Ils ne faisaient apparemment qu'empirer.

— Il faut que j'évacue un certain nombre de choses, commença-t-elle. Je t'en prie, ne dis rien.

## 2

Je me mordis la langue. C'était comme ça depuis des mois. Elle avait les yeux rougis.

— Te voilà lancé sur une nouvelle enquête criminelle, Alex. J'imagine que c'est bien pour toi. C'est ta vie. Visiblement, tu es très doué pour ça.

Il fallait que j'intervienne.

— J'ai proposé de quitter la police, lui dis-je. De travailler dans le privé. Je le ferai, Christine.

Elle fronça les sourcils.

— C'est trop d'honneur.

— Je ne veux pas être en conflit avec toi. Je suis désolé, continue. Je ne voulais pas t'interrompre.

— Ici, reprit-elle, à Washington, je n'ai plus de vie. Je suis angoissée en permanence. Enfin, je devrais plutôt dire terrorisée. J'ai l'impression qu'on m'a volé ma vie. Il y a eu d'abord George, puis ce qui s'est passé aux Bermudes. J'ai peur que Shafer ne revienne.

Je ne pus m'empêcher d'intervenir :

— Non, Christine, il ne reviendra pas.

— Ne dis pas une chose pareille ! (Elle haussa le ton.) Tu n'en sais rien ! Absolument rien !

Je commençais à suffoquer, comme si mes poumons

se vidaient malgré eux. J'ignorais où Christine voulait en venir, mais elle était manifestement en train de craquer, comme le soir où elle avait cru que Geoffrey Shafer s'était introduit chez elle.

— Je vais quitter la région à la fin de l'année scolaire, poursuivit-elle. Je ne veux pas que tu saches où je vais, je ne veux pas que tu essaies de me retrouver. Évite de jouer les inspecteurs avec moi, Alex. Ou les psy.

Je n'en croyais pas mes oreilles. Abasourdi, privé de voix, je la regardais. Jamais je ne m'étais senti aussi anéanti, aussi triste, aussi seul. En moi, il n'y avait plus qu'un immense vide.

— Et le bébé ? finis-je par demander d'une voix étranglée, à peine audible.

Christine se mit à sangloter et à trembler. De tout son corps.

— Je ne peux pas prendre Alex avec moi. Pas dans l'état où je suis en ce moment. Pour l'instant, il faut qu'il reste avec toi et Nana.

Je voulus dire quelque chose, mais pas le moindre mot ne put sortir de ma bouche. Christine me dévisagea encore quelques secondes, et ses yeux n'étaient plus qu'un océan de tristesse, de douleur, de désarroi. Puis elle rebroussa chemin et disparut à l'intérieur de la maison.

# 3

J'étais furieux, j'étais malheureux, et je gardais tout ça en moi, alors que je savais très bien que ce n'était pas la bonne solution. Le cordonnier est toujours le plus mal chaussé...

Le hasard voulut que je croise ma psy, Adele Finally, à l'église, le dimanche matin. Comme moi, elle était venue en famille à la messe de 9 heures. Nous nous déplaçâmes sur le côté de la nef pour pouvoir parler. Adele avait dû lire quelque chose dans mon regard. Rien ne lui échappe, et elle me connaît bien. Je la consultais depuis quatre ans.

— C'est ta chatte, Rosie, qui est morte, ou quoi ? me demanda-t-elle en souriant.

— Rosie se porte comme un charme, Adele. Moi aussi. Merci de t'inquiéter pour nous.

— C'est ça, oui. Comment se fait-il que tu ressembles à Ali au lendemain de son combat contre Frazier à Manille ? Pourrais tu me l'expliquer ? Qui plus est, tu ne t'es pas rasé pour venir à l'église.

Je tentai de détourner la conversation :

— Jolie robe. Cette couleur te va très bien.

Ma tentative maladroite n'eut aucun succès. Elle se renfrogna.

— N'importe quoi. Le gris n'est vraiment pas ma couleur, Alex. Qu'est-ce qui ne va pas ?

— Tout va bien.

Adele alluma un cierge.

— J'adore la magie, chuchota-t-elle en ajoutant, avec un sourire malicieux : Il y a longtemps que je ne t'ai pas vu, Alex. C'est ou très bon, ou très mauvais signe.

À mon tour, j'allumai un cierge avant de prononcer une prière :

— Mon Dieu, continue de veiller sur Jannie. Fais aussi que Christine reste à Washington. Je sais que tu es de nouveau en train de me mettre à l'épreuve.

Adele grimaça comme si elle venait de se brûler. Son regard quitta les flammes qui dansaient et vint se fixer sur moi.

— Oh, Alex, je suis vraiment désolée. Des épreuves, tu en as déjà suffisamment subi.

— Ça va aller, mentis-je pour ne pas avoir à aborder le sujet, même devant Adele.

Elle ne me croyait pas.

— Oh, Alex, Alex. Ne dis pas n'importe quoi. Je te connais.

— Je t'assure, ça va aller.

Elle prit un air exaspéré.

— Dans ce cas, parfait. Cela fera cent dollars pour la consultation. Tu n'auras qu'à les donner à la quête.

Et elle partit rejoindre les siens, qui avaient déjà pris place vers le milieu de l'allée centrale. Elle se retourna, me regarda. Elle ne souriait plus.

Lorsque je rejoignis notre banc, Damon me

demanda qui était la jolie dame avec laquelle j'avais discuté au fond de l'église.

— Elle est médecin, lui répondis-je. C'est une amie.

Jusque-là, tout était vrai.

— C'est ton médecin ? Elle soigne quoi, elle ? Elle avait l'air fâchée contre toi. Tu as fait quelque chose de mal ?

— Je n'ai rien fait de mal, protestai-je à mi-voix. Et j'aimerais bien que tu me laisses un peu tranquille.

— Non, je ne te laisserai pas tranquille. En plus, on est à l'église, et je veux que tu te confesses.

— Je n'ai pas de confession à te faire. Je vais bien. Il n'y a aucun problème. Je suis en paix avec le monde. Je suis parfaitement heureux.

Damon me lança le même regard consterné qu'Adele, puis il détourna la tête. Lui non plus ne me croyait pas. Quand vint le moment de la quête, je déposai un billet de cent dollars dans le panier.

## 4

Le Cerveau avait établi un planning extrêmement serré. Le tic-tac assourdissant de l'horloge, à l'intérieur de sa tête, ne s'arrêtait jamais.

Il avait donné rendez-vous à une équipe de braqueurs dans sa suite du Holiday Inn, près du quartier pittoresque de Colonial Village à Washington. C'était la meilleure équipe du marché. Tout le monde était à l'heure, bien évidemment. Il avait prévenu : il ne plaisantait pas avec la ponctualité.

Brian Macdougall pénétra dans la pièce d'un pas arrogant, suivi des deux autres. Sa démarche fit sourire le Cerveau. Il savait que Macdougall entrerait le premier. Derrière lui se trouvaient B. J. Stringer et Robert Shaw. Le Cerveau se fit la réflexion que ces trois-là n'avaient vraiment pas l'air de truands de haut vol. Deux d'entre eux portaient le T-shirt bleu roi et blanc d'une ligue de softball de Long Island.

— M. O'Malley et M. Crews ? s'enquit le Cerveau derrière la rampe de projecteurs qui les empêchait de le distinguer. Puis-je vous demander où ils sont ?

Au nom du groupe, Macdougall répondit :

— Ils étaient obligés de travailler aujourd'hui. Vous

nous avez prévenus assez tard. On est trois à avoir pris la matinée. Si on s'était tous fait porter pâles en même temps, ça aurait paru louche.

Le Cerveau continua d'observer les trois New-Yorkais assis sous le feu des projecteurs. Ils avaient tous des têtes d'Américains bien moyens. En réalité, c'étaient les braqueurs les plus dangereux auxquels il eût jamais fait appel. Exactement ce qu'il lui fallait pour la prochaine épreuve.

— C'est quoi, ça, un casting ? demanda Macdougall, chemise de soie noire, pantalon noir, mocassins noirs, cheveux lissés et bouc noirs.

— Un casting ? Non, absolument pas. Si ça vous intéresse, le boulot est à vous. Je sais comment vous travaillez. Je sais tout sur vous. Je connais votre CV.

Macdougall regarda fixement droit devant lui, comme s'il espérait percer l'écran de lumière qui l'aveuglait.

— Nous devons nous rencontrer en face à face, décida-t-il d'un ton glacial. Autrement, on ne pourra pas faire le travail.

Le Cerveau se leva sur-le-champ, stupéfait, mécontent. Les pieds de sa chaise raclèrent bruyamment le plancher.

— Dès le début, vous avez été prévenus que ce n'était pas possible. La réunion est terminée.

Un silence de plomb submergea la pièce. Macdougall jeta un regard en direction de Stringer et Shaw. Il se gratta le bouc à plusieurs reprises, puis éclata de rire.

— C'était juste pour vous tester. Je suis sûr qu'on ne mourra pas si on ne voit pas votre visage. Si vous avez de quoi nous régler, comme prévu...

— J'ai de quoi vous régler, messieurs. Cinquante mille dollars. Juste pour cette réunion. Je tiens toujours mes promesses.

— Et cet argent, on le garde même si votre plan ne nous plaît pas ?

Au tour du Cerveau de sourire à présent.

— Il va vous plaire, mon plan. Surtout en ce qui concerne votre part. Elle se monte à quinze millions de dollars.

## 5

— Il a bien dit quinze millions ?

— C'est ce que le type a dit. Qui doit-on braquer, pour ce prix-là ?

Ce jour-là, en fait, Vincent O'Malley et Jimmy Crews ne travaillaient pas. Ils attendaient, l'un dans une Toyota Camry, l'autre au volant d'une Honda Acura. Ils communiquaient à l'aide de casques micro-écouteurs. Leurs voitures étaient garées de part et d'autre du Holiday Inn. Ils guettaient la sortie du Cerveau dans l'espoir de parvenir à le filer et découvrir qui il était.

O'Malley et Crews suivaient toutes les conversations grâce à Brian Macdougall, qui portait un micro. Quinze millions, avaient-ils entendu. Que fallait-il faire pour une telle somme ? Le recruteur qui se faisait appeler le Cerveau était un type vraiment bizarre. Il parlait comme s'il donnait une conférence, et à l'écouter, ce coup monstrueux promettait de n'être qu'une promenade de santé. Six à huit heures de boulot, et trente millions de dollars à partager. Le plus impressionnant était l'aplomb avec lequel il répondait à toutes les questions de Brian Macdougall.

— T'as entendu ces conneries, Jimmy ? demanda O'Malley à Crews. T'y crois, toi ?

— Il m'intéresse, ce type. J'aimerais bien voir la gueule de Macdougall en ce moment. Ce con a ses coordonnées, et on dirait qu'il sait vraiment tout sur Brian. Ah, je crois que la réunion s'arrête.

O'Malley et Crews observèrent le silence durant quelques minutes, puis O'Malley intervint :

— Il est sorti de l'hôtel. Je le vois, Jimmy. Il est à pied. Il descend vers la Seizième Rue. Il ne regarde même pas si on le suit. Je l'ai !

— Il est peut-être pas si intelligent que ça, finalement, commenta Crews.

— Merde, ricana O'Malley, moi qui croyais qu'on pourrait au moins compter sur lui.

— Je vais descendre la Quatorzième en parallèle. À quoi il ressemble ? Il est habillé comment ?

— Grand, je dirais un mètre quatre-vingts. C'est un Blanc. Il a une barbe, mais peut-être qu'elle est fausse. Les cheveux longs. Des fringues pas mal, mais rien de spécial : blouson et pantalon foncés, chemise bleue... Il accélère. Il marche au petit trot. Il quitte la rue, Jimmy. Il revient sur ses pas, il entre dans un espace vert. Il court ! Cet enfoiré court, maintenant ! On fonce !

Vincent O'Malley s'éjecta de sa voiture et se lança à la poursuite du Cerveau. Il longea les érables et les chênes qui bordaient les immeubles, sans cesser d'informer Crews.

— Il est à Shepherd Park, il entre dans les bois. Ce salopard essaie de nous semer ! J'y crois pas !

Malgré ses efforts, O'Malley était en train de se faire distancer. Ce type avait de l'entraînement. Contrairement aux apparences, il était du genre agile.

O'Malley finit par le perdre.

— Il a disparu. Putain, je rêve. Je l'ai perdu, Jimmy. Je le vois nulle part. Ça craint.

— Moi, je l'ai ! s'écria Crews. Je suis à pied aussi, mais il galope comme s'il venait de me piquer mon portefeuille.

— Tu tiens le rythme ?

— J'espère. On verra bien. Attends, pour quinze millions de dollars, je vais pas le lâcher !

Le Cerveau émergea finalement du bois et s'engagea dans une petite rue, un alignement de coquettes maisons en briques. Crews reprit, haletant :

— Heureusement que je fais mon jogging tous les matins. Il doit en faire autant. Il est maintenant sur Morningside Drive.... Ah, merde, le voilà qui retourne dans le bois. Et il accélère de nouveau. Cet enfoiré doit s'entraîner sur les pistes de montagne !

La poursuite se transformait en incroyable jeu du chat et de la souris. O'Malley et Crews, pourtant rompus à ce genre d'exercice, perdirent leur proie par deux fois en l'espace de vingt minutes. Ils avaient déjà parcouru des kilomètres depuis le Holiday Inn et se trouvaient quelque part au sud de l'hôpital militaire Walter Reed.

Puis Crews repéra le Cerveau dans une rue étroite du nom de Powhatan Place. L'homme emprunta une allée privée. Crews le prit en chasse, et vit une pancarte métallique. Il n'en crut pas ses yeux.

Crews prévint O'Malley, puis Brian Macdougall qui s'était joint à la joyeuse traque.

Son ton était teinté d'ironie.

— Les gars, je sais où il se trouve. Tenez-vous bien : il est dans un asile. Il est dans l'enceinte d'un centre psychiatrique qui s'appelle Hazelwood. Et voilà que je l'ai de nouveau perdu !

6

Lundi matin, je reçu un appel me demandant de retrouver Kyle Craig et Betsey Cavalierre dans la tour Hoover, à l'angle de la Dixième Rue et de Pennsylvania Avenue. Nous avions rendez-vous dans le bureau du directeur du FBI à 8 heures pour une réunion « de crise ».

La tour Hoover méritait bien sa réputation de labyrinthe vertical. Lorsque je finis par trouver la salle de réunion, Kyle et Betsey étaient déjà là. Betsey paraissait tendue. Elle serrait ses petits poings, les phalanges blêmes.

Je fis mine d'être agacé par le retard de Burns, le directeur.

— Il devrait déjà être là, bougonnai-je. Allez, on se tire. On a mieux à faire que poireauter ici.

Et évidemment, au même instant, une porte s'ouvrit, et deux personnes entrèrent. Je les connaissais. Elles n'avaient pas l'air très ravies. L'une d'elles était Robert Burns, le directeur du FBI, dont j'avais fait la connaissance à l'époque où Casanova, un tueur de sinistre mémoire, sévissait à Durham et à Chapel Hill, en Caroline du Nord. L'autre était Richard Pollett, secrétaire au département de la Justice. Je l'avais rencontré au cours d'une enquête qui m'avait entraîné dans les couloirs de la Maison-Blanche.

— Ces hold-up sanglants nous mettent sous pression, déclara Pollett à Kyle. Nous avons toutes les grandes banques et Wall Street sur le dos. (Il me fit un signe de la tête.) Bonjour, inspecteur. (Puis il regarda Betsey.) Excusez-moi, mais je ne crois pas que nous nous connaissions.

— Agent principal Cavalierre, dit-elle en se levant pour serrer la main du secrétaire. C'est moi qui suis chargée de l'enquête.

— Mme Cavalierre a la responsabilité de l'enquête ? s'étonna Pollett, à l'intention de Burns.

— Absolument, s'empressa de répondre Kyle. C'est son enquête.

Imperturbable, le secrétaire Pollett reprit :

— Admettons, c'est vous qui dirigez l'enquête. Où sont les résultats, madame Cavalierre ? Je suis venu avec la ferme intention de couper des têtes. Donnez-moi des raisons de ne pas le faire.

Richard Pollett avait longtemps dirigé une grande banque d'investissement à Wall Street avant d'être appelé à Washington. Il ignorait tout du fonctionnement de la police, mais s'imaginait assez intelligent pour tirer n'importe quelles conclusions dès lors qu'on lui donnait des chiffres.

— Avez-vous déjà participé à une chasse à l'homme étendue à tout le territoire ? l'interrogea Betsey en le regardant droit dans les yeux.

— Je ne pense pas que cette question soit d'actualité, répondit-il sèchement. J'ai déjà mené des enquêtes de la plus haute importance, et j'ai toujours obtenu des résultats.

Je me surpris à intervenir.

— Ces braquages se sont succédé très rapidement. Nous avons dû partir de zéro. Voici ce que nous savons pour l'instant : c'est une seule et même personne qui a organisé les attaques à main armée meurtrières dont ont été victimes la Citibank, la First Union, la First Virginia et la Chase Manhattan. Nous savons que cet homme recrute personnellement ses équipes, et qu'il ne choisit que des gens capables de tuer de sang-froid.

« Le profil que nous avons établi indique qu'il s'agit d'un homme de race blanche dont l'âge se situe entre trente-cinq et cinquante ans. Il a sans doute fait des études supérieures, connaît bien les banques et leurs systèmes de sécurité. Il est susceptible d'avoir déjà travaillé pour un organisme financier, voire plusieurs, et il a peut-être un compte à régler de ce côté-là. Il dévalise les banques pour l'argent, mais les meurtres sont sans doute motivés par un besoin de vengeance. Enfin, cela, nous n'en sommes pas encore sûrs.

L'heure n'était plus aux querelles. Tout le monde m'écoutait avec la plus grande attention.

— Il y a quelques jours, repris-je, nous avons localisé et interrogé un homme du nom de Tony Brophy. On lui a proposé de faire partie de l'une des équipes, mais au final, il n'a pas été retenu. On l'a jugé trop sensible. Ce n'était pas un tueur.

Betsey prit la parole.

— Nous avons plus de deux cents agents sur le terrain. Quand ils ont attaqué la Chase, à Washington, nous avons failli les coincer. À quelques minutes près, nous les avions. Nous savons que l'homme que nous recherchons se fait appeler le Cerveau. Nous avons finalement beaucoup progressé en un temps relativement court.

Pollett se tourna vers le directeur du FBI, hocha la tête.

— Je ne suis pas satisfait, mais j'ai au moins obtenu quelques réponses. Trouver ce type, Ron, c'est votre boulot. Faites-le. Les événements actuels laissent croire que toutes nos institutions financières sont vulnérables. Un sondage indique que l'indice de confiance des banques est en chute libre, et c'est un désastre pour le pays. Je présume d'ailleurs que votre fameux Cerveau l'a déjà deviné.

Dix minutes plus tard, Betsey m'accompagnait jusqu'au parking souterrain du FBI. Kyle était resté avec Burns.

En sortant de l'ascenseur, elle ouvrit enfin la bouche.

— Merci de m'avoir tirée d'affaire, tout à l'heure. J'étais à deux doigts d'exploser et de dire ses quatre vérités à ce gros connard de Wall Street.

— Vous, au moins, vous avez du caractère, lui dis-je en souriant. J'espère que vous ne faites pas partie de ces gens qui en veulent aux grandes entreprises et aux groupements bancaires.

Elle se dérida enfin.

— Bien sûr que si. Je suis une femme normale, que croyez-vous ?

# 7

J'avais quelques heures devant moi, suffisamment pour passer un peu de temps à l'hôpital. Jannie me répéta qu'elle voulait devenir médecin ; à l'entendre, elle était prête à s'inscrire à l'école de médecine. Elle se régalait à employer des termes tels qu'astrocytome pilocytique (sa tumeur), prothrombine (une protéine du plasma importante dans la coagulation du sang) et produit contrastant (le colorant qu'on lui avait injecté pour le scanner qu'elle avait passé le matin même).

— Me revoilà, annonça-t-elle fièrement, et le nouveau modèle, qui a subi de nombreuses améliorations, est bien supérieur à l'ancien.

— Quand tu seras plus grande, tu devrais peut-être plutôt t'orienter vers les relations publiques ou la publicité, la taquinai-je. Trouve-toi un job chez J. Walter Thompson ou Young & Rubicam, à New York.

Elle fit la moue, comme si elle venait de mordre un citron à pleines dents.

— Je serai le Dr Janelle Cross. Et n'oublie pas ce que je t'ai dit.

— Ne t'inquiète pas. Ce qui se passe en ce moment, je ne risque pas de l'oublier.

Vers 13 heures, je me rendis au PC de crise du bureau local du FBI. Après la réunion avec Pollett et Burns, je me doutais bien que nous allions faire des heures supplémentaires. Une salle de conférence réquisitionnée au troisième étage abritait à présent une centaine d'agents, ainsi que soixante enquêteurs détachés de la police de Washington et des environs.

Quelques nouvelles fiches de suspects ornaient à présent les murs. Il s'agissait exclusivement de braqueurs chevronnés, capables de monter de gros coups. J'étudiai la liste, pris quelques notes.

Mitchell Brand était soupçonné d'avoir participé à plusieurs hold-up commis dans la région, et dont les auteurs n'avaient jamais été appréhendés. Stephen Schnurmacher était, lui, responsable d'au moins deux casses réussis dans les environs de Philadelphie. Jimmy Doud, barman à Boston, avait attaqué des dizaines de banques en Nouvelle-Angleterre, sans jamais être interpellé. Quant à Victor Kenyon, il avait surtout sévi dans le centre de la Floride. Ces individus étaient tous des braqueurs de banque qui pouvaient se vanter d'avoir — provisoirement — échappé à la justice. Des hommes intelligents, et d'excellents spécialistes. Mais étaient-ils pour autant des cerveaux ?

Ce fut un long, très long après-midi, intense et terriblement frustrant. Je passai quelques coups de fil pour me renseigner sur les suspects, et plus particulièrement Mitchell Brand, car il était domicilié à Washington. Lorsque je pris le temps de regarder ma montre, il était déjà 11 h 30.

N'ayant pas eu le temps de discuter avec Betsey depuis mon arrivée, je fis un petit crochet pour lui dire bonsoir avant de quitter l'immeuble. Elle était toujours à pied d'œuvre, en grande discussion avec deux agents. Elle me fit signe de l'attendre.

Quand elle me rejoignit, je fus surpris de la trouver encore aussi fraîche et alerte. Comment faisait-elle ?

— La police de Washington a deux ou trois petites choses sur Mitchell Brand, lui dis-je. Il est suffisamment violent pour avoir pu participer à ce genre d'opérations.

Elle bâilla soudainement.

— Je crois que je viens de passer la journée la plus longue de ma vie. Wouah ! Comment va Jannie ?

— Oh, elle se porte bien, très bien, même, lui répondis-je, agréablement surpris par sa sollicitude. Si tout se passe comme prévu, elle sera bientôt à la maison. Maintenant, elle veut devenir médecin.

— Alex, allons boire un verre, me proposa-t-elle. Je me trompe peut-être, mais j'ai comme l'impression que vous avez besoin de parler à quelqu'un. Pourquoi ne pas me parler à moi ?

Je dois admettre que sa question me désarçonnait. Ma réponse se limita à un lamentable bredouillement.

— J'aimerais bien, mais pas ce soir. Il faut que je rentre chez moi. Une autre fois, si l'invitation reste valable ?

— Bien sûr, je comprends. (Je vis une lueur de déception passer dans son regard.) L'invitation reste valable.

L'agent Betsey Cavalierre m'avait pris au dépourvu. Elle s'inquiétait pour ma famille. Et elle était sensible.

# 8

C'était le lieu, l'instant, l'occasion ou jamais.

L'hôtel Renaissance Mayflower sur Connecticut Avenue, à deux pas de la Dix-septième Rue.

C'était un établissement imposant et ce matin-là, comme tous les matins, il y régnait une activité intense. Depuis Calvin Coolidge, c'était le Mayflower qui accueillait le bal inaugural du Président. Il avait été totalement rénové en 1992 ; architectes et historiens avaient travaillé main dans la main pour restaurer sa grandeur passée. Le Mayflower accueillait aujourd'hui un grand nombre de réunions de cadres et de conseils d'administration. Ce qui avait incité le Cerveau à le choisir.

Un car de tourisme spécialement affrété attendait devant l'hôtel depuis 8 h 55. Il partirait à 9 h 30 et ferait des haltes programmées au Kennedy Center, à la Maison-Blanche, au Lincoln Memorial, au mémorial du Vietnam, au Smithsonian ainsi que dans divers autres lieux hautement touristiques de la capitale et de ses environs. La société de transport s'appelait Washington on Wheels. À bord du car se trouvaient des épouses de cadres de la compagnie d'assurance MetroHartford.

Seize femmes et deux enfants avaient pris place dans

le véhicule lorsque Joseph Denyeau, le chauffeur, referma les portières à 9 h 40, et annonça au micro : « En route pour les musées, les sites historiques... et le déjeuner. »

Une assistante de direction du nom de Mary Jordan se plaça à l'avant du car pour s'adresser au groupe. C'était une jeune femme d'un peu plus de trente ans, jolie, sympathique et extrêmement efficace. Elle savait se montrer courtoise à l'égard des femmes les plus importantes, sans tomber dans la veulerie ou l'obséquiosité. À la Metro-Hartford, on la surnommait Merry Mary — la joyeuse Mary.

— Vous connaissez toutes l'itinéraire de cette matinée, déclara-t-elle avant d'ajouter, avec un sourire éclatant : Mais peut-être pourrait-on oublier tout le programme et aller boire un coup ? Non, je plaisante.

— Sniff ! fit une femme. Ça me paraissait bien, comme idée, Mary. On se trouve un bar sérieux, un vrai. Où va Teddy Kennedy pour s'en jeter un, le matin, histoire de se réveiller ?

Tout le monde se mit à rire.

Le car parcourut l'allée de l'hôtel à très faible vitesse, puis s'engagea dans Connecticut Avenue. Quelques minutes plus tard, il tourna dans Oliver. C'était une rue résidentielle. Un raccourci que les chauffeurs venant du Mayflower empruntaient fréquemment.

À mi-distance, une fourgonnette Chevrolet bleu nuit sortit d'une allée en marche arrière. Manifestement, son conducteur n'avait pas vu le car, mais le chauffeur, lui, vit le van. Il freina en douceur et s'arrêta au milieu de la rue.

La fourgonnette ne bougea pas, malgré les coups de klaxon insistants de Joe Denyeau. Sans doute, se dit ce dernier, un riverain excédé par le passage de tous ces camions et ces bus. Pour quelle autre raison le conducteur resterait-il là, immobile, à le regarder d'un œil mauvais ?

Deux hommes encagoulés surgirent brusquement de derrière une grande haie. L'un d'eux alla se planter devant le car, l'autre braqua une arme automatique, par la vitre ouverte, à quelques centimètres de la tête du chauffeur.

— Ouvre la portière ou tu es mort, Joseph, ordonna-t-il. Si tu obéis, personne ne sera blessé. Tu as trois secondes pour suivre mes instructions. Un...

— Elle est ouverte, elle est ouverte, bredouilla Denyeau d'une voix suraiguë, terrorisée. Ne vous énervez pas.

Plusieurs épouses s'interrompirent en pleine discussion pour voir ce qui se passait à l'avant du car. Mary Jordan quitta discrètement son siège isolé, placé juste derrière celui du chauffeur, et aperçut l'homme armé, qui lui lança un clin d'œil.

— Faites ce qu'il dit, Joe, chuchota-t-elle. N'essayez pas de jouer les héros.

— Ne vous inquiétez pas. Ça ne me serait jamais venu à l'idée.

L'inconnu masqué et armé bondit soudain à l'intérieur du véhicule en brandissant un pistolet-mitrailleur Walther. Certaines passagères se mirent à hurler.

— Ceci est un détournement ! Tout ce que nous voulons, c'est de l'argent de la MetroHartford. Je vous promets qu'il ne sera fait de mal à personne. J'ai des enfants, vous avez des enfants. Faisons en sorte que tous nos enfants nous revoient demain matin.

# 9

Un silence étrange s'installa dans le car. Les enfants eux-mêmes s'étaient tus.

Tel un professionnel de la scène, Brian Macdougall tenait son auditoire, et il savourait ce pouvoir exquis.

— Il y aura quelques règles à observer. Premièrement, plus de cris. Deuxièmement, je ne veux voir personne pleurer, pas même les gosses. Troisièmement, personne n'appelle à l'aide. Tout le monde me suit ?

Les passagers regardaient l'homme armé, bouche bée. Son complice, pendant ce temps, s'était hissé sur le toit du véhicule pour modifier l'inscription alphanumérique grâce à laquelle les hélicoptères de la police auraient pu aisément repérer le car.

— J'ai dit : est-ce que tout le monde me suit ? hurla Brian Macdougall.

Tout le monde hocha la tête et acquiesça d'une voix étouffée.

— Étape suivante : toutes celles d'entre vous qui ont un téléphone portable vont me le faire passer. Comme nous le savons tous, la police peut localiser les portables. Ce n'est pas facile, mais c'est faisable. Toute personne trouvée en possession d'un portable lorsque nous procéderons à la fouille sera tuée. Même s'il s'agit d'un enfant. C'est aussi simple que ça. Compris ? Tout le monde me suit ? Est-ce que tout est parfaitement clair ?

Les téléphones portables circulèrent très vite vers l'avant. Il y en avait neuf en tout. L'homme armé les jeta dehors, dans les haies. Puis, à l'aide d'un petit marteau, il fracassa la radio de bord.

— Maintenant, vous allez tous baisser la tête en dessous du niveau des vitres. Et je ne veux pas entendre un bruit. C'est également valable pour les enfants. Vous baissez la tête et vous ne la relevez pas avant que je vous en donne l'ordre. On s'exécute.

Les femmes et les enfants obéirent.

L'homme se tourna vers le chauffeur.

— Quant à toi, mon grand Joe, tu n'as qu'une seule et unique consigne : suivre la fourgonnette bleue. Ne joue pas au con, Joe, ou tu mourras tout de suite. Pour nous, que tu sois mort ou vivant, tu ne représentes rien. Alors, Joe, tu vas faire quoi ?

— Suivre la fourgonnette noire.

— Très bien, Joe. Excellent. Si ce n'est que la fourgonnette est bleue, Joe, pas noire. Tu la vois, la fourgonnette bleue ? Tu vas la suivre, en conduisant prudemment. Pas d'infraction au code de la route pendant ce petit voyage, OK ?

# 10

Trois secrétaires de direction passaient leur temps à répondre au téléphone et à réceptionner le courrier et les fax destinés aux trente-six dirigeants qui participaient à une réunion de travail dans le fameux Salon chinois du Mayflower. Les assistantes étaient ravies de ce changement de décor, elles qui passaient le plus clair de leur temps au siège, à Hartford dans le Connecticut.

Sara Wilson, la plus jeune d'entre elles, fut la première à voir le fax des ravisseurs. Elle le lut rapidement avant de le passer à ses deux collègues, qui avaient plus de pouvoir et d'ancienneté qu'elle. Elle avait le visage écarlate, et ses mains tremblaient comme des feuilles.

— C'est une plaisanterie de mauvais goût, ou quoi ? s'écria Liz Becton à la lecture du document. C'est délirant. D'où ça peut venir ?

Nancy Hall était l'assistante du président du groupe, John Dooner. Elle fit irruption dans la salle de réunion sans frapper et appela son patron assis à l'autre bout de la table. En vérité, elle n'eut pas besoin d'élever la voix. Au Mayflower, le Salon chinois souffrait d'un problème d'acoustique. Sous l'immense dôme, le phénomène de résonance était tel que le moindre murmure pouvait être entendu par tout le monde.

— Monsieur Dooner, il faut que je vous voie immédiatement.

Jamais son patron ne l'avait vue aussi agitée et décomposée. Dès qu'il eut quitté la salle l'atmosphère se détendit, mais les bavardages et les sourires furent de courte durée. Quelques minutes plus tard, John Dooner revenait, le visage blême.

Il gagna le podium et, d'une voix vacillante qui choqua les autres membres du conseil d'administration, prit la parole.

— Le temps nous est compté. S'il vous plaît, écoutez-moi bien. Le car spécial à bord duquel se trouvent ma femme et les épouses de plusieurs d'entre vous vient d'être détourné. Les responsables de cette attaque affirment être les misérables salauds qui ont braqué plusieurs banques et abattu des otages dans le Maryland et en Virginie ces dernières semaines. D'après eux, ces hold-up et ces meurtres ont été commis pour servir de « leçons de choses » aux personnes présentes dans cette salle aujourd'hui. Ils tiennent à ce qu'on sache qu'ils ne plaisantent pas et que leurs exigences doivent être respectées à la lettre, et à la seconde près.

« Leurs exigences, poursuivit le président dont les traits paraissaient encore plus marqués sous la lumière de la petite lampe du podium, sont très simples et très claires : ils veulent qu'on leur livre trente millions de dollars dans précisément quatre heures, faute de quoi tous, ou plutôt toutes les otages seront exécutées. Nous ignorons dans quelles conditions le car a pu être attaqué. Steve Bolding, du département des « risques spéciaux », va nous rejoindre. Il est en train de réfléchir à quel service nous devrions faire appel. Ce sera sans doute le FBI. (Dooner s'interrompit, le temps de reprendre son souffle. Il retrouvait lentement ses couleurs.) Comme vous le savez, notre police d'assurance contre les enlèvements couvre les demandes de rançon à hauteur de cinquante millions. Je soupçonne les kidnappeurs d'en être informés, car ils ont l'air d'être extrêmement méthodiques. Ils agissent calmement, en toute connaissance de cause, ce qui leur donne un avantage. Je pense qu'ils savent que nous sommes les bénéficiaires de cette assurance, et que par conséquent nous sommes en mesure de réunir cette somme dans un délai très court.

« À présent, mesdames et messieurs, si vous voulez bien, venons-en aux alternatives. Si tant est qu'il y en ait. Les pirates du car ont été très clairs à ce sujet : pas d'entourloupes, ou il y aura des morts.

# 11

Je me trouvais au bureau du FBI, sur la Quatrième Rue, lorsque l'appel nous parvint.

Un car de tourisme à bord duquel se trouvaient dix-huit passagers avait été détourné peu après avoir quitté l'hôtel Renaissance. Quelques instants plus tard, la compagnie d'assurances MetroHartford avait reçu une demande de rançon d'un montant de trente millions de dollars.

Les pirates avaient bien entendu spécifié que la police devait être tenue à l'écart des tractations, mais il nous était impossible de rester en retrait et de laisser les choses se faire. Nous ne pouvions faire confiance à de tels criminels. Un PC de campagne fut donc installé au Capitol Hilton, situé à quelques pas du Mayflower, à l'angle de la Seizième et de la rue K. Nous disposions de quatre unités de commandement mobiles, et une douzaine d'agents s'activaient déjà à l'intérieur du Mayflower. C'était dangereux, mais Betsey estimait que la mise en place d'un dispositif de surveillance était indispensable. Caméras vidéo, systèmes d'écoute. Et dans la région, le FBI avait mis tous ses effectifs en état d'alerte.

Des hélicoptères Apache équipés d'instruments hautement sophistiqués sillonnaient le ciel à la recherche du car. Si les ravisseurs tentaient de dissimuler le véhicule et ses passagers, ils pourraient le localiser grâce à leurs détecteurs infra-rouges. Le numéro figurant sur le toit du car avait été communiqué à tous les appareils civils, militaires ou dépendant d'une administration quelconque. En revanche, la raison de ces recherches n'était pas divulguée.

Du Hilton, nous pouvions rejoindre le Mayflower en quatre-vingt-dix secondes si nécessaire. Nous espérions néanmoins être suffisamment loin pour ne pas attirer l'attention des tueurs. Nous disposions très exactement de deux heures avant la remise de la rançon. Chaque seconde comptait, pour nous comme pour eux.

Puis les choses se compliquèrent.

Jill Abramson, chargée des questions de sécurité au sein de la compagnie d'assurances, et Steve Bolding, le responsable des services de sécurité, les « risques spéciaux », comme ils les appelaient, débarquèrent au Hilton. Abramson, plutôt forte, n'était guère avantagée par son pantalon-tailleur jaune citron à rayures. Elle devait avoir entre quarante-cinq et cinquante ans. Bolding, lui, avait probablement passé le cap de la cinquantaine. Veston bleu marine, chemise blanche, jean. Grand, mince, le style plutôt sportif. Tous deux étaient venus nous dire comment faire notre travail.

Dès que Betsey ouvrit la bouche, Bolding l'interrompit d'un geste. Il avait une déclaration urgente à faire. De toute évidence, il voulait diriger la réunion.

— Voici comment les choses vont se dérouler. Je vous mets dans le coup, mais je peux aussi vous écarter de l'affaire. J'ai moi-même piloté des enquêtes pour le Bureau dans le passé, je sais donc tout ce qu'il faut faire ou ne pas faire. Les politesses, ce sera pour une autre fois. Agent Cavalierre, avons-nous des éléments sur l'identité des suspects ? Il est 11 h 46. Le délai expire à 13 h 45. Très exactement.

Betsey, dont j'enviais le calme, prit une courte inspiration avant de répliquer.

— Oui, nous avons des suspects, mais rien qui puisse nous servir pour sauver les otages. L'attaque a été menée par deux hommes portant des cagoules. Le car a été signalé sur DeSales Street, mais nous ignorons si c'est avant ou après la prise d'otages. Il est maintenant 11 h 47, monsieur Bolding.

À cet instant, Mme Abramson nous surprit tous en déclarant :

— L'argent est en train d'être livré au Mayflower en ce moment même. La rançon sera versée.

— Nous sommes dans les temps, fit Bolding. Nous attendons que les pirates nous donnent la suite des instructions. Depuis le premier contact, ils restent muets. Ce sont nos hommes qui feront la livraison, et ils la feront seuls.

Là, Betsey décida que la plaisanterie avait assez duré.

— Je vous ai écouté, et maintenant, c'est vous qui allez m'écouter, monsieur. Vous avez peut-être dirigé des enquêtes du FBI, mais moi, j'en dirige toujours. J'aurais été votre supérieur hiérarchique si vous étiez resté au Bureau, je suis encore votre supérieur aujourd'hui. Ce sont mes équipes qui se chargeront de livrer l'argent. Je serai sur place, mais pas vous. Et c'est comme ça que les choses se passeront.

D'un même élan, Abramson et Bolding commencèrent à protester, mais Betsey les réduisit instantanément au silence.

— Vos conneries, maintenant, ça suffit. Nous savons que ces pirates sont dangereux et capables de tout, et toutes les précautions seront donc prises. Si mes dispositions ne vous plaisent pas, c'est moi qui vous écarte de l'affaire. Et je n'hésiterai pas à vous faire arrêter ici même. Vous aussi, madame Abramson. Nous avons encore du pain sur la planche, et il nous reste exactement une heure et cinquante-sept minutes.

## 12

Il déambulait dans le hall bondé du Capitol Hilton, dont les immenses couloirs ne menaient nulle part. Nul ne se doutait de ce qui se tramait, et cette idée le réjouissait profondément. Il était le seul à connaître les réponses, il était même le seul à connaître les questions.

Il avait déjà repéré les agents du FBI et l'inspecteur Cross à leur arrivée. Eux, bien sûr, ne l'avaient pas remarqué. Et même s'ils l'avaient remarqué, ils n'auraient pu l'interpeller. Impossible.

Son intelligence face à la leur, son expérience face à la leur : la lutte était vraiment inégale. Parfois, il avait même le sentiment que les jeux étaient déjà faits. Là résidait à ses yeux le seul danger qui le guettait encore. La lassitude risquait de le pousser à la négligence, et un manque de vigilance pouvait leur donner une chance de le capturer. Enfin, peut-être...

Il remarqua un petit groupe — gestes nerveux, visages crispés — traverser le hall et se diriger vers les salons surpeuplés où le FBI avait installé son QG. La MetroHartford avait ignoré ses mises en garde, mais cela, il l'avait prévu. Ce n'était pas très important, à vrai dire. Pas cette fois-ci. La participation du FBI et de Cross répondait à ses souhaits.

Finalement, il décida de quitter le Hilton pour rejoindre le Renaissance Mayflower, future scène d'un crime atroce. Car c'était là que tout se jouerait.

Et le Cerveau tenait à être présent. Il voulait absolument être sur place, pour pouvoir regarder.

# 13

Il était 13 h 10 lorsque les auteurs du détournement appelèrent enfin les dirigeants de la MetroHartford. Le délai expirait trente-cinq minutes plus tard.

Nous savions ce qui se produirait si nous étions en retard. Ou si les ravisseurs étaient en retard, fût-ce volontairement.

Je courus jusqu'au Mayflower, accompagné de Betsey. Deux bonnes nouvelles nous attendaient. Ce n'était pas grand-chose mais, compte tenu de la situation, nous pouvions déjà nous estimer heureux. Premièrement, les cuisines disposaient d'une sortie de service qui donnait sur un petit quai de chargement et une ruelle. Deuxièmement, les hommes du FBI présents dans l'hôtel avaient appris que juste derrière le Salon chinois, qui accueillait la réunion des dirigeants de la MetroHartford, se trouvait un petit escalier métallique. Il conduisait à une passerelle surplombant la rotonde. De là, des petites ouvertures permettaient de regarder et d'entendre en toute discrétion ce qui se passait dans la salle.

Nous grimpâmes jusqu'à la passerelle pour nous coucher juste au-dessus du dôme. Des efforts bien inutiles.

Les ravisseurs étaient toujours en ligne.

La voix retransmise par les haut-parleurs du Salon chinois déclara :

— Nous présumons qu'à cette heure, le FBI et éventuellement la police de Washington sont sur les dents. Nous n'y voyons aucune objection, et nous nous y attendions. En fait, nous sommes ravis de la participation du FBI. Elle figurait dans notre programme.

Nous échangeâmes des regards exaspérés. Le Cerveau était en train de nous ridiculiser. Pour quelle raison ? Nous dévalâmes l'escalier de fer pour rejoindre les autres dans la salle de réunion. J'avais la tête pleine d'interrogations. Le Cerveau nous déstabilisait continuellement avec une habileté déconcertante.

— Tout d'abord, reprit la voix déformée, je vais réitérer nos exigences financières. C'est important. Vous voudrez bien suivre les instructions. Comme vous le savez, sur les trente millions, il y en aura cinq en diamants bruts. Ces diamants se trouveront à l'intérieur d'un sac de toile. Il y aura un maximum de huit autres sacs de toile. Le reste de l'argent, nous le voulons en liasses de billets de vingt et de cinquante dollars. Pas de billets de cent. Pas de bombes colorantes. Pas de balises d'aucune sorte. Et à qui ai-je l'honneur de parler ?

Betsey se rapprocha du micro. Je fis de même.

— Agent spécial Betsey Cavalierre. Je dirige l'enquête pour le FBI.

— Alex Cross, de la police de Washington, chargé des relations avec le FBI.

— Félicitations. Je vous connais de nom, et de réputation. Est-ce que l'argent est prêt, comme nous l'avions demandé ?

— Oui, il est prêt, répondit Betsey. L'argent et les diamants sont là, au Mayflower.

— Parfait ! On se rappelle.

Clic. Il avait raccroché.

Le président de la MetroHartford explosa de colère.

— Ils savaient que vous étiez là ! Oh, mon Dieu, qu'avons-nous fait ? Ils vont tuer les otages !

Ma main se posa fermement sur son épaule.

— Du calme. Je vous en prie. Les détails du versement de la rançon ont été réglés comme prévu ?

Il opina.

— Absolument. Les diamants vont arriver d'une minute à l'autre, l'argent est déjà là. De notre côté, nous faisons tout ce que nous pouvons. Mais du vôtre ?

J'avais une autre question à lui poser :

— Et personne, à la MetroHartford, ne sait où l'argent et les diamants doivent être déposés ? C'est important.

La peur se lisait sur le visage du P-DG. Je le comprenais.

— Vous avez entendu le type au téléphone, bafouilla-t-il. Il a dit qu'on nous recontacterait. Non, on ne sait absolument pas où il faut déposer l'argent et les diamants.

— C'est plutôt encourageant, monsieur Dooner. Ils agissent avec beaucoup de sang-froid, et nous aussi. J'ai la conviction que, jusqu'à présent, ils n'ont fait de mal à personne. Attendons qu'ils nous rappellent. L'échange sera l'étape la plus délicate, pour eux.

— Dans ce car, il y a ma femme. Et ma fille.

— Je sais, je sais.

Je savais une autre chose : apparemment, le Cerveau aimait torturer les familles.

## 14

Nous avions beau faire tout ce que nous pouvions, nous restions à leur merci, et le temps filait beaucoup trop vite.

Aucun hélicoptère, aucun avion n'avait repéré le car, ce qui signifiait qu'il avait rapidement quitté les grands axes, ou qu'on avait maquillé le numéro inscrit sur le toit. Les appareils de l'armée n'avaient rien décelé, malgré leurs détecteurs. À 13 h 20, un autre appel nous parvint dans le Salon chinois. La même voix dérangeante, filtrée électroniquement.

— Il est temps de se bouger. Un paquet a été déposé à la réception, à l'attention de M. Dooner. Vous trouverez à l'intérieur des émetteurs-récepteurs. Apportez-les tous.

— Où va-t-on ? voulut savoir Betsey.

— Nous, on va devenir riches, très riches. Vous, vous allez charger l'argent et les diamants dans une fourgonnette et prendre Connecticut Avenue, direction le nord. Si vous vous écartez de l'itinéraire que je vous ai indiqué, un otage sera abattu.

Et il raccrocha.

Nous avions garé un van dans la ruelle, derrière les

cuisines. Les ravisseurs le savaient. Comment avaient-ils fait ? Que fallait-il en déduire ? Betsey, moi et deux autres agents nous précipitâmes vers le véhicule. Quelques secondes plus tard, nous étions dans Connecticut Avenue.

Ma radio crachota.

— Inspecteur Cross ?

— Je suis là. Nous sommes sur Connecticut Avenue. Et maintenant ?

— Je le savais. Écoutez-moi attentivement. Si j'aperçois le moindre avion, le moindre hélicoptère de surveillance sur notre trajet, un otage sera abattu. Vous m'avez bien compris ?

— J'ai parfaitement compris, répondis-je.

Je lançai un regard à Betsey. Il fallait qu'elle fasse immédiatement interrompre la filature aérienne. Les preneurs d'otages semblaient être au courant du moindre de nos gestes.

— Rendez-vous aussi vite que possible à la gare de Baltimore. Vous et vos amis du FBI allez prendre le train de 17 h 10 à destination de Boston. Prenez les sacs avec vous. L'argent, et les diamants. Le train de 17 h 10 pour Boston ! Nous savons que vous pouvez mobiliser tous les agents du FBI de la région Nord-Est. N'hésitez pas à faire appel à eux. Cela nous est égal. On vous met au défi d'empêcher la remise de la rançon. Vous n'y arriveriez pas !

— Suis-je en train de parler au Cerveau ?

Plus rien.

## 15

Des agents du FBI et des policiers furent dépêchés dans toutes les gares situées sur le trajet du train, mais nous ne pouvions couvrir tout le territoire concerné, et les ravisseurs le savaient. Ils avaient mis toutes les chances de leur côté.

J'avais pris place à l'avant de la deuxième voiture du train au départ de Baltimore. Les agents Cavalierre, Walsh et Doud étaient également du voyage.

Le ferraillement du train sur les voies nous empêchait de nous concentrer, et même de parler normalement. Nous attendions que les preneurs d'otages établissent un nouveau contact, et chaque minute semblait durer une éternité.

— Ils ne vont pas tarder à nous demander de jeter les sacs par la fenêtre, dis-je. Vous êtes de mon avis ? Une autre idée ?

Betsey partageait mon opinion.

— Je ne pense pas qu'ils prennent le risque d'attendre le train dans l'une des gares. Ce serait idiot. Ils savent pertinemment que nous ne sommes pas en mesure de couvrir la zone entre le point de départ et le point d'arrivée. J'ai commencé à comprendre quand ils ont exigé qu'il n'y ait pas le moindre appareil au-dessus de nous.

— Apparemment, ils ont résolu le problème de la livraison de la rançon, observa l'agent Walsh. Ce qui n'était pas une mince affaire. Il a de la suite dans les idées, ce salaud.

— Ou cette salope, fit Betsey, prudente.

Je lui rappelai que Tony Brophy avait affirmé avoir rencontré un homme. Restait à savoir si le témoignage de Tony était digne de foi.

— Et si la personne qu'il a rencontrée était bien le Cerveau, ajouta-t-elle.

— Moi, ce qui me travaille, confia l'agent Doud, c'est ce nom. Je lui trouve un côté étudiant attardé, *loser.* Le Cerveau...

— C'est ce que nous a dit Brophy, dit Betsey. D'après lui, le type auquel il a parlé était un con. Ce qui ne l'empêchait pas de vouloir le job.

— Faut dire que c'est bien payé, plaisanta Doud.

— On a peut-être effectivement affaire à un étudiant attardé, à un génie de l'informatique, murmura Betsey. Cela ne me surprendrait pas outre mesure. Après tout, aujourd'hui, ce sont bien les étudiants attardés qui règnent sur la planète, non ? Ils se vengent de ce qu'on leur a fait au collège. Regardez, moi, par exemple...

— Moi, je m'en sortais très bien au collège, fis-je en lui adressant un clin d'œil.

La radio se manifesta de nouveau.

— Re-bonjour, les as de la justice. C'est à partir de maintenant qu'on va vraiment s'amuser. Pas d'avion ni d'hélico au-dessus du train, je vous le rappelle, sans quoi un otage sera abattu.

— Qu'est-ce qui nous dit que les otages sont encore en vie ? lui demanda Betsey. Pourquoi devrions-nous vous croire sur parole ? Vous avez déjà assassiné des innocents.

— Vous avez tout à fait raison, fit la voix. Mais je vous assure que les otages du car sont toujours en vie. Bon, maintenant, ouvrez la portière du train ! Attendez que je vous donne le signal. Amenez les sacs près de la portière ! Tout de suite, tout de suite ! On se dépêche ! Ne nous forcez pas à tuer quelqu'un !

## 16

Nous n'étions pas trop de quatre pour traîner tous les sacs jusqu'à la portière la plus proche. Je commençais à transpirer à grosses gouttes. Mon crâne et mon visage ruisselaient.

— Préparez-vous ! Préparez-vous ! hurla la voix, à la limite de l'hystérie. On y est presque !

Betsey était déjà en train d'alerter ses troupes sur une autre radio. Dehors, le paysage, aux teintes vert clair et brun boueux, défilait à toute allure. Nous étions dans les environs d'Aberdeen, dans le Maryland. Sept minutes s'étaient écoulées depuis la dernière gare.

— Soyez prêts ! Soyez prêts ! couina la voix. Ne me décevez pas !

Le seul stratagème que nous avions imaginé pour l'instant consistait à larguer les sacs sur la plus grande distance possible. Nous avions même un instant envisagé de conserver un sac à bord du train, afin de forcer les preneurs d'otages à le chercher, mais nous avions finalement renoncé à cette idée, par peur des risques.

La radio se tut de nouveau.

— Putain ! s'exclama Doud.

— On jette les sacs ? cria Walsh dans le fracas du train et le sifflement du vent.

— Non, attendez ! (Je m'adressais aussi à Doud, qui se tenait en équilibre précaire sur le seuil de la portière.) Attendez leurs instructions ! Il nous aurait dit de lancer les sacs. Ne les jetez pas maintenant !

— Enfoiré ! cracha Betsey avec un geste de colère. Ils nous baladent. Ils sont en train de se foutre de notre gueule.

— Oui, sûrement, mais il faut qu'on reste calmes. Évitons de faire n'importe quoi.

Le FBI essayait désespérément de trouver le canal de communication utilisé par les preneurs d'otages, sans succès. Leurs radios, de type militaire, étaient équipées de brouilleurs qui en modifiaient constamment la fréquence. On pouvait également envisager qu'ils en avaient plusieurs jeux, afin de pouvoir les jeter après chaque transmission.

Betsey bouillonnait, ses yeux marron brillaient de rage.

— Il a pensé à tout, y compris à ne pas nous laisser le temps de prendre des initiatives. Qui est ce fumier ?

La radio crépita.

— Ouvrez la portière ! Préparez-vous à balancer les sacs !

Je saisis deux sacs bourrés de billets de vingt et de cinquante dollars et me précipitai vers la portière déjà ouverte. Le rugissement du vent était terrifiant.

Le train traversait actuellement une forêt assez dense. Je voyais des ormes, des conifères, des fûtaies impénétrables, mais pas d'habitations, pas de vie. L'endroit paraissait idéal pour un largage.

La communication s'interrompit une nouvelle fois !

— Connards ! beugla l'agent Doud.

Nous nous laissâmes glisser au sol en gémissant.

Nous eûmes droit au même exercice onze fois au cours des soixante-quinze minutes qui suivirent. Et à trois reprises, on nous fit déplacer la rançon dans différentes voitures.

On nous expédia dans la voiture de queue, avant de nous ordonner de rejoindre immédiatement la voiture de tête.

— C'est bien, les enfants, fit la voix. Vous êtes obéissants.

Et la radio, de nouveau, se tut.

# 17

— Je n'en peux plus ! hurla Betsey. S'il savait à quel point j'ai envie de le descendre, ce salopard !

Les sacs renfermant l'argent étaient aussi lourds que volumineux, et à force de les transporter d'un bout à l'autre du train, nous étions totalement épuisés. Sales et en sueur, nous avions les nerfs à fleur de peau. Le fracas incessant du train sur les rails nous paraissait encore plus assourdissant qu'au début.

L'Amtrak traversait une nouvelle fois une forêt. Nous entendîmes le barrissement de la trompe. L'agent Walsh regarda la liste des gares que nous avions déjà dépassées.

La radio cracha brusquement :

— Préparez l'argent et les diamants. Maintenant, ouvrez la portière ! Quand vous jetterez les sacs, lancez-les tous dans la foulée. Si on ne les retrouve pas ensemble, un otage sera abattu. Nous surveillons tous vos gestes. Vous êtes très mignonne, agent Cavalierre.

— Ouais, et toi, tu n'es qu'un étudiant attardé, murmura-t-elle.

Son T-shirt bleu ciel était trempé de sueur, et elle avait les cheveux collés. Si elle avait entamé ce voyage avec un gramme de graisse, elle l'avait forcément perdu au fil de notre séance de gymnastique forcée.

— Fausse alerte, annonça la voix avec un plaisir manifeste. Retour à la case départ. Ce sera tout pour l'instant.

Fin de la communication.

— Et merde !

Tout le monde s'affala sur les sacs en haletant. J'essayais de garder les idées claires, mais chaque nouvel exercice me perturbait davantage. Je n'étais plus sûr d'être capable de traverser encore une fois tout le train en courant.

— On devrait peut-être descendre du train avec les sacs, suggéra Walsh du haut de son monticule de toile. Foutre en l'air leur programme bien minuté. Faire une chose à laquelle ils ne s'attendent pas.

— Ce serait intéressant, jugea Betsey, mais trop dangereux pour les otages.

Walsh et Doud juraient à qui mieux mieux lorsque la radio se remit à crachoter. Nous avions presque atteint la limite de nos forces. Quelle marge nous restait-il ?

— Pas de repos pour les vilains, fit la voix. (Nous entendîmes le bruit d'une cannette qu'on ouvrait, puis celui d'un homme en train de se désaltérer.) Ou devrais-je plutôt dire : repos pour les vilains ? (Là, il se mit à hurler :) Lancez les sacs ! Maintenant ! On surveille le train ! Lancez les sacs ou on tue tous les otages !

Nous n'avions pas le choix. Il fallut jeter les sacs, en nous efforçant de les espacer le moins possible. Nous étions trop lents, trop fatigués. J'avais l'impression d'évoluer dans un rêve. Mes vêtements étaient trempés, j'avais les bras et les jambes ankylosés.

— Lancez-les plus vite ! ordonna la voix. Allez, montrez-moi vos muscles, agent Cavalierre !

Pouvait-il nous voir ? Probablement. Il devait être en planque dans les bois, avec sa radio. Combien étaient-ils avec lui ?

Quand les neuf sacs eurent disparu, le train entama une courbe serrée. Impossible de voir ce qui se passait cinquante mètres en aval. Nous nous écroulâmes en râlant.

— Putain, ils ont réussi, souffla Betsey. Ils s'en sont tirés. Ah, si je les tenais, ces enfoirés !

Mais notre tortionnaire n'en avait pas encore fini avec nous...

— Merci pour le coup de main, fit la voix. Vous êtes les meilleurs. Vous pourrez toujours trouver un job au supermarché du coin. Aider les petites vieilles à emballer leurs légumes et leurs boîtes de conserve. On ne sait jamais, après un coup comme celui-là, vous aurez peut-être envie de changer d'employeur...

— Êtes-vous le Cerveau ? demandai-je.

Fin de la communication.

La voix s'était éteinte, l'argent et les diamants avaient disparu, et les tueurs détenaient toujours dix-neuf otages.

# 18

Dix kilomètres plus loin, nous descendîmes enfin du train, les jambes flagcolantes.

Deux breaks noirs nous attendaient. Plusieurs agents du FBI montaient la garde, fusil en main. Une foule s'était déjà rassemblée devant la gare, et les curieux désignaient du doigt armes et hommes comme s'il s'agissait des Redskins, l'équipe de football de Washington, au retour d'une partie de chasse.

On nous donna les toutes dernières nouvelles.

— Apparemment, ils ont déjà quitté les bois, nous informa un agent. Kyle Craig ne va pas tarder, il est en route. Nous sommes en train d'installer des barrages, mais il ne faut pas trop espérer. En revanche, on a une bonne nouvelle en ce qui concerne le car. On l'a peut-être localisé.

Quelques instants plus tard, on nous mettait en relation avec une dame âgée de Tinden, une petite ville de Virginie. Elle prétendait avoir des renseignements sur l'endroit où se trouvait le car. Elle voulait s'adresser « uniquement à la police », parce qu'elle n'aimait pas le FBI et ses méthodes.

Elle n'accepta de me parler qu'après que j'eus

décliné mon identité. Elle paraissait nerveuse et surexcitée.

Elle s'appelait Isabelle Morris, et elle avait aperçu un car de tourisme en pleine campagne, dans le comté de Warren. Ce qui l'avait intriguée, car c'était sa société qui assurait toutes les dessertes locales, mais ce car n'était pas à elle.

— Un car bleu avec des bandes couleur or ? interrogea Betsey, en se gardant bien de préciser qu'elle appartenait au FBI.

— Bleu et doré, oui. Ce n'était pas un des miens. Je me demande bien ce que ce car faisait là. Ici, on est en pleine cambrousse. À ma connaissance, Tinden ne figure sur aucun circuit touristique.

— Avez-vous relevé le numéro d'immatriculation, même partiellement ? voulus-je savoir.

Ma question semblait lui déplaire.

— Je n'avais aucune raison de le faire. Pourquoi aurais-je fait une chose pareille ?

— Madame Morris, dans ce cas, pourquoi avez-vous appelé la police pour signaler ce véhicule ?

— Je vous l'ai déjà dit, mais vous ne m'avez peut-être pas écoutée : normalement, il n'y a jamais de cars de tourisme dans le coin. En plus, mon petit ami participe aux patrouilles de volontaires du secteur. Je suis veuve, voyez-vous. C'est lui qui a appelé la police, en fait. Puis-je savoir pourquoi ça vous intéresse autant, vous ?

— Madame Morris, lorsque vous avez aperçu ce car, y avait-il des passagers à bord ?

Betsey et moi échangeâmes un regard en attendant la réponse.

— Non, je n'ai vu que le chauffeur. Un homme plutôt fort. Je n'ai vu personne d'autre. Mais la police, et le maudit FBI, que viennent-ils faire dans cette histoire ?

— J'y viens dans une minute. Avez-vous remarqué la moindre inscription sur ce car ? La ville de destination ? Le logo de la société ? Tout ce que vous pourriez avoir vu peut nous aider immensément. Des vies sont en danger.

— Oh, mon Dieu, s'écria-t-elle. Oui, il y avait un autocollant : *Visitez Williamsburg.* Je me souviens de l'avoir vu. Et vous savez quoi ? Je crois bien que sur les flancs, il y avait marqué « Washington on Wheels ». Oui, c'est bien ça, « Washington on Wheels ». Vous pensez que ça peut vous aider ?

# 19

Betsey était déjà en train de briefer Kyle Craig sur une autre ligne, et de voir avec lui comment faire un saut à Tinden, sans perdre trop de temps. Mme Morris, elle, n'en finissait plus. Des détails lui revenaient sans cesse. Elle me déclara qu'elle avait vu le car s'engager sur une petite route de campagne non loin de l'endroit où elle demeurait.

— Il n'y a que trois fermes sur cette route, et je les connais bien. Il y en a deux le long d'une ancienne base militaire installée dans les années 80. Il faut que j'aille jeter un coup d'œil; cette histoire m'a l'air bizarre.

Je l'interrompis aussitôt.

— Non, surtout pas. Vous restez là et vous ne bougez pas, madame Morris. On va venir vous chercher.

— Je connais bien le secteur, protesta-t-elle. Je peux vous aider.

— On arrive. Ne bougez pas.

L'un des hélicoptères du FBI chargés de survoler les bois vint se poser près de la gare. Kyle arriva au même moment. Jamais je n'avais été aussi heureux de le voir débarquer.

Betsey lui expliqua minutieusement ce qu'elle espérait faire en Virginie.

— On s'approche autant qu'on peut avec l'hélico sans se faire repérer. À six ou sept kilomètres de Tinden. Au sol, je ne veux pas qu'on soit trop nombreux. Une douzaine d'hommes triés sur le volet, voire un peu moins.

Kyle approuva le plan, qui lui paraissait intelligent, et nous nous engouffrâmes dans l'hélicoptère. À peine sanglé, Kyle appela Quantico pour qu'on envoie à Tinden les hommes qu'il voulait.

En vol, nous eûmes le temps de revoir tout ce que nous avions appris lors des braquages. Nous commencions également à recevoir des renseignements sur les lieux où Mme Morris avait aperçu le car. La base militaire à laquelle elle avait fait allusion avait abrité des missiles nucléaires durant les années 80.

— Il existait plusieurs bases de missiles balistiques intercontinentaux autour de Washington, précisa Kyle. Il est possible qu'ils aient dissimulé le car à l'abri d'un silo, pour que les détecteurs à infra-rouges ne puissent pas le repérer.

Notre hélicoptère entreprit de se poser sur un espace dégagé, non loin d'un collège. Je vis qu'il était plus de 18 heures. Les otages étaient-ils encore en vie ? À quel jeu sadique le Cerveau se livrait-il ?

Derrière la riante petit école de briques rouges s'étendaient d'immenses terrains de sport d'un vert éclatant. La zone était déserte, à l'exception des deux berlines et de la fourgonnette noire qui nous attendaient. Nous nous trouvions à moins de huit kilomètres de l'endroit où Mme Morris avait aperçu le car de « Washington on Wheels ».

Isabelle Morris avait pris place dans la première voiture. Elle ne devait pas avoir loin de quatre-vingts ans. C'était une femme à la silhouette ramassée dont le sourire, qui s'ouvrait sur deux rangées de fausses dents, avait quelque chose d'incongru. La gentille grand-mère de quelqu'un.

— Par quelle ferme devrions-nous commencer ? lui demandai-je. Celle où quelqu'un pourrait se cacher ?

Ses yeux bleu-gris se resserrèrent. Elle réfléchissait.

— La ferme de Donald Browne. Personne n'y habite plus. Browne est mort au printemps dernier, le pauvre. Ce serait facile de s'y cacher.

# 20

— Continuez, ne vous arrêtez pas, dis-je à notre chauffeur.

Nous venions de trouver l'exploitation de Donald Browne, sur la route 24. L'agent du FBI fit ce que je lui demandais. Nous nous arrêtâmes une centaine de mètres plus loin, après le virage.

— J'ai vu quelqu'un sur le terrain, contre un arbre. Près de la maison. Il surveillait la route, Kyle. Il nous a vus passer. Ils sont toujours sur place.

Dans le lointain, je distinguais les vestiges d'un site de missile. J'imaginais que nous retrouverions le car planqué dans un silo, où les hélicoptères Apache ne pouvaient le détecter. J'étais moins optimiste quant aux dix-neuf otages de la MetroHartford. Le Cerveau en voulait aux compagnies d'assurances. Avait-il voulu se venger ?

Je ne pouvais m'empêcher de revoir les images des otages exécutés au cours des hold-up, et je redoutais de découvrir un vrai massacre. On nous avait prévenus. Pas d'erreurs, pas d'entourloupes. Nous avions eu l'occasion de voir que les tueurs n'hésitaient pas à prendre les sanctions annoncées. La situation avait-elle changé ?

— On va passer par les bois, décréta Kyle. On n'a pas le temps de faire les difficiles.

Après qu'il eut contacté les autres unités, Betsey, lui et moi fonçâmes plein nord, à pied. La forêt était dense. Nous ne pouvions pas voir la ferme, mais nous avions l'avantage d'avancer à couvert.

Les bois s'arrêtaient quasiment à la lisière de la propriété, ce qui nous facilitait la tâche. La végétation avait tout envahi jusqu'à l'allée. Dans la maison, tout était éteint. Je ne distinguais aucun mouvement. Je n'entendais rien.

Mais l'homme placé en sentinelle était toujours là. Pas très loin de nous, et le dos tourné. Où se trouvaient les autres ? Où se trouvaient les otages ? Tout était éteint. Pourquoi ?

— Qu'est-ce qu'il fabrique ? s'interrogea Kyle, aussi perplexe que moi.

— Tu parles d'un point stratégique, murmura Betsey. Ça ne me plaît pas.

— À moi non plus.

Quelque chose m'échappait. Pourquoi une seule sentinelle ? Et surtout, quelles raisons pouvaient inciter les preneurs d'otages à rester sur place ?

— On commence par s'occuper de ce type, chuchota Kyle. Ensuite, on passe à la baraque.

# 21

Je fis signe à Kyle et Betsey que j'y allais. Il ne me fallut que quelques secondes pour atteindre la sentinelle sans faire trop de bruit. Un bon coup de crosse, un craquement assez agréable à entendre, et l'homme s'écroula sans proférer un cri. C'était trop facile. Que se passait-il ?

Betsey me rejoignit rapidement, tête baissée.

— Pourquoi ont-ils choisi un coin aussi pourri ? Jusqu'à maintenant, ils ont toujours pris énormément de précautions.

Une demi-douzaine d'agents débouchèrent du bois, derrière nous. D'un geste, Betsey leur demanda de s'arrêter. Dans la maison livrée à l'obscurité, rien ne bougeait. La scène avait quelque chose d'étrange, d'irréel.

Kyle donna enfin l'ordre de pénétrer dans la maison. Chacun de nous courut vers le bâtiment en silence. Aucun autre garde n'était en vue. Nous avait-on tendu un piège ? Attendait-on que nous fassions irruption dans les lieux ? Se pouvait-il que Mme Morris ne fût, en fait, qu'une de leurs complices ?

Je faisais partie de la première vague d'assaut, et

j'étais en proie à un extrême sentiment d'appréhension. Mon Glock au poing, je fis sauter la porte d'un coup de pied. Ce que je découvris alors me stupéfia littéralement.

Les otages étaient là, dans le séjour. Ils me fixaient des yeux, visiblement terrorisés, mais personne ne semblait avoir été blessé. Je procédai à un rapide décompte : seize femmes, deux enfants, le chauffeur. Tout le monde était en vie. Personne n'avait eu à souffrir de nos initiatives.

— Les preneurs d'otages ? fis-je à voix basse. Il y en a encore ici ?

Une femme aux cheveux noirs s'avança et me répondit :

— Ils ont laissé des hommes autour de la maison pour monter la garde. Il y en a un près du grand orme, devant.

— Plus maintenant, lui répondit Betsey. Nous n'en avons pas vu d'autres. Tout le monde reste ici pendant qu'on fait le tour.

Les agents du FBI investirent les lieux. Et lorsqu'elles comprirent enfin qu'elles n'allaient pas mourir, qu'on était venu les secourir, plusieurs des épouses de cadres prises en otages fondirent en larmes.

— Ils ont dit qu'ils nous tueraient si nous tentions de sortir de la maison avant demain matin, bredouilla entre deux sanglots Mary Jordan, l'accompagnatrice de l'excursion tragique. Ils nous ont raconté ce qui était arrivé aux familles Buccieri et Casselman.

Nous passâmes la propriété au peigne fin, sans trouver personne. Les tueurs n'avaient rien laissé derrière eux, mais les techniciens du FBI seraient bientôt sur place pour relever les empreintes.

Environ une demi-heure plus tard, Mme Morris débarqua tranquillement dans le périmètre interdit, malgré les efforts de deux agents qui avaient tenté de l'arrêter.

— Pourquoi avez-vous frappé le vieux Bud O'Mara ? C'est un gars du coin, tout ce qu'il y a de bien, il travaille à la station-service. Il dit qu'on l'a payé juste pour être là et attendre. Cent dollars, et il s'est fait fracasser le crâne. Il ferait pas de mal à une mouche, Bud.

Plusieurs véhicules de secours arrivèrent enfin, et nous vécûmes alors un moment extraordinairement touchant : les otages nous offrirent une salve d'applaudissements et de bravos. Nous étions venus les sauver, nous ne les avions pas laissés mourir.

Mais moi, je savais bien que, pour une raison que j'ignorais encore, le Cerveau avait veillé à ce qu'ils restent en vie.

Livre Quatre

# Insaisissable

## 1

Bien entendu, les médias et la rue ne parlaient plus que de l'affaire. La presse, qui avait eu vent de l'existence d'un certain « Cerveau », multipliait les unes à sensation. Un portrait du petit Buccieri, l'une des premières victimes, illustrait désormais la plupart des articles consacrés aux tueurs introuvables. Je commençais à voir le visage du pauvre gamin dans mes rêves.

Je travaillais à présent douze à seize heures par jour. Le braqueur de banques originaire de Washington, Mitchell Brand, figurait toujours en bonne place dans notre liste de suspects, et ce depuis une semaine. Nous n'avions pas réussi à le localiser, mais il correspondait parfaitement au profil que nous avions établi. Pendant ce temps, les spécialistes continuaient d'explorer chaque centimètre carré de la zone où les sacs avaient été largués et de la ferme Browne. On releva dans un évier de la maison des traces de maquillage de scène. Mes entretiens avec plusieurs otages corroborèrent l'hypothèse selon laquelle les ravisseurs avaient sans doute utilisé du maquillage, des perruques et des chaussures surélevées.

Les deux premiers jours, Sampson et moi n'eûmes

pas l'occasion de sortir de Washington. La MetroHartford avait offert une prime de deux millions de dollars pour toute information conduisant à l'arrestation des auteurs de l'enlèvement. Une prime destinée non seulement à pousser d'éventuels témoins à se manifester, mais aussi à attiser la convoitise des complices du Cerveau. Leur part, après tout, ne se montait peut-être pas à une telle somme...

Nos efforts pour retrouver la trace de Mitchell Brand se concentraient également sur l'agglomération de Washington. Brand, un Noir âgé de trente ans, était soupçonné d'avoir commis une demi-douzaine de hold-up, sans jamais avoir été officiellement inculpé. Il avait disparu de la circulation du jour au lendemain. Il avait participé à l'opération Tempête du Désert en qualité de sergent de l'armée de terre. On le savait violent. Selon son dossier militaire, son QI dépassait cent cinquante.

Les preuves et les indices s'accumulaient, mais la publicité faite autour de l'enquête nous desservait également. Le bureau du FBI dut rapidement faire face à une avalanche de coups de fil et de fax proposant des renseignements, et nous nous retrouvions brusquement avec des centaines de pistes à examiner. J'en arrivais à me demander si le Cerveau s'ingéniait toujours à nous compliquer la vie.

Le surlendemain de la prise d'otages, Sampson débarqua chez moi vers 23 heures. Je venais juste de rentrer. Le temps de nous servir deux bières bien fraîches, et nous allâmes nous installer sur la terrasse pour discuter en adultes plus ou moins civilisés.

— J'espérais voir le petit prince, ce soir, me dit-il en s'asseyant.

— Il va venir habiter avec nous, lui dis-je.

Je ne comptais pas tout lui dire, mais cela, au moins, c'était déjà un scoop.

Il se fendit d'un grand sourire, dévoila ses dents aussi grandes et aussi blanches que des touches de piano.

— Génial, ma poule. Je suppose que Mme Christine va également faire partie du déménagement ?

— Non, John. Elle ne s'est jamais remise de ce que Geoffrey Shafer lui a fait subir. Elle craint toujours pour sa vie, pour celle de nous tous. Elle ne veut plus me voir. C'est fini entre nous.

Sampson me dévisagea.

— Vous étiez si bien ensemble. Je ne comprends pas, ma poule.

— Moi non plus. Il y a des mois que je ne comprends plus. J'ai proposé de quitter la police, et je crois que j'aurais été prêt à le faire. Christine me dit que cela ne changerait rien. (Je regardai mon ami droit dans les yeux.) Je l'ai perdue, John. Il faut que je continue, que je fasse ce que j'ai à faire, mais je suis malheureux comme une pierre.

## 2

J'étais à la maison, le lendemain soir, lorsque mon bipeur sonna, à une heure assez tardive. C'était Sampson.

— C'est la panique, me dit-il lorsque je pus le joindre au numéro qu'il m'avait laissé. Je t'assure, Alex.

— Tu es où ?

— En ce moment, je suis avec Rakeem Powell, dans la cité d'East Capitol. Un de ses indics nous a filé un tuyau sérieux. On a peut-être déniché Mitchell Brand.

— Alors, où est le problème ?

— Rakeem a prévenu son lieutenant, et le lieutenant a prévenu le Big Boss. Le chef Pittman nous a envoyé la moitié des flics de Washington.

Là, je commençai sérieusement à voir rouge.

— Mais c'est mon enquête ! Pittman ne m'a pas appelé !

— C'est bien pour ça que je t'appelle, ma poule. Tu ferais bien de te ramener, et vite fait.

Peu après, je retrouvais Sampson au pied de la cité. D'après son indic, Brand était planqué là. La cité d'East Capitol fait partie de ce que certaines personnes appellent « les entrepôts humains subventionnés ». Pour être tout à fait honnête, elle ressemble à une prison loupée. De grands murs de béton blanc, autour de bâtiments aux allures de bunkers. Bref, des logements sociaux assez déprimants, comme on peut en trouver d'autres dans Southeast. Les pauvres qui vivent là font ce qu'ils peuvent.

Nous étions en train de traverser un terrain vague entre deux tours.

— Ça sent le dérapage, Alex, me dit Sampson. On est trop nombreux sur le coup. Le grand chef a encore frappé.

Je promenai mon regard autour de moi et un juron m'échappa. C'était un vrai cirque. Il y avait là les brigades spéciales du SWAT, plusieurs inspecteurs de la criminelle, un certain nombre d'îlotiers. Nom de Dieu ! Mitchell Brand pouvait-il être le Cerveau ?

Le temps d'enfiler un gilet en Kevlar et de vérifier mon Glock, et je décidai d'aller voir Pittman. Je lui rappelai qu'il s'agissait de mon affaire, ce qu'il ne pouvait nier. Ma présence sur place semblait pourtant le surprendre.

— À partir de maintenant, c'est moi qui pilote les opérations, lui déclarai-je.

À quoi il répliqua, dégoulinant de suffisance :

— On vous a bien préparé Brand. Essayez de ne pas mcrdcr.

# 3

L'agent principal James Walsh arriva sur les lieux juste après moi. Je ne voyais pas Betsey Cavalierre. Walsh et moi avions sympathisé au cours des deux dernières semaines, mais ce soir, je le trouvais un peu distant. On l'avait, lui aussi, prévenu à la dernière minute, et la situation ne lui plaisait pas plus qu'à moi.

— Où se trouve l'agent Cavalierre ? lui demandai-je.

— Elle a pris quelques jours de congés. Je crois qu'elle est partie voir une amie dans le Maryland. Ce Mitchell Brand, vous le connaissez ?

— J'en sais suffisamment sur lui. S'il est là-haut, dans la tour, il doit être armé jusqu'aux dents. Apparemment, il a une nouvelle copine qui s'appelle Theresa Lopez. Elle habite la cité. Lopez a trois gosses. Je la connais de vue.

— Génial, marmonna Walsh en levant les yeux au ciel. Trois mouflets, leur mère, et un braqueur armé. La totale.

— C'est bien ça. Bienvenue à Washington, agent Walsh. Quoi qu'il en soit, Brand faisait peut-être partie du gang qui a racketté la MetroHartford, et il se pourrait qu'il soit le Cerveau. Il faut absolument qu'on le serre.

Je devais retrouver l'équipe chargée du raid dans un PO, un point d'observation. C'était un studio affecté aux flics des stups qui travaillaient sur la cité. Je m'y étais déjà rendu plusieurs fois. C'était mon quartier.

Nous serions huit à investir l'appartement où Mitchell Brand se terrait, au sixième étage. C'était bien assez. Dans certains cas, mieux vaut ne pas être trop nombreux.

Tandis que chacun vérifiait ses armes et enfilait son gilet pare-balles, je contemplai la rue. Les lampes à vapeur de sodium des réverbères répandaient une lumière jaunâtre et ouatée. Triste spectacle. Malgré l'imposante présence policière, le trafic continuait. Rien ne pouvait l'empêcher. Je voyais une bande de petits dealers vendre du crack, au coin de la rue, en face. Un client s'approcha d'eux, le pas rapide, la tête baissée. Un pauvre toxico de quartier, comme j'en connaissais tant. Je préférais ne pas regarder et faire comme si de rien n'était.

— Mitchell Brand est recherché, expliquai-je à l'équipe d'intervention, afin d'être interrogé dans le cadre d'une attaque à main armée perpétrée à la First Union de Falls Church. Il pourrait nous permettre de remonter aux instigateurs des braquages. C'est notre meilleur suspect pour l'instant, et il n'est pas impossible qu'il soit le fameux Cerveau.

« D'après les éléments en notre possession, Brand se trouve dans cet appartement, qui est celui de sa nouvelle petite amie. L'inspecteur Sampson va faire circuler le plan d'un deux-pièces standard. Il faut savoir qu'à l'intérieur, nous risquons de trouver non seulement Brand, mais aussi sa copine et ses trois enfants qui ont entre deux et six ans.

Je me tournai vers l'agent Walsh. Deux de ses hommes allaient participer au raid. Il n'avait rien à ajouter, mais apporta quelques précisions à l'intention de ses troupes :

— La police de Washington fera les présentations. Nous, on reste en couverture dans le couloir et dans l'appart. C'est à peu près tout.

— C'est bon, on y va, fis-je. Soyez tous extrêmement prudents. D'après ce qu'on sait, Brand est dangereux, et il sera lourdement armé.

— Il était dans les forces spéciales pendant la guerre du Golfe, observa Sampson. On est gâtés, non ?

## 4

L'expression « armé et dangereux » est devenue presque banale, mais elle ne fait pas rire les policiers.

Nous pénétrâmes à trois dans le bâtiment en file indienne. Le rez-de-chaussée était délabré, mal éclairé. L'escalier ressemblait à une poubelle, et les taches qui maculaient les marches avaient une couleur de dent cariée. La suie collée aux murs, au sol, et même à la rampe laissait supposer qu'un incendie relativement important s'était déclaré ici. Le Cerveau pouvait-il s'être planqué dans un endroit pareil ? Était-ce un Noir ? Le FBI écartait cette hypothèse. Pourquoi ?

En parvenant au quatrième, nous surprîmes deux épaves en train de chauffer leurs cailloux de crack. En nous voyant l'arme au poing, ils nous regardèrent, éberlués, terrorisés, sans oser faire un geste.

— On... on... n'a rien fait, balbutia l'un d'eux, qui affichait une bonne quarantaine d'années mais en avait probablement vingt de moins.

— Retournez à vos joujoux, leur intimai-je à mi-voix, l'index pointé sur eux. Et surtout, pas un bruit.

Persuadés que nous étions venus pour eux, les deux drogués paranoïaques n'en crurent pas leurs yeux lorsque nous les abandonnâmes pour poursuivre notre progression. J'entendis Sampson leur balancer :

— Tirez-vous d'ici. Vous avez eu de la chance, mais c'est la dernière fois.

À travers les murs épais comme du papier à musique, j'entendais des piaillements de bébés, des cris d'enfants, des programmes de télé débiles, du jazz, du hip-hop, de la salsa. J'avais une boule dans l'estomac. Déloger Brand dans une tour surpeuplée était un pari extrêmement risqué, mais tout le monde voulait des résultats, sans délai. Et Brand faisait un excellent suspect.

Sampson m'effleura l'épaule.

— Je passe devant avec Rakeem. Toi, ma poule, tu me suis. Et ne cherche pas à discuter.

Je fis la moue, mais acquiesçai. Sampson et Rakeem Powell étaient nos meilleurs tireurs. Je les savais prudents, intelligents et expérimentés, mais c'était une intervention à très haut risque. Le type était armé et dangereux. Tout pouvait arriver.

Je me tournai vers un inspecteur qui tenait à deux mains un lourd bélier métallique ressemblant à un petit missile sans ogive.

— Faites-moi sauter cette porte. Je ne vous oblige pas à frapper d'abord.

Derrière moi, tendus, inquiets, les hommes attendaient. Je brandis le poing.

— On y va à quatre.

Un doigt, deux doigts, trois doigts !

Le bélier automatique percuta la porte avec la puissance d'un arrière de la National Football League. Serrures et gonds volèrent en éclats, et nous nous engouffrâmes dans l'appartement. Sampson et Powell me précédaient. Aucun coup de feu n'avait été tiré.

— Ma-man ! hurla un bambin.

L'espace d'un instant, j'eus une pensée pour toutes les familles que le Cerveau avait déjà détruites. Je ne voulais pas que le sang coule ici aussi.

« Armé et dangereux. »

Deux gamins regardaient *Southpark* à la télé. Où était passé Mitchell Brand ? Et Theresa Lopez, la mère des enfants ? Il n'était pas rare, dans ces cités, de voir des enfants enfermés dans un appartement et livrés à eux-mêmes des jours entiers.

La porte de la chambre était fermée. On entendait de la musique dans l'appartement. Si Mitchell Brand était ici ce soir, il ne se montrait pas particulièrement vigilant. Tout cela ne cadrait pas avec le personnage, et je n'aimais pas la façon dont les choses évoluaient.

J'ouvris brutalement la porte de la chambre, jetai un coup d'œil à l'intérieur. J'étais en position de tir, les jambes légèrement ployées, le cœur battant à tout rompre. Une petite fille jouait par terre avec un ours en peluche.

— C'est mon nounours, me dit-elle.

— Il est beau, ton nounours, lui chuchotai-je.

En retournant dans le couloir, je vis Sampson enfoncer une autre porte. Le plan qu'on nous avait donné n'était pas le bon ! Cet appartement était un trois-pièces !

Soudain, Mitchell Brand fit irruption dans le couloir en traînant Theresa Lopez avec lui. Il lui avait collé le canon d'un calibre 45 sur le front. C'était une jolie femme couleur café au lait. Elle tremblait de tout son corps. Ils étaient tous les deux nus. Brand, lui, portait des chaînes en or autour du cou, des poignets et de la cheville gauche.

— Pose cette arme, Brand ! hurlai-je pour couvrir le vacarme qui régnait dans l'appartement. Tu n'iras nulle part. Tu ne peux pas sortir d'ici. Tu as suffisamment de cervelle pour le savoir. Pose cette arme !

— Écarte-toi de mon chemin ! J'ai assez de cervelle pour faire sauter la tienne, oui !

Pas question de céder. Sampson et Rakeem Powell étaient en train de se rapprocher de part et d'autre.

— Le braquage de la First Union, à Falls Church, fis-je en baissant légèrement le ton. Si tu n'es pas dans le coup, tu n'as rien à craindre. Pose cette arme.

Brand se remit à hurler :

— La First Union, c'est pas moi ! Toute cette semaine-là, j'étais à New York pour le mariage de la sœur de Theresa. On m'a piégé ! C'est un coup monté contre moi !

Theresa Lopez commençait à sangloter sans retenue. Les enfants, en pleurs, appelaient leur mère. Les inspecteurs et les agents du FBI les retenaient à l'abri.

— C'est vrai ! me cria Theresa Lopez, le regard implorant. Il était au mariage de ma sœur. Il était à un mariage !

— Maman, maman ! pleuraient les enfants.

— Pose cette arme, Brand. Habille-toi. Il faut qu'on te pose quelques questions. Je veux bien croire que tu étais à un mariage. Je vous crois, toi et Theresa. Pose cette arme.

Je sentais ma chemise détrempée sur ma peau. L'un des enfants, juste derrière Brand et Lopez, essayait de rejoindre sa mère. Juste dans l'axe de tir. « Mon Dieu, faites que je n'aie pas à tirer sur cet homme. »

Et puis, lentement, Mitchell Brand abaissa le pistolet braqué sur le front de son amie. Il déposa un baiser sur sa tempe.

— Désolé, mon lapin.

J'étais déjà en train de me dire que nous avions commis une erreur. Je le ressentais au plus profond de moi. Quand Brand abaissa son arme, cela devint une certitude. Quelqu'un avait peut-être piégé cet homme. Nous avions dépensé énormément de temps, d'argent et d'énergie pour le capturer. Pendant des jours et des jours, tous nos efforts s'étaient concentrés sur lui. Lui seul.

J'avais l'impression que le Cerveau était juste derrière moi, comme si la Mort m'épiait.

## 5

Il était très tard lorsque je pus enfin rentrer chez moi après l'intervention dans la cité d'East Capitol. Les soucis semblaient s'accumuler. Je travaillais trop, il y avait le problème de Christine, l'arrestation de Mitchell Brand.

Il fallait que je décompresse. Je me mis donc au piano pour jouer du Gershwin et du Cole Porter jusqu'à ce que mes paupières tombent. Puis je montai me coucher. Le sommeil me cueillit dès que ma tête s'enfonça dans l'oreiller.

Je dormis jusqu'au matin. Il était 7 h 30 lorsque je rejoignis Damon et Nana pour le petit déjeuner. C'était un grand jour pour la famille Cross. Je n'irais pas travailler. J'avais mieux à faire.

Nous quittâmes la maison à 8 h 30. Direction l'hôpital. Jannie rentrait à la maison.

Elle nous attendait. Ses affaires étaient prêtes ; elle portait un jean et un T-shirt écologiste. Des vêtements que Nana avait apportés la veille, mais que Jannie avait, bien sûr, consciencieusement choisis.

— On y va, on y va, je suis pressée de rentrer à la

maison, se mit-elle à répéter en se tortillant d'impatience. Voilà ma valise. On se dépêche.

Et elle tendit sa petite mallette de voyage American Tourister à Damon, qui la prit de mauvaise grâce.

— J'en ai encore pour longtemps, à faire ta boniche ? lui demanda-t-il.

— Jusqu'à la fin de tes jours, lui répondit Jannie, qui avait une conception très précise de la répartition des rôles. Peut-être même au-delà.

Un orage de peur traversa soudain le visage de ma fille.

— Je peux rentrer à la maison, hein ?

J'opinai en souriant.

— Bien sûr que tu peux. Mais en revanche, tu n'as pas le droit de sortir d'ici toute seule. C'est le règlement de l'hôpital qui le dit, ma petite.

Mine déconfite de Jannie.

— Pas dans un fauteuil roulant. Je veux une sortie en grande pompe.

Je me penchai vers elle, la soulevai.

— Si, dans un fauteuil roulant. Mais tu es bien habillée, tu es superbe pour ton départ, princesse.

Après nous être brièvement arrêtés devant la salle des infirmières, le temps de quelques au revoir et embrassades, nous quittâmes enfin l'hôpital.

Jannie avait recouvré la santé. Les analyses avaient révélé que la tumeur était bénigne. Le bilan général était bon, et jamais je ne m'étais senti aussi soulagé. Cette épreuve m'avait rappelé à quel point ma fille m'était précieuse. Jannie, Damon et le petit Alex étaient mes véritables trésors.

Le trajet du retour ne nous prit pas plus de dix minutes et, dans la voiture, Jannie s'agitait comme un petit chiot excité. Vitre ouverte, le nez à la portière, elle regardait tout avec des yeux grands comme des soucoupes et humait l'air pollué en proclamant que cette ville était absolument grandiose.

Une fois que je me fus garé devant la maison, Jannie sortit lentement de la voiture, avec des gestes presque révérencieux, contempla notre vieille masure comme s'il s'agissait de Notre-Dame, fit un tour complet sur elle-même pour admirer notre bon vieux quartier de la Cinquième Rue, et marqua son approbation d'un hochement de tête.

— On est quand mieux chez soi, murmura-t-elle. C'est comme dans *Le Magicien d'Oz.* (Elle se tourna vers moi.) Je vois que tu as même récupéré le cerf volant Batman et Robin qui était resté accroché dans l'arbre. Grâce soit rendue au Seigneur.

Béat, je sentis une onde délicieuse traverser tout mon corps. Je savais ce que c'était. Je n'étais plus terrorisé à l'idée de perdre Jannie.

— En fait, c'est Nana qui est allée le chercher. Elle a réussi à grimper jusqu'en haut.

— Toi, ça va, hein, me fit Nana en riant, avec un faux geste de mauvaise humeur.

Jannie entra la première et aussitôt, elle prit Rosie dans ses bras, pencha son visage sur elle, la laissa la lécher avec sa petite langue râpeuse puis, lentement, l'espace d'un instant purement magique, dansa avec elle, comme elle l'avait fait le soir du baptême d'Alex junior, en chantonnant : « Les roses sont rouges, les violettes sont bleues, je suis si contente d'être rentrée, je vous aime tous. »

C'était un tel bonheur de la voir ainsi, de participer à sa joie, que je me fis la réflexion : oui, Jannie Cross, tu as raison, on n'est jamais aussi bien que chez soi. Peut-être est-ce pour cela que je fais autant d'efforts pour protéger mon foyer.

À moins que je ne sois simplement en train de me justifier, parce que je suis comme ça, et que je ne changerai probablement jamais.

## 6

Je me rendis de bonne heure au bureau du FBI le lendemain matin. Fax, téléphones, ordinateurs, ça bourdonnait dans tous les coins. Tout le monde semblait fébrile, et on lisait sur les visages un mélange d'optimisme et d'inquiétude. Il devenait évident que Mitchell Brand n'était pas notre homme, et nous commencions à nous demander s'il n'était pas, effectivement, victime d'un coup monté.

Betsey Cavalierre était revenue de son week-end bronzée, radieuse et visiblement reposée. Je faillis lui demander d'où elle venait, mais très vite je fus aspiré dans le tourbillon frénétique de l'enquête.

Le PC de crise était toujours en place, mais des fiches de suspects tapissaient désormais trois des quatre murs. Le FBI estimait que toutes les pistes devaient être explorées. Le directeur avait déjà fait publiquement savoir qu'il s'agissait de la plus grande chasse à l'homme de l'histoire du FBI. Tous les dirigeants de l'économie américaine exigeaient des autorités qu'elles mettent fin au cauchemar dans les plus brefs délais. Le pays avait vécu la même psychose après le meurtre d'un homme d'affaires new-yorkais au début des années 90. Les années Unabomber.

Je dus passer presque toute la journée dans une salle de conférence aveugle et, l'aurait-on juré, non ventilée, à assister à une interminable projection de photos de suspects en compagnie de plusieurs agents et inspecteurs de la police de Washington. Nous nous penchions sur chaque cas avant de le classer dans trois catégories différentes : Rejeté, Actif, Très Actif.

Le soir même, à 18 heures, l'agent Walsh pilotait une réunion consacrée à l'hypothèse d'une frappe prochaine des preneurs d'otages. Betsey Cavalierre arriva en retard. Elle prit place dans le fond sans participer aux débats.

Deux analystes du FBI, spécialistes de la psychologie du comportement, avaient établi une liste d'établissements susceptibles de figurer au nombre des prochaines cibles du Cerveau. On y trouvait des banques multinationales, d'autres grandes compagnies d'assurances, des sociétés de cartes de crédit, des groupes de communication et des grands noms de Wall Street.

L'une des psychologues, le Dr Joanna Rodman, expliqua que, selon elle, les différentes attaques à main armée perpétrées ces derniers mois traduisaient une haine et une vraie volonté de nuire qu'elle n'avait encore jamais rencontrées dans sa carrière. Les tueurs prenaient un malin plaisir à manipuler nos services, et leurs actes dissimulaient peut-être un profond besoin de gloire et de notoriété.

Puis le Dr Rodman fit une déclaration relativement audacieuse. Elle était persuadée que le Cerveau frapperait de nouveau.

— Je suis prête à parier qu'il recommencera, et Dieu sait que je n'aime pas jouer.

Moi, pendant la réunion, je n'étais quasiment pas intervenu. Je préférais rester dans le fond de la classe et écouter. C'est ce qui m'avait permis de faire de brillantes études secondaires à Georgetown, puis d'entrer à Johns Hopkins et d'en ressortir avec les honneurs.

L'agent Cavalierre, elle, ne s'en laissait pas compter.

— Dr Cross, me demanda-t-elle lorsque le Dr Rodman eut fini de s'exprimer, estimez-vous également que le Cerveau peut récidiver ? Voudriez-vous parier ?

En me frottant le bas du visage, je me souvins soudain que ce tic m'avait accompagné tout au long de mes études secondaires.

— Moi non plus, je n'aime pas jouer. Je pense que la liste des cibles potentielles est assez complète, je souscris à presque tout ce qui a été dit. Une seule et même personne a tout organisé, mais des équipes différentes ont été recrutées pour des missions très spécifiques. (Je regardai Betsey en fronçant légèrement les sourcils, puis poursuivis :) Je crois que les premiers braquages avec exécutions avaient pour but de terrifier tout le monde. Objectif atteint. Dans l'affaire Metro-Hartford, en revanche, il s'agissait d'opérer rapidement et de manière efficace, sans effusion de sang. Je ne vois pas, dans cette prise d'otages, de haine ni de volonté de nuire à tout prix. En tout cas, pas d'après ce que les otages nous ont raconté. Nous ne sommes plus dans la même logique que celle des premiers braquages. Le fait que personne n'ait été tué m'incite à penser... que tout est terminé. C'est fini.

— Trente millions de dollars et on n'en parle plus ? s'interrogea Betsey Cavalierre. Ce serait ça ?

Je hochai la tête.

— Je crois que le Cerveau s'est désormais attelé à un nouveau jeu. Essayez de m'attraper, mais de toute façon, vous n'y arriverez pas.

## 7

Betsey Cavalierre vint me trouver dès la fin du briefing.

— Non que je veuille absolument vous lécher les bottes, mais je partage votre avis. Je me dis qu'il pourrait très bien s'amuser à nous manipuler. Il aurait pu piéger Mitchell Brand.

— Je pense que c'est possible, aussi bizarre, aussi insensé que cela puisse paraître. Il est immensément orgueilleux et il veut jouer au plus fort. C'est le meilleur atout dont nous disposions pour l'instant. Ce qui ne nous laisse pas une très grande marge de manœuvre.

— On en a fini pour aujourd'hui. Alex, venez boire un verre avec moi. Je veux vous parler. Je vous promets de ne pas vous soûler avec l'affaire du Cerveau.

— Je suis désolée, Betsey, lui répondis-je en grimaçant, mais ce soir, il faut que je sois chez moi. Ma petite fille est rentrée de l'hôpital hier. Je sais que c'est la deuxième fois que je dis non, mais croyez bien que ce n'est pas parce que j'essaie de vous éviter.

Elle eut un sourire compréhensif.

— Je comprends. Ce n'est pas très important. Je me disais juste que vous aviez besoin de parler à quelqu'un. Une impression, comme ça. Mon sixième sens. Rentrez chez vous. Moi, j'ai encore mille choses à faire ici. Ah, j'allais oublier : demain matin, un petit groupe part à Hartford interroger des employés et des anciens employés de la société. Vous devriez nous accompagner. C'est important, Alex. On décolle de Bolling vers 8 heures.

— J'y serai. Tôt ou tard, on le coincera, ce Cerveau. Si c'est lui qui a piégé Mitchell Brand, c'est sa première erreur. Il prend des risques inutiles.

Ce soir-là, Nana nous prépara le meilleur dîner de toute la ville. Elle avait fait rôtir une dinde, fantaisie qu'elle se permet une fois tous les deux ou trois mois. Pour elle, la chair blanche d'une dinde, lorsqu'elle est correctement cuisinée, est trop bonne pour qu'on ne la déguste qu'à Noël et à Thanksgiving.

— Tu as vu ça, Alex ? me demanda-t-elle en me tendant une coupure du *Washington Post*.

C'était un classement établi par le Comité pour les Droits de l'Enfance — les meilleures et les pires villes où élever un enfant. Washington, bien entendu, occupait la dernière place.

— Oui, j'ai vu. (Et j'en profitai pour lancer une petite pique :) Tu comprends maintenant pourquoi je travaille souvent aussi tard. J'essaie de faire un peu le ménage dans notre capitale.

Nana me regarda droit dans les yeux.

— Ce n'est pas très réussi, mon grand.

Ironiquement, c'était le soir de notre traditionnelle séance de boxe hebdomadaire. Jannie insista pour que je descende au sous-sol avec Damon. Elle voulait juste regarder. Damon avait déjà préparé sa réplique :

— Oui, tu veux voir si moi aussi je vais terminer à l'hosto.

— C'est nul, lui rétorqua-t-elle. Qui plus est, le Dr Petito a dit que les leçons de boxe et ton « punch invisible » n'ont aucun rapport avec ma tumeur. Arrête de te faire du cinéma, Damon, t'es pas Mohammed Ali.

Nous descendîmes donc au sous-sol. Nous allions nous concentrer sur le jeu de jambes — enfin, les bases. Je me fendis même d'une petite démonstration pour montrer aux enfants comment Ali avait donné le vertige à Sonny Liston lors des deux premiers combats à Miami et à Lewiston, dans le Maine, avant d'infliger le même traitement à Floyd Patterson qui le provoquait depuis des mois.

— C'est une leçon de boxe ou un cours d'histoire ancienne ? se plaignit Damon.

— Deux pour le prix d'un ! s'écria joyeusement Jannie. Boxe et histoire. Moi, ça me va.

Elle avait retrouvé toute sa joie de vivre.

Les enfants une fois couchés, j'appelai Christine, mais tombai de nouveau sur son répondeur. Elle filtrait ses appels. J'avais l'impression qu'on me poignardait entre les côtes. Bien sûr, la vie devait continuer, mais j'avais toujours l'espoir de réussir à la faire changer d'avis. Mais pour cela, il aurait fallu qu'elle accepte de me parler. Or elle ne me laissait même pas parler à Alex Junior, qui me manquait terriblement.

Heureusement que mon vieux piano était là pour me remonter le moral. Et pour me rappeler que la confiture est un produit que l'on trouve habituellement sur le pain blanc, les visages d'enfants et les touches d'un clavier.

Le temps d'essuyer, et je pus enfin jouer un peu de Bach et de Mozart pour apaiser mon âme. Sans grand succès...

## 8

Le lendemain, à 7 h 50, j'étais à la base aérienne de Bolling, à Anacostia. Cavalierre et trois autres de ses collègues, dont Walsh, me rejoignirent à 8 heures pile. Le Dr Joanna Rodman, la psychologue de Quantico, arriva avec quelques minutes de retard. Le FBI avait mis à notre disposition un hélicoptère Bell qui, avec sa carlingue noire brillante, faisait à la fois très officiel et très VIP. Nous partions traquer le Cerveau. En espérant qu'il n'avait pas les mêmes intentions à notre égard.

Nous parvînmes au siège de la MetroHartford, situé au centre-ville, vers 9 h 30. En pénétrant dans la tour, j'eus le terrible sentiment que la compagnie d'assurance avait demandé à ses architectes de concevoir un immeuble inspirant la confiance, voire une certaine crainte respectueuse. Avec son plafond stratosphérique, ses panneaux de verre omniprésents, son sol de granit noir poli et ses tableaux d'art contemporain surdimensionnés et peu discrets, le hall avait tout d'une cathédrale moderne. Le contraste entre les espaces ouverts au public et les bureaux était saisissant. Ces derniers semblaient, eux, avoir été créés par un débutant ou le dessinateur de la maison. À chaque étage, d'immenses salles sans vue extérieure accueillaient un dédale de boxes cloisonnés jusqu'à hauteur de poitrine. Notre présence éveillait les curiosités et dès que nous avions le dos tourné, les conversations allaient bon train. Le spectacle de tous ces employés rivés à l'écran de leur ordinateur dès que nous les regardions avait quelque chose de comique. Le FBI avait déjà dépêché des agents sur place, mais aujourd'hui, c'était au tour des grosses pointures de passer à l'action.

Ce jour-là, j'eus l'occasion d'interroger vingt-huit personnes et je me rendis compte, par la même occasion, que rares étaient les salariés de la MetroHartford dotés du moindre sens de l'humour. Le slogan de la société semblait être « Je ne vois pas ce qu'il a de drôle ». Je fus également frappé de constater que la notion de risque, alors qu'elle devrait être l'essence même de leur métier, leur était le plus souvent insupportable. « On n'est jamais trop prudent », me dirent même plusieurs d'entre eux.

Mon dernier entretien se révéla être le plus intéressant. J'avais rendez-vous avec une femme du nom de Hildie Rader. J'étais démotivé, je pensais à autre chose, mais sa première phrase raviva immédiatement mon attention.

— Je crois que j'ai rencontré un des ravisseurs, me dit-elle. Il était là, en ville, à Hartford. Je l'ai vu comme je vous vois, là.

## 9

— Pourquoi ne l'avoir encore dit à personne ? lui demandai-je en dissimulant partiellement ma surprise.

— J'ai appelé la ligne spéciale et j'ai parlé à deux personnes qui devaient être de permanence. C'est la première fois qu'on reprend contact avec moi.

— Vous avez toute mon attention, Hildie.

C'était une femme aux dimensions généreuses, avec un joli sourire qui respirait le naturel. Elle avait quarante-deux ans et travaillait comme secrétaire de direction. Elle ne faisait plus partie de la MetroHartford, ce qui expliquait peut-être pourquoi personne ne l'avait encore interrogée. La compagnie d'assurance l'avait licenciée pour la deuxième fois. La première fois, elle avait fait les frais d'une compression de personnel — la société faisait régulièrement des cures d'amaigrissement. Elle avait été réembauchée deux ans plus tard, mais à l'en croire, une incompatibilité d'humeur entre elle et son patron, le directeur financier, Louis Fincher, lui avait coûté son poste. L'épouse de Fincher faisait partie des dix-huit femmes de cadres qui avaient vécu le cauchemar du détournement.

Après l'avoir laissée s'exprimer, je lui dis :

— Parlez-moi de l'homme que vous avez rencontré à Hartford, celui qui a peut-être participé à la prise d'otages, selon vous.

Elle me dévisagea d'un œil soupçonneux.

— Je pourrai toucher de l'argent ? En ce moment, vous savez, je suis au chômage.

— La société offre une prime à toute personne dont les renseignements permettront d'arrêter l'un des coupables.

Elle secoua la tête en riant.

— Ah, je vois, ça lui laisse de la marge. Et d'ailleurs, vous voudriez que je fasse confiance à la Metro ?

Elle était sur la défensive, mais je ne pouvais guère lui donner tort. J'attendis un peu pour lui laisser le temps de réfléchir. Je sentais qu'elle se demandait s'il fallait tout me dire, ou juste une partie.

— Je l'ai vu chez Tom Quinn. C'est un petit bar de quartier sur Asylum Street, près du Pavilion et de l'Old State House. On a bavardé un peu, et je l'ai trouvé sympa. Un peu trop charmant, d'ailleurs, ce qui m'a rendue méfiante. Les mecs charmants, en général, c'est les emmerdes garanties. Soit le type est marié, soit il a un grain.

« Enfin, bref, on a bavardé un moment et il avait l'air de bien s'amuser, mais ça n'a débouché sur rien, si vous voyez ce que je veux dire. D'ailleurs, c'est lui qui est sorti du bar le premier. Et puis, peut-être deux soirs plus tard, je le revois. Mais là, c'était complètement différent. La barmaid, c'est une bonne copine. Elle m'annonce que le type, en fait, avait cherché à se renseigner sur moi avant qu'on se rencontre, la première fois. Il savait comment je m'appelais, il savait que j'avais bossé à la Metro. Alors, comme je suis du genre curieuse, la deuxième fois, je lui ai de nouveau parlé.

— Vous n'avez pas eu peur ?

— Non, pas tant que j'étais chez Tom Quinn. Là-bas, tout le monde me connaît; si j'ai un pépin, ils accourent dans la seconde. Je voulais savoir ce que ce type avait dans le crâne. Et j'ai vite compris. Ce qu'il voulait surtout, en fait, c'était parler de la MetroHartford. Moi, je le passionnais moins. Il essayait de faire comme si, mais je sentais bien qu'il voulait qu'on discute des patrons de la Metro. Qui était le plus exigeant ? Qui prenait les décisions ? Il s'intéressait même à leur famille. Il m'a posé des questions sur M. Fincher et sur M. Dooner, spécifiquement. Et après, comme la première fois, il est parti avant moi.

Je prenais des notes. Je lui demandai :

— Vous ne l'avez jamais revu, vous n'avez plus eu de nouvelles ?

Elle fit signe que non, parut se concentrer.

— Non, mais j'ai entendu parler de lui. Je suis restée très copine avec Liz Becton. C'est l'une des assistantes de M. Dooner, le président. C'est lui qui prend les décisions à la Metro.

Pour avoir vu Dooner à l'œuvre, je ne pouvais qu'être d'accord avec Hildie. À la MetroHartford, il était bien le patron des patrons.

— Vous allez voir, c'est intéressant. Liz avait fait la connaissance d'un type qui ressemblait beaucoup à celui que j'avais vu chez Quinn. Et pour cause, puisque c'était le même. Il s'était assis à côté d'elle pour boire un café au Borders, sur Main Street. Il a discuté un peu avec elle pendant qu'ils sirotaient leurs mokas ou leurs cappuccinos hors de prix, enfin, peu importe. Et devinez de quoi il voulait qu'elle lui parle ? Des cadres de la MetroHartford. La prise d'otages, il était dans le coup, hein ?

## 10

Au cours de ma longue journée, j'avais appris que, dans la région de Hartford, près de soixante-dix mille personnes travaillaient pour des compagnies d'assurances. Outre celui de la MetroHartford, on trouvait ici les sièges sociaux de l'Aetna, la Travelers, la MassMutual, la Phoenix Home Life et la United Health Care. Moyennant quoi, nous avions à notre disposition trop de témoins potentiels, et trop de suspects. Il n'était pas exclu que le Cerveau eût, dans le passé, travaillé pour l'une de ces sociétés.

Au terme de mes entretiens au siège de la Metro, je rejoignis les autres dans un Marriott, non loin. Nous devions comparer nos notes. Pour ma part, j'étais assez satisfait d'avoir pu interroger Hildie Rader, qui pensait avoir vu un des membres de l'équipe à Hartford une semaine avant la prise d'otages.

— Demain, décida Betsey, on interroge les deux femmes, Rader et Becton. On fait faire un portrait-robot et dès qu'on l'a, on le distribue à tous les dirigeants. On se fait également envoyer les portraits faits à Washington, et on regarde si on peut faire des rapprochements. (Elle s'accorda un sourire.) Les choses commencent à se préciser. Ils ne sont peut-être pas aussi malins que ça, finalement.

Vers 20 h 30, je quittai la suite où nous nous étions réunis pour appeler Jannie et Damon avant qu'ils aillent se coucher. C'est Nana qui décrocha. Elle savait que c'était moi.

— Ici, tout va bien, Alex. La petite maison fonctionne très bien en ton absence. Tu as loupé une fricassée, je ne te dis que ça ! Dès que j'ai su que tu ne serais pas là, j'ai fait ton plat préféré.

Non, ce n'était pas possible...

— Tu es sérieuse ? Tu as vraiment fait une fricassée ?

Elle ricana pendant trente bonnes secondes.

— Bien sûr que non. Cela dit, on s'est quand même offert des côtes de bœuf.

Son rire s'amplifia. La côte de bœuf devait être mon deuxième plat préféré, et après le festin auquel nous avions eu droit à l'hôtel — charcuterie, gruyère industriel et pain rassi — j'avais encore une petite faim.

— Non, on s'est fait des sandwiches de dinde, rectifia-t-elle, toujours hilare. Et en dessert, une bonne tarte chaude aux noix de pecan, avec de la glace à la vanille par-dessus. Jannie et Damon sont là. On est en train de jouer au Scrabble, et ils ont déjà perdu toutes leurs économies.

Jannie s'empara du téléphone.

— Nana gagne de douze points — c'est pas énorme — et en plus, elle a un tour d'avance. (Et elle ajouta, d'un ton presque maternel :) Ça va, papa ?

— Bien sûr, que ça va ! Quelle question ! Et toi ?

— Moi, impeccable. Damon est si gentil avec moi que je trouve ça bizarre. Il m'a ramené mes devoirs de l'école, et tout est fait. Une case triple ! Maintenant, plus personne ne pourra me rattraper ! Tu sais, tu nous manques quand même. Fais attention à pas être blessé, papa. Fais attention, hein ?

Je me sentais fourbu, mais il fallait que j'y retourne. La réunion n'était pas terminée. Et dans ce couloir qui n'en finissait plus, j'entendais encore la voix de Jannie, qui commençait à ressembler à celle de Christine.

Fais attention à pas être blessé, papa. Fais attention, hein ?

## 11

J'avais l'esprit ailleurs quand Betsey Cavalierre m'ouvrit la porte de sa chambre. Les autres agents semblaient avoir déserté les lieux. Elle avait mis un T-shirt blanc, un jean, et elle était pieds nus.

— Désolé, fis-je, il fallait que je passe un coup de fil chez moi.

— On en a profité pour résoudre toute l'affaire, me dit-elle avec un sourire narquois.

— C'est parfait. Dieu bénisse le FBI. Vous êtes vraiment les meilleurs. Fidélité, Bravoure, Intégrité.

— Je vois que vous connaissez la devise qui figure sur notre emblème. En réalité, tout le monde était crevé. Maintenant, on pourrait peut-être se le boire, ce fameux verre ? Je vois mal ce que vous pourriez me trouver comme excuse pour refuser. Si on essayait le bar de la terrasse ? J'ai lu des trucs dithyrambiques dessus, dans l'ascenseur. Ou vous préférez peut-être qu'on aille visiter le musée des sports du Connecticut ? Ou le musée de la police de Hartford ?

— Non, le bar de la terrasse me semble bien. Vous pourrez me faire voir toute la ville depuis là-haut.

Je ne croyais pas si bien dire. De la terrasse, on pouvait admirer Hartford et tous les environs. J'apercevais les enseignes lumineuses de l'Aetna et de la Travelers, mais aussi la route 84 qui serpentait vers le nord-est jusqu'à l'autoroute du Massachusetts. Betsey commanda un verre de cabernet et moi, une bière.

— Alors, tout se passe bien, à la maison ? s'enquit-elle quand le serveur s'éloigna après avoir pris notre commande.

— J'ai deux enfants avec moi. Ils sont formidables, mais je dois avouer qu'en ce moment, dans la famille, il y a du mouvement.

— Moi, j'ai cinq frères et sœurs, me dit-elle. Je suis l'aînée, et la plus gâtée. Les familles qui bougent, ça me connaît.

J'aimais son sourire, j'aimais la voir en train de se détendre. J'aimais me voir en train de me détendre.

— Il y en a un que vous préférez ? me demanda-t-elle. Oui, forcément, mais ne me le dites pas. De toute façon, je sais très bien que vous ne me le diriez pas. Moi, j'étais la préférée de mes parents. D'où mon problème. Dans ma vie, je me suis toujours donnée à fond.

— Quel problème ? m'étonnai-je sans cesser de sourire. Je n'en vois pas, de problème. Je croyais que vous étiez parfaite...

Elle me regarda du coin de l'œil en picorant quelques cacahuètes salées dans le creux de sa main

— La perfectionnite aiguë. Ce que je faisais n'était jamais assez bien... pour moi. Tout devait toujours être absolument parfait. Pas d'erreurs, pas d'oublis.

J'aimais bien cette façon qu'elle avait de se moquer d'elle-même. Elle était naturelle, et je trouvais sa vision du monde plutôt saine.

— Et vous arrivez à être à la hauteur des grands idéaux que vous vous êtes fixés ?

Elle écarta une mèche de cheveux.

— Oui et non. Côté boulot, j'ai plutôt réussi à faire ce que je voulais. Le FBI vous le dira : je suis tellement douée. Comment est-ce, déjà, la fameuse phrase ? « L'ambition fait des esclaves plus fiables que le besoin. » Cela dit, je dois admettre qu'il manque quelque chose dans ma vie. J'aimerais bien qu'elle soit plus équilibrée. Il y a une image que j'aime bien : on jongle avec quatre balles qui représentent le travail, la famille, les amis et le mental. Le travail, c'est une balle en caoutchouc. Si on la lâche, elle rebondit. Les autres, elles sont en verre.

— J'en ai déjà lâché quelques-unes à certains moments de ma vie. Parfois elles s'abîment un peu, parfois elles explosent en mille morceaux.

— Exactement.

On nous apporta nos boissons. Premières gorgées un peu nerveuses, forcément. C'était curieux. Nous avions l'un comme l'autre conscience de ce qui était en train de se passer, mais nous ne savions pas jusqu'où cela pouvait aller, ni si c'était une bonne ou une très mauvaise idée. Betsey se révélait plus sympathique et plus profonde que je ne l'aurais imaginé. Elle savait également être à l'écoute des autres.

— Je suis sûre que vous, vous arrivez à trouver l'équilibre entre le travail, la famille et les amis. Et côté mental, vous avez l'air solide.

— Question travail, ces temps derniers, j'ai un peu de mal à suivre. Mais pour ce qui est du mental, vous, vous n'avez rien à m'envier. Je vous trouve enthousiaste, optimiste. Les gens vous aiment bien. Enfin, en tout cas, on vous l'a déjà dit...

— Pour l'instant, j'aime bien qu'on le redise. (Elle leva son verre de vin.) À l'optimisme, et au cabernet ! En espérant que notre ami le Cerveau Ramolli récoltera perpète plus perpète !

— Perpète plus perpète pour notre ami le Cerveau Ramolli ! répétai-je en levant ma bière.

— Et voilà, on est là, à Hartford, soupira-t-elle en contemplant les lumières de la ville nimbées d'un halo bleuté.

Moi, c'était elle que je regardais, et j'étais quasiment certain qu'elle voulait que je la regarde.

— Quoi ? demandai-je.

Elle se remit à rire, un rire communicatif. Quand elle souriait, quelque chose s'illuminait dans son regard.

— Comment ça, quoi ?

— Quoi ? Un simple « quoi », la taquinai-je. Vous savez très bien ce que je veux dire.

— Alex, il faut que je vous pose une question. Je n'ai pas le choix, je n'ai aucune volonté. Enfin, voilà... Je vais peut-être vous paraître ridicule, mais je m'en fiche. Bon, voilà, ça vous dirait qu'on retourne à ma chambre ? Moi, j'aimerais bien. Ça n'engage à rien. Vous pouvez me faire confiance. Je ne vous harcellerai pas.

Je ne savais pas quoi lui répondre, mais je ne lui dis pas non.

## 12

Nous quittâmes le bar de l'hôtel sans prononcer un autre mot. Je me sentais un peu mal à l'aise. Peut-être même très mal à l'aise.

Il fallait trouver un moyen de rompre le silence.

— En fait, finis-je par lui dire, moi, j'aime bien les engagements.

— Oh, je sais, mais cette fois-ci, laissez-vous simplement aller. Ça nous fera du bien à tous les deux. Ce sera si bon. On ne pourra pas dire qu'on a brûlé les étapes, maintenant qu'on est si bien lancés...

Si bien lancés.

Dans l'ascenseur, ce fut le premier baiser, un baiser tendre et langoureux, un baiser inoubliable, comme devaient l'être tous les premiers baisers. Betsey devait se jucher sur la pointe des pieds pour atteindre ma bouche. Ça, je ne l'oublierai jamais.

Dès que nos lèvres se séparèrent, elle se mit à rire. Comme d'habitude.

— Je ne suis pas si petite que ça, d'abord. Presque un mètre soixante. C'était bon ? Ce baiser ? Au fait, on pourrait peut-être se tutoyer, non ?

— J'ai adoré t'embrasser, lui répondis-je, mais tu es tellement petite.

J'avais encore sur la pointe de sa langue le goût mentholé de sa bouche. Avait-elle discrètement sucé une pastille ? Elle était tellement rapide. Sa peau avait la douceur de la soie, et sa chevelure noire ruisselait délicatement sur ses épaules en jetant des reflets dans la nuit. Oui, cette femme m'attirait.

Bon, mais après ? Je sentais confusément que je n'étais pas encore prêt. C'était trop tôt.

Les portes de l'ascenseur s'ouvrirent avec un bruit mat. J'étais à la fois pressé et inquiet. Seule certitude : Betsey Cavalierre me plaisait. J'avais envie de la serrer contre moi, de savoir qui elle était, comment elle se comportait en couple, comment elle fonctionnait psychologiquement, de quoi elle rêvait, quelles seraient ses prochaines paroles.

— Walsh ! s'écria-t-elle.

Nous rebroussâmes aussitôt chemin. Dans la cabine de l'ascenseur, je sentis mon cœur palpiter. Et merde !

Betsey me regarda et partit d'un grand éclat de rire.

— Je t'ai eu ! Il n'y a personne. Détends-toi un peu ! Enfin, je dis ça, mais moi, je suis tendue à mort.

Je ne pus m'empêcher d'éclater de rire, moi aussi. Elle était vraiment drôle. Peut-être valait-il mieux ne pas en demander davantage pour l'instant. J'appréciais énormément sa compagnie. Avec elle, la bonne humeur était toujours au rendez-vous.

Dans sa chambre, nous nous jetâmes dans les bras l'un de l'autre. Elle dégageait une telle chaleur. Quand mes doigts glissèrent lentement le long de son dos, elle exhala un long soupir. Du pouce, je décrivis de minuscules cercles sur toute la surface de sa peau. J'augmentais doucement ma pression, et je sentais sa respiration s'accélérer. Mon cœur battait de plus en plus vite.

— Betsey, lui dis-je dans un chuchotement, je ne peux pas. Pas maintenant, c'est trop tôt.

— Je sais, me murmura-t-elle. Serre-moi juste dans tes bras, ce sera très bien. Parle-moi d'elle, Alex. Tu peux me parler.

Sans doute avait-elle raison. Je pouvais lui parler, je voulais en fait lui parler.

— Comme je te le disais, j'aime les engagements. J'adore les relations physiques, mais je pense qu'elles doivent se mériter. J'étais amoureux d'une femme qui s'appelle Christine Johnson. On était vraiment sur la même longueur d'ondes, et j'avais envie d'être avec elle jour et nuit.

Et là, ce fut plus fort que moi, je fondis brusquement en larmes. Impossible de m'arrêter. Le corps secoué de sanglots, je sentais Betsey qui me serrait dans ses bras, qui refusait de me lâcher.

— Je suis désolé, finis-je par bredouiller quelques instants plus tard.

— Il ne faut pas. Tu n'as rien fait de mal. Bien au contraire, tu as fait tout ce qu'il fallait.

En me détachant d'elle, je vis que ses beaux yeux marron étaient baignés de larmes.

— Tu sais, me dit-elle, on va juste se prendre dans les bras. Un petit peu d'affection nous fera du bien. Je crois que nous en avons tous les deux besoin.

Et nous demeurâmes ainsi un long moment, serrés l'un contre l'autre, avant que je regagne ma chambre. Seul.

# 13

Le Cerveau était si sûr de lui, si impatient, qu'il n'en pouvait plus. Ce soir, il se trouvait à... Hartford. Il n'avait plus aucune crainte, plus personne ne lui faisait peur. Ni le FBI, ni un quelconque enquêteur n'allaient l'intimider.

Comment aller plus loin, après sa belle victoire ? Comment se renouveler ? Tel était son unique souci. Comment faire encore et toujours mieux...

Pour ce soir-là, il avait un plan. Un plan d'un genre différent. Il allait se livrer à une manœuvre terriblement astucieuse, très perverse et, à sa connaissance, totalement inédite. Ce serait une création, aussi charmante qu'originale.

L'entrée en matière était plutôt banale, cela dit, puisqu'il s'agissait simplement de pénétrer par effraction dans un petit appartement sur jardin des environs de Hartford. Il découpa l'une des vitres de la porte de la loggia, passa la main, fit tourner la poignée et voilà, il était à l'intérieur.

Durant un instant purement délicieux, il tendit l'oreille pour écouter les respirations de la maison, mais n'entendit que le vent dans le bosquet d'arbres surplombant les eaux noires et immobiles de l'étang.

Il avait bien sûr un peu peur, mais cette appréhension bien naturelle le grisait. Elle donnait au moment présent un relief extraordinaire. Il plaqua sur son visage un masque à l'effigie du président Clinton, le même modèle que celui ayant servi lors du tout premier hold-up.

Tranquillement, il se dirigea vers la chambre à coucher située au fond de l'appartement. Cela devenait de plus en plus excitant. Il commençait à se sentir vraiment chez lui. Ne disait-on pas que la propriété repré sente 99 % de la loi ?

Ah, enfin l'instant de vérité !

Tout doucement, sans faire le moindre bruit, il ouvrit la porte de la chambre. La pièce embaumait le santal et le jasmin. Il s'arrêta sur le seuil, le temps que ses yeux s'habituent à la pénombre. Puis il scruta lentement la chambre, commença à se situer. Et enfin, il la vit !

« Vas-y, fonce ! Il n'y a pas une seconde à perdre. »

Il bondit sur le grand lit et s'abattit de tout son poids sur la silhouette qui dormait.

Il y eut un grand wouf, puis un cri de surprise. Il colla une bande de sparadrap sur la bouche de sa victime, puis attacha ses deux petits poignets aux montants du lit à l'aide de menottes.

Clic, clac. Quelle rapidité, quelle efficacité !

Son otage tenta désespérément de hurler, de se contorsionner pour se libérer. Rien n'y faisait. Elle portait un caraco de soie jaune, merveilleusement doux au toucher. Il coupa les bretelles, le fit glisser, caressa le tissu, le promena sur son visage, puis entre ses dents.

— C'est inutile, dit-il, tu ne pourras pas t'échapper. Laisse tomber ! Tu vas finir par m'énerver. (Puis, après quelques secondes de silence, il ajouta :) Essaie de te détendre, tu veux bien ? Je ne vais pas te faire de mal. Je tiens beaucoup à ce que tu ne souffres pas.

Il lui laissa le temps de bien assimiler ce qu'il venait de lui dire.

Il se pencha au-dessus d'elle et, lorsque son visage ne fut plus qu'à quelques centimètres du sien, lui chuchota :

— Je vais t'expliquer pourquoi je suis ici et ce que j'ai l'intention de faire. Je vais être très, très clair, et très, très précis. Je compte sur toi pour n'en parler à personne, mais si jamais tu dis malgré tout un mot à qui que ce soit, je reviendrai aussi facilement que ce soir. Tu pourras installer tous les systèmes d'alarme que tu veux pour te protéger, j'entrerai quand même et je te torturerai. Je te tuerai, mais avant cela, je ferai bien pire encore.

La proie acquiesça. Elle comprenait, enfin. Le mot magique, « torture », avait fait son effet. On ne l'utilisait pas assez dans les écoles. Dommage...

— Il y a un moment que je t'observe et que je t'étudie. Je pense que tu es parfaite pour moi. Il est rare que je me trompe dans ce genre de situation. Dans plus de 99 % des cas, j'ai raison.

L'otage était ailleurs. Il le voyait dans son regard. Les lumières étaient allumées, mais il n'y avait personne à la maison...

— Voici mon idée, mon concept. Ce soir, je vais essayer de te faire un bébé. Oui, tu as bien entendu. Et ce bébé, je veux que tu le gardes. J'ai bien étudié tes périodes de fertilité, ton programme de contraception. Ne me demande pas comment je m'y suis pris, c'est comme ça. Fais-moi confiance, je prends ce que je fais très au sérieux.

« Si tu ne gardes pas ce bébé, je reviendrai te voir, Justine. Si tu avortes, je te torturerai de manière atroce avant de te tuer. Mais ne t'inquiète pas, cet enfant sera tout à fait exceptionnel. Cet enfant sera un chef-d'œuvre. Fais-moi l'amour, Justine.

# 14

Le lendemain, aux alentours de midi, l'affaire connut soudain un nouveau rebondissement tragique. J'étais au siège de la MetroHartford, en entretien, lorsque Betsey fit irruption dans la pièce qu'on avait mise à ma disposition. Elle était livide, elle voulait me parler dans le couloir.

— Oh, non, qu'y a-t-il ?

— Alex, cette histoire est si épouvantable que j'en tremble encore. Écoute bien ce qui s'est passé. Hier soir, dans la banlieue de Hartford, une jeune femme de vingt-cinq ans a été violée dans son appartement. Le violeur lui a dit qu'il voulait qu'elle garde son bébé. Quand il est reparti, elle est allée se faire soigner à l'hôpital. Les médecins ont appelé la police. Le rapport précise que l'agresseur portait un masque de Bill Clinton, comme celui utilisé lors du premier braquage, mais aussi que l'homme disait être un « cerveau ».

— Elle est toujours hospitalisée ? La police est avec elle ?

Je songeais déjà à toutes les hypothèses envisageables. Une coïncidence me paraissait exclue. Un

« cerveau » portant un masque de Clinton, à côté de Hartford ? Non, ça ne pouvait pas être un hasard.

— Elle a quitté l'hôpital, Alex, et elle est rentrée chez elle. On vient de découvrir son corps. Il l'avait prévenue. Il lui avait dit de n'en parler à personne, de ne pas avorter. Elle lui a désobéi. Elle a commis une erreur. Et il l'a donc empoisonnée, Alex. Quel monstre...

Nous nous rendîmes chez la victime. C'était horrible à voir. Elle gisait sur le carrelage de la cuisine, figée dans une pose grotesque qui me rappela Brianne et Errol Parker. Cette pauvre femme avait été littéralement punie. Il y avait des techniciens du FBI dans tout l'appartement. Betsey et moi ne pouvions rien faire. Ce salopard était venu à Hartford, et peut-être s'y trouvait-il encore. Il nous narguait.

Cette affaire m'épuisait nerveusement. Jamais nous n'avions eu autant de difficulté à identifier quelqu'un. À comprendre sa stratégie.

Qui pouvait être le Cerveau ? Pourquoi avait-il pris le risque de venir à Hartford la veille ?

Il était presque 19 heures lorsque je pus enfin quitter le siège de la MetroHartford. Même si j'essayais de ne rien laisser paraître, j'étais au bord de l'épuisement. Après avoir interrogé quelques salariés de l'entreprise, j'étais allé au service du personnel pour lire les lettres de menaces conservées en archives. Il y en avait des cartons entiers. Elles émanaient le plus souvent de proches des assurés, auxquels on avait refusé de verser certaines indemnités, ou qui estimaient que les délais étaient trop longs — critique qu'on ne pouvait leur reprocher. J'eus une conversation de près d'une heure avec la responsable de la sécurité du siège, Terry

Mayer. Elle ne dépendait pas de Steve Bolding qui, lui, intervenait en qualité de consultant extérieur. Terry m'expliqua les mesures de précautions adoptées par la compagnie à l'égard du courrier suspect, des menaces de bombe, des virus informatiques. La direction avait même fait distribuer dans tous les services une circulaire destinée à aider les salariés à reconnaître une lettre piégée.

— Nous nous étions préparés à un grand nombre de désastres potentiels, me dit-elle. Pas uniquement celui qui vient de se produire.

Tout au long de la journée, je ne fis que me laisser porter par le rythme de l'enquête. L'image de la jeune femme empoisonnée me revenait sans cesse à la mémoire. Le Cerveau avait voulu lui faire un bébé, en exigeant qu'elle le garde. On pouvait sans doute en déduire que lui-même n'avait pas d'enfants. Il voulait donc avoir un héritier, une parcelle d'immortalité.

## 15

Je pris le dernier vol pour Washington. Peu après 23 heures, le taxi me déposa devant chez moi. Dans la cuisine, tout était allumé. À l'étage, l'obscurité régnait. Les enfants dormaient sans doute déjà.

— Je suis rentré, annonçai-je en poussant la porte de la cuisine, dont les gonds avaient manifestement besoin d'être graissés, ce qui prouvait bien que j'avais pris du retard dans mon programme d'entretien domestique.

— Tu as attrapé tous les méchants ? me demanda Nana.

Elle était perchée sur son tabouret, en bout de table, et avait posé devant elle, sur la tranche, un livre de poche intitulé *The Color of Water*.

— On est sur la bonne voie. Le méchant a fini par commettre de grosses erreurs. Il prend beaucoup de risques. Je commence à reprendre espoir. Il te plaît, ce bouquin ?

J'étais chez moi, enfin, et j'avais envie de changer de sujet.

Nana fit la moue, goguenarde.

— Moi, je reprends espoir. Cet auteur a un talent

étonnant. Mais n'essaie pas de noyer le poisson. Assieds-toi, et raconte-moi tout, Alex.

— Tu veux bien que je te parle en restant debout, histoire de me préparer une petite assiette ?

Son visage s'assombrit.

— On ne t'a pas donné à manger, dans l'avion ?

— J'ai eu droit à un dîner composé de cacahuètes grillées et d'un peu de Coca dans un gobelet en plastique. Bien dans l'esprit de la journée. Il est bon ce poulet avec des scones ?

Elle pencha légèrement la tête de côté.

— Non, il est moisi. C'est pour ça que je le garde au frigo. Tu t'imagines quoi, Alex ? Bien sûr qu'il est bon. C'est un chef-d'œuvre de cuisine du terroir.

Je sortis la tête du réfrigérateur pour la dévisager.

— Excuse-moi. On ne va pas se fâcher, dis ?

— Mais non. Si on en était là, tu le saurais. Comment vas-tu ? Moi, ça va, merci. Tu travailles trop, encore une fois, mais tu as l'air d'aimer ça. Tu te prends toujours pour le tueur de dragons, hein ? Vivre par l'épée, etc., etc. ?

Je sortis le poulet du réfrigérateur. J'avais si faim que j'aurais pu le dévorer froid.

— Cette affaire sera peut-être bientôt bouclée. Le type est complètement givré.

— Oui, mais après il y aura encore une autre affaire, puis encore une autre. L'autre jour, j'ai lu une phrase qui m'a bien plu : on peut toujours faire mieux, mais on finit par mourir. Qu'en penses-tu ?

Je ne pus que soupirer en hochant la tête.

— Toi aussi, tu en as marre de fréquenter un inspecteur de la criminelle ? Tu sais, je te comprends.

Elle se renfrogna.

— Non, pas du tout. J'aime bien, en fait. Cela dit, je conçois que ça ne soit pas du goût de tout le monde.

— Je le conçois aussi, surtout un jour comme aujourd'hui. Je regrette vraiment ce qui s'est passé entre Christine et moi. Ça me fait énormément de peine. Je comprends ce qui lui a fait peur. Moi aussi, ça me fait peur.

Nana dodelina de la tête et murmura :

— Même si ça ne peut pas être Christine, tu as tout de même besoin de quelqu'un. Jannie et Damon aussi. C'est primordial, et il ne faudrait pas que tu l'oublies.

— Je passe énormément de temps avec les enfants, mais je vais m'occuper de ce problème, lui répondis-je en déversant mon poulet et sa garniture dans une casserole.

— Comment feras-tu, Alex ? Tu es toujours en train d'enquêter sur un meurtre. Depuis un certain temps, on dirait que c'est ce qui compte le plus, pour toi.

La remarque de Nana me faisait mal. Était-ce elle qui avait raison ?

— En ce moment, il se trouve qu'on a beaucoup de dossiers épineux sur les bras. Ne t'en fais pas, je trouverai quelqu'un. Il y a forcément une femme, quelque part, qui pense que je vaux bien quelques efforts...

— Une tueuse en série, sûrement, ricana ma grand-mère. Tu as le don de les attirer.

Vers 1 heure du matin, alors que je venais de monter pour me traîner vers mon lit, le téléphone sonna. Et merde ! J'eus tout juste le temps de me précipiter dans ma chambre pour décrocher avant que les sonneries ne réveillent toute la maisonnée.

— Ouais ?

— Excuse-moi, murmura une voix. Je suis désolée, Alex.

C'était Betsey. J'étais néanmoins content d'entendre sa voix.

— Ce n'est pas grave. Qu'y a-t-il ?

— Alex, j'ai du nouveau. C'est plutôt une bonne nouvelle. Une fille de quinze ans qui vit à Brooklyn a appelé pour toucher la prime promise par la compagnie d'assurances ! New York prend son témoignage très au sérieux. La fille affirme que son père a participé au coup de la MetroHartford. Elle connaît aussi les autres personnes impliquées. Ce sont des inspecteurs new-yorkais, Alex. Le Cerveau est un flic.

## 16

« Le Cerveau est un flic. » Si c'était vrai, cela expliquait un certain nombre de choses. Et notamment le fait que le Cerveau fût si bien renseigné sur les dispositifs de sécurité des banques. Et sur nous.

À 5 h 15 du matin, je retrouvai Betsey et quatre autres agents du FBI sur la base militaire de Bolling. Un hélicoptère nous attendait. La purée de pois qui avait envahi l'aérodrome engloutit le sol quelques secondes après que nous eûmes décollé.

Nous étions remontés à bloc, et extrêmement curieux. Betsey s'était installée devant avec l'agent Michael Doud ; avec son tailleur gris clair et son chemisier blanc, elle avait retrouvé un air très sérieux et très officiel. Doud fit passer des dossiers sur les inspecteurs new-yorkais suspectés d'avoir trempé dans l'affaire de la MetroHartford.

Ils étaient tous de Brooklyn et dépendaient du soixante et unième district, qui jouxtait Coney Island et Sheepshead Bay. Un secteur où toutes les cultures étaient présentes, et où se côtoyaient des criminels de toutes origines : mafia américaine, mafia russe, Asiatiques, Latinos et Blacks. Les cinq enquêteurs soupçonnés travaillaient ensemble depuis une douzaine d'années et ils étaient, semblait-il, très proches.

Selon le rapport, ils avaient la réputation d'être ce qu'on appelle de bons flics, mais certains signaux apparaissaient rétrospectivement inquiétants. Ils avaient fait usage de leurs armes plus souvent que la moyenne de leurs collègues. Trois des cinq hommes avaient plusieurs fois fait l'objet de sanctions disciplinaires. Pour rire, entre eux, ils s'appelaient « mafiosi ». L'inspecteur Brian Macdougall était le meneur du groupe.

Il y avait également une demi-douzaine de pages sur notre témoin de quinze ans : la fille de l'inspecteur Brian Macdougall. Excellente élève mais plutôt solitaire, elle ne semblait pas s'être fait beaucoup d'amis dans son lycée, Ursuline High School. Les policiers new-yorkais qui l'avaient interrogée l'avaient trouvée sérieuse, équilibrée et digne de foi. Le motif de sa dénonciation était tout aussi crédible — son père buvait et frappait trop souvent sa mère. « Et il est aussi responsable de la prise d'otages de la MetroHartford, avait-elle ajouté. C'est lui et ses copains flics qui ont organisé le coup. »

Tout cela me réjouissait immensément. C'était ça, souvent, le travail de la police. On posait des dizaines de filets, on les vérifiait régulièrement, et de temps à autre, on ramenait quelque chose. Le plus souvent, les renseignements décisifs nous étaient fournis par les proches. Telle qu'une fille que son père a déçue et qui exige réparation.

À 7 h 30, nous pénétrions dans la salle de réunion du One Police Plaza, le siège de la police new-yorkaise. Nous devions rencontrer plusieurs membres du New

York Police Department, y compris le chef des inspecteurs. Moi, je représentais la police de Washington, et je savais que Kyle Craig n'était pas étranger à ma présence ici. Il tenait à ce que je puisse moi-même recueillir le témoignage de la jeune fille.

Bref, Kyle voulait savoir si je la croyais.

## 17

Veronica Macdougall avait déjà pris place dans l'immense salle. Un jean en accordéon, un vieux sweat-shirt vert, des cheveux roux bouclés qui n'avaient pas été coiffés depuis un bout de temps. Et des poches sous les yeux, qui laissaient penser qu'elle n'avait pas dormi depuis longtemps.

Chacun s'installa autour de la gigantesque table de conférence, toute d'acajou et de verre, et se présenta. Veronica nous regardait, impassible. Puis Andrew Gross, le chef des inspecteurs, présenta notre témoin :

— Veronica est une jeune fille très courageuse. Elle va elle-même vous donner son témoignage.

L'adolescente respira à fond, très vite. Dans les petites perles vertes de ses yeux, je lisais la peur.

— Hier soir, j'ai écrit quelque chose. J'ai essayé de mettre un peu d'ordre dans ma tête. Je vais vous lire mon témoignage, et vous pourrez ensuite me poser des questions si vous voulez.

— Ce sera parfait, Veronica, l'assura Gross, un homme massif arborant une grosse moustache grise et de longues pattes, visiblement peu habitué à de tels exercices de diplomatie. Faites-le comme vous le sentez. Pour nous, ce sera très bien. Prenez votre temps.

Veronica nous parut extrêmement mal à l'aise.

— Ça va aller. Il faut que je le fasse.

Et elle commença.

— Mon père est un mec qui aime bien être avec ses copains, comme vous diriez. Il est très fidèle en amitié, surtout à l'égard des autres flics. Un type formidable, quoi. Mais il y a d'autres choses qu'on sait moins. Ma mère était une belle femme. C'était il y a dix ans mais depuis, elle a pris quinze kilos. Elle a besoin d'avoir de jolies choses. Je veux dire qu'elle a un besoin physique de les posséder. Des vêtements, des chaussures par exemple. Elle s'investit totalement dans ce qu'elle possède.

« Elle n'est pas d'une intelligence stupéfiante mais mon père, lui, se croit supérieur, et c'est pour ça qu'il s'acharne sur elle. Il y a quelques années, il s'est mis à boire énormément. Et là, il a commencé à devenir vraiment méchant et à frapper ma mère. Il la traite de « gros sac ». Sympa, non ?

Veronica s'interrompit, scruta notre réaction. Un silence étrange s'était installé dans la salle. Nous avions tous le regard rivé sur cette adolescente dont les yeux verts brillaient de colère.

— C'est pour ça que je suis ici aujourd'hui, c'est pour ça que je suis capable de faire une chose aussi terrible, « donner » mon propre père. Briser la loi du silence.

Elle s'arrêta de nouveau, nous regarda. Nous étions comme hypnotisés. C'était le coup classique : une information capitale livrée par un proche.

— Mon père n'a toujours pas compris qu'en fait, je

suis bien plus intelligente que lui. J'ai aussi le sens de l'observation. C'est peut-être grâce à lui, d'ailleurs. Je me rappelle qu'à l'époque de mes dix ans, je savais déjà que je voulais moi aussi entrer dans la police et devenir inspectrice. C'est plutôt drôle, non ? Plutôt pathétique ?

« En grandissant, j'ai remarqué — enfin, j'ai observé — que mon père avait beaucoup plus d'argent qu'il n'aurait dû en avoir. Quelquefois, pour se faire pardonner, il nous emmenait en voyage. En Irlande, ou même aux Caraïbes. Et il avait toujours énormément d'argent pour lui. De quoi être toujours très bien habillé, changer de voiture tous les deux ans, se payer un beau voilier blanc qui est ancré à Sheepshead Bay.

« L'été dernier, un vendredi soir, mon père était soûl comme un porc. Je me souviens que le lendemain, il devait aller à l'hippodrome de l'Aqueduct avec ses potes flics. Il est allé à pied jusque chez ma grand-mère, qui habite quelques rues plus loin. Ce soir-là, je l'ai suivi. Il était tellement cassé qu'il ne s'en est même pas rendu compte.

« Dans le jardin de ma grand-mère, il y a une vieille cabane à outils. Il y est allé, il a déplacé un établi, il a soulevé quelques planches. Je ne voyais pas très bien ce qu'il faisait, alors le lendemain, j'y suis retournée pour regarder derrière les planches. Il y avait de l'argent, des paquets d'argent. Je ne savais pas d'où ça venait, et je ne sais toujours pas. Ce qui est sûr, c'est que ça n'était pas son salaire d'inspecteur. J'ai compté presque vingt mille dollars. J'ai pris quelques billets, et il ne s'en est jamais aperçu.

« Après, je me suis mise à ouvrir l'œil. Ces derniers temps — on va dire depuis un peu plus d'un mois — mon père et ses copains mijotaient quelque chose. Lui et ses mafiosi, ils étaient toujours fourrés ensemble après le service. Un soir, je l'ai entendu parler d'un truc à Washington à son pote Jimmy Crews. Juste après, il est parti pendant quatre jours.

« Le quatrième jour, il est rentré en début d'après-midi. C'était le lendemain de la prise d'otages de la MetroHartford. Il a commencé à faire la fête, comme il dit, vers 15 heures, et à 19 heures il était déjà complement jeté. Ce soir-là, il a flanqué un coup de poing à ma mère. Elle a eu la pommette éclatée, elle aurait pu perdre un œil. Mon père porte toujours une espèce de bague à la con, un truc d'anciens combattants. Le même soir, je suis retournée dans la cabane de jardin de ma grand-mère, et j'ai trouvé encore plus d'argent. C'était inimaginable, tout cet argent en liquide.

Veronica Macdougall plongea la main sous la table et souleva un sac à dos d'écolier, bleu pastel, l'ouvrit et en sortit des liasses de billets qu'elle nous montra. Son visage n'était plus qu'un masque de honte et de douleur.

— Il y a très exactement dix mille quatre cents dollars. C'était dans la cabane de ma grand-mère, et c'est mon père qui l'a mis là. Mon père a participé au détournement et au kidnapping de Washington. Il se croit si intelligent.

Et c'est seulement à cet instant, après nous avoir révélé ce que son père avait fait, que Veronica Macdougall craqua.

— Je suis désolée, je suis tellement désolée, sanglota-t-elle. Si vous saviez comme je suis désolée.

Je crois qu'elle était désolée pour ce que son père avait fait.

## 18

Le témoignage hallucinant de Veronica Macdougall m'avait sérieusement ébranlé et à mon avis, tout était vrai. Restait à savoir si les flics de Brooklyn étaient également les instigateurs des premiers braquages de banques. Avaient-ils abattu plusieurs personnes de sang-froid avant de se lancer dans l'opération Metro-Hartford ? Le Cerveau était-il l'un d'eux ?

J'allais avoir largement le temps de réfléchir à toutes ces questions car tout au long de la journée, d'interminables tractations mirent aux prises le FBI, le maire et le préfet de police. Les cinq inspecteurs de Brooklyn avaient immédiatement été placés sous surveillance, mais nous attendions l'autorisation de les interpeller. L'attente nous rendait fous. C'était un peu comme se retrouver coincé dans les embouteillages sur l'autoroute de Long Island ou prisonnier d'une rame de métro en panne. On vérifia les feuilles de présence des suspects les jours des braquages, les mouvements de leurs comptes bancaires. On interrogea discrètement leurs collègues, et même certains de leurs indics. On saisit les sommes d'argent dissimulées chez la mère de Brian Macdougall : il s'agissait bien de billets ayant fait partie de la rançon versée par la compagnie d'assurances.

À 18 heures, aucune décision n'avait encore été prise. Cette lenteur nous paraissait ahurissante. Betsey fit une brève apparition pour nous signaler que les choses en étaient toujours au point mort. Vers 19 heures, je sortis de l'immeuble pour aller me trouver une chambre d'hôtel.

Mon exaspération ne faisait que croître. Je pris une douche brûlante et feuilletai le guide Zagat, en quête d'une bonne petite table dans les environs. Finalement, vers 21 heures, je décidai de me faire monter un repas. Je n'arrêtais pas de penser à Christine et au petit Alex, et je n'avais plus envie de sortir. Je serais volontiers allé dîner avec Betsey, mais la pauvre était toujours bloquée à Police Plaza, à fulminer contre les aberrations du système.

Adossé contre mes oreillers, je voulus lire *Prayers for Rain* de Dennis Lehane au lit. J'étais tombé sur un certain nombre de bons livres, récemment, dont *The Pilot's Wife, The Pied Piper* et les *Harry Potter*.

Impossible de me concentrer. Je n'avais qu'une envie : voir ces cinq flics new-yorkais derrière les barreaux. Être chez moi, avec mes enfants. Et avec le petit Alex, qui faisait partie de la famille. C'était grâce à eux que j'avais trouvé l'énergie de me battre ces derniers temps.

Puis je finis par penser à Betsey Cavalierre. Notre nuit avortée à Hartford, que j'avais tenté d'oublier, me revint à l'esprit. J'aimais bien cette fille, c'était aussi simple que ça. J'avais envie de la revoir, et j'espérais que c'était réciproque.

Vers 23 heures, coup de téléphone. C'était Betsey,

justement. Une Betsey éreintée et de mauvaise humeur qui avait perdu sa vivacité habituelle.

— J'en ai bientôt fini, ici, à Police Plaza. Enfin, j'ose espérer. Tiens-toi bien : on les coffre demain. Tu n'imagines pas les scènes délirantes auxquelles j'ai pu assister aujourd'hui. Il a été beaucoup question des droits civiques des inspecteurs. Plus des répercussions que cette arrestation pourrait avoir sur le moral de la police new-yorkaise. L'importance, paraît-il, est de procéder à une interpellation « dans les formes ». Personne n'a eu le courage de dire clairement : « Ces cinq types sont de mauvais acteurs. Ils ont probablement commis des assassinats. Dégagez-moi ces salopards. »

— Tu as raison, lui dis-je. Ce sont des mauvais acteurs, il faut les virer.

Je l'entendis s'esclaffer. J'imaginais son grand sourire.

— C'est exactement ce que nous allons faire, Alex. On leur tombe dessus demain matin, à la première heure. Avec un peu de chance, on coincera peut-être le Cerveau par la même occasion. J'en ai encore pour une bonne heure, ici. On se voit demain matin. Tôt.

# 19

4 heures, c'est effectivement très tôt. C'était l'heure à laquelle nous étions censés débarquer chez les cinq enquêteurs. Tout était réglé. Finies, les tractations et les tergiversations. Ou du moins pouvait-on l'espérer.

3 h 30, c'est encore plus tôt. C'est à cette heure que nous nous retrouvâmes dans le comté de Nassau, sur Long Island. Je connaissais mal ce coin charmant et très huppé, à mille lieues de Southeast et du quartier où je vis à Washington. L'une de ses originalités, selon un membre de notre équipe, était qu'un grand nombre de flics et des gens de la Mafia vivaient ici, semblait-il, en parfaite harmonie.

Comme il s'agissait d'une affaire fédérale, Betsy Cavalierre était officiellement chargée des arrestations.

— Je suis ravie de voir que tout le monde a l'œil vif et le teint frais ce matin. Ou cette nuit. Je ne sais pas. Dans quel fuseau horaire sommes-nous ?

Rires dans les rangs. Nous étions une quarantaine, police et FBI confondus, même si le Bureau dirigeait l'opération. Betsey nous répartit en plusieurs groupes. Je faisais partie du sien.

Nous étions sur le pied de guerre, gonflés à bloc.

Notre objectif était une villa de High Street, à Massapequa. Le quartier semblait désert. Un chien se mit à aboyer dans un jardin. Les pelouses brillaient sous la rosée. C'était ici que vivaient l'inspecteur Brian Macdougall, sa femme battue et sa fille révoltée. La vie avait l'air belle.

Betsey, d'un calme olympien, annonça :

— On vérifie les radios. (Puis :) Groupe A, porte d'entrée. Groupe B, cuisine. Groupe C : terrasse. Groupe D en couverture... On y va ! Neutralisez-le !

Au signal, policiers et agents se ruèrent vers la maison. Betsey et moi faisions partie de l'équipe de couverture.

Le groupe A pénétra à l'intérieur de la ville en deux temps, trois mouvements.

Le groupe B fit de même, par l'arrière. Nous ne pouvions le voir d'où nous étions.

On entendit des cris, puis une forte détonation, un peu assourdie.

— Oh, merde, fit Betsey en me regardant. Macdougall nous attendait. Je ne comprends pas.

Il y eut d'autres coups de feu. Quelqu'un poussa un cri, puis une femme se mit à hurler et à lancer des jurons. Était-ce la mère de Veronica Macdougall ?

Nous sortîmes de la voiture pour courir vers la villa. Je pensais aux quatre autres maisons que les forces de l'ordre étaient en train de prendre d'assaut au même instant, en espérant qu'il n'y avait pas encore davantage de casse là-bas.

— Répondez, hurla Betsey dans sa radio. Que se passe-t-il ? Mike ? Il y a un problème ?

— Rice est blessé. Je suis devant la chambre à coucher, à l'étage. Macdougall et sa femme sont à l'intérieur.

— Comment va Rice ?

— Il a été touché à la poitrine. Il est conscient, mais la blessure a l'air importante. Appelez une ambulance ! C'est Macdougall qui a tiré.

Soudain, au premier, une fenêtre s'ouvrit. Je vis une silhouette sortir et se faufiler sur le toit du garage.

Je courus vers l'homme. Betsey était aussi rapide que moi, et il me revint à l'esprit qu'elle avait été une bonne joueuse de hockey sur gazon à Georgetown. Elle avait gardé la forme.

— Il est sorti ! cria-t-elle dans son micro. Macdougall est sur le toit du garage !

— Je le prends, lui dis-je.

Il se rapprochait du rebord du toit, qui touchait les arbres — des pins à la ramure flamboyante. J'imaginais qu'au-delà, il devait y avoir un autre jardin, une autre maison.

— Macdougall ! hurlai-je à pleins poumons. Arrête-toi ! Police ! Arrête-toi, ou je tire !

Il ne se retourna pas, ne s'arrêta pas, n'hésita pas. Il sauta dans les arbres.

## 20

Je fonçai tête baissée à travers les branches en m'écorchant les bras jusqu'au sang. Brian Macdougall n'était pas allé très loin dans la propriété voisine.

Une douzaine de mètres encore, et je pus me jeter sur lui. Un tacle de la jambe droite, visant les chevilles. Je voulais lui faire le plus mal possible.

Il chuta de tout son poids mais, aussi imprégné d'adrénaline que moi, il se dégagea très vite et se releva.

— Tu aurais dû rester au sol, lui dis-je. Tu ne dois pas faire d'erreurs. En te relevant, tu as fait une erreur.

Je lui expédiai un bon direct du droit. Sa tête vola en arrière.

La mienne dansait comme un bouchon sur l'eau. Il tenta un crochet, au jugé, qui me manqua complètement. Un nouveau coup de poing lui fit ployer les genoux, mais il ne s'écroula pas. Dans le genre flic de terrain, Macdougall était un solide.

— Impressionnant, le narguai-je. Tu aurais tout de même dû rester au sol.

— Alex !

C'était Betsey, qui venait de pénétrer dans la propriété. Macdougall m'expédia un direct sérieux, mais un peu téléphoné, qui ne fit qu'effleurer le coin de mon front. J'aurais toutefois encaissé si le coup m'avait atteint.

— C'est déjà mieux, fis-je. Mais côté jeu de jambes, tu as des progrès à faire, Brian.

— Alex ! hurla Betsey. Descends-le, maintenant !

Moi, je tenais à ce contact physique avec Macdougall. J'avais envie de pouvoir me défouler encore un instant sur le ring. Je l'avais bien mérité, comme lui méritait ce qui était en train de lui arriver. Il m'adressa un autre crochet large, mais un petit pas de côté et je parvins à l'esquiver sans peine. Macdougall était déjà fatigué.

— Ce n'est pas ta femme ou ta gamine que tu cognes, Brian. Te voilà face à un adversaire de ta taille, Brian. Moi, je rends les coups, Brian.

— Je t'emmerde, cracha-t-il, narquois mais haletant, le visage et la nuque ruisselants de sueur.

— C'est toi, notre homme ? C'est toi, le Cerveau, Brian ? C'est toi qui a commis tous ces meurtres ?

Comme il ne me répondait pas, je lui fis cadeau d'un méchant coup à l'estomac. Il se plia en deux, les traits crispés par la douleur.

Betsey nous avait rejoints, suivie de deux autres agents. Ils se contentèrent d'assister au spectacle. Je sentis qu'ils approuvaient mon attitude.

— Sur la pointe des pieds, Macdougall, dis-je en manière de conseil. Tu restes sur les talons.

Il marmonna des mots qui m'échappèrent. De toute façon, ce qu'il pouvait dire ne m'intéressait pas. Nouveau crochet à l'estomac.

— Tu vois ? Travailler le corps pour fatiguer l'adversaire, c'est ce que je dis toujours à mes gosses.

Un nouveau coup l'atteignit au ventre. Macdougall n'était pas mou, et j'eus l'agréable sensation de frapper un sac bien lourd. Puis un violent uppercut juste sous la pointe du menton l'envoya valser. Il s'écroula, le nez dans le gazon, et cessa de bouger. Il avait perdu connaissance.

Plié au-dessus de lui, le souffle court, en sueur, je repris :

— Brian Macdougall, je t'ai posé une question. C'est toi, le Cerveau ?

# 21

Les deux journées suivantes se révélèrent usantes et très frustrantes. Les cinq inspecteurs avaient été écroués au Metropolitan Correctional Center de Foley Square, pour des raisons de sécurité. Ici, les vrais mafiosi repentis et les flics ripoux étaient à l'abri des représailles.

Je pus questionner chacun des policiers arrêtés, en commençant par le plus jeune, Vincent O'Malley, et en terminant par Macdougall qui jouait visiblement le rôle de chef de bande. Tous nièrent à tour de rôle avoir participé à la prise d'otages de la MetroHartford.

Quelques heures après son interrogatoire, Brian Macdougall demanda à me voir.

Quand on me l'amena, plutôt mal en point, j'eus le sentiment que quelque chose avait changé. Cela se voyait sur son visage.

Visiblement très perturbé, il me déclara :

— Je ne pensais pas que ce serait comme ça, en tôle. De l'autre côté de la barrière. Là, on joue en défense, on essaie juste de renvoyer.

— Tu veux quelque chose ? Une boisson fraîche ?

— Une cigarette.

Je fis une demande. Quelqu'un apporta un paquet de

Marlboro et s'éclipsa aussitôt. Macdougall alluma sa cigarette et tira une bouffée comme si c'était le plus grand des plaisirs que le monde pût lui offrir. Les circonstances, sans doute...

Je voyais son regard errer. C'était manifestement un homme brillant, réfléchi. Le Cerveau ? J'attendis patiemment qu'il me dise ce qu'il attendait de moi. Car, forcément, il voulait quelque chose.

— J'ai vu beaucoup d'inspecteurs faire ça, me dit-il en soufflant un nuage de fumée. Tu sais écouter, tu ne fais pas d'erreurs.

Il y eut un bref silence. Nous avions tout notre temps.

— Qu'attends-tu de nous ?

— Bonne question, inspecteur. J'y viendrai bientôt. Tu sais, j'étais un bon flic au début. C'est quand les idéaux des premiers temps s'évanouissent qu'il faut devenir prudent.

— J'essaierai de m'en souvenir, fis-je avec un petit sourire en évitant de me montrer trop condescendant.

— Qu'est-ce qui te motive, toi ?

Il avait envie de savoir. Peut-être que je l'amusais, mais sans doute cherchait-il surtout à me balader. Ce qui, pour l'instant, ne me gênait pas.

Dans ses yeux, je ne voyais que du vide. Et un certain remords, peut-être.

— Je ne veux pas décevoir ma famille, me décevoir moi-même. Je suis fait comme ça, c'est tout. Je manque peut-être d'imagination.

La fumée glissait entre ses doigts.

— Tu m'as demandé ce que je voulais ? C'était la bonne question. Tout ce que je fais, c'est par intérêt personnel. Toujours. (Il soupira bruyamment.) Bon, je vais te dire ce que je veux.

Je pris soin de le laisser parler, sans intervenir.

— Premièrement, pendant l'opération de la Metro-Hartford, personne n'a été blessé. On n'a jamais blessé personne sur un coup.

— Et les Buccieri ? Et James Bartlett ? Et Mme Collins ?

— Je n'étais pas sur ces coups-là. Vous le savez bien, et je sais que vous le savez.

Il avait raison. J'avais de bonnes raisons de croire que lui et ses copains n'étaient pas les auteurs des premiers braquages. Le style différait. Et d'après leurs feuilles de présence, ils n'avaient pas quitté Brooklyn certains des jours concernés.

— D'accord. Alors, on fait quoi, maintenant ? Tu sais aussi qu'on veut mettre la main sur le type qui a tout monté. C'est ce qui nous intéresse le plus pour l'instant.

— Je sais. Voici ce que je propose. Ça ne va pas plaire à tout le monde, mais ce sera ça ou rien. Je veux le meilleur deal, et j'en ai vu, des deals. Bref, un statut de témoin protégé dans un centre trois étoiles, genre Greenhaven. Et je fais dix ans maxi. J'ai vu des deals de ce genre pour des meurtres. Je sais ce qui peut être fait ou non.

Je ne répondis rien. Ça n'était pas nécessaire. Macdougall savait parfaitement que ce n'était pas moi qui prendrais la décision finale.

— Bon, lui dis-je, venons-en au fait. Tu me proposes quoi, en échange ?

Il me dévisagea longuement sans ciller.

— En échange, je vous le donne. Je vous dis comment trouver le type qui a monté les coups. Il s'appelle le Cerveau. Je sais où il est.

Livre Cinq

# La chute

## 1

Le FBI, le NYPD et le ministère de la Justice étaient en train de se rencontrer au plus haut niveau afin d'étudier la proposition de Brian Macdougall et de mettre au point les modalités d'une éventuelle transaction. J'avais la quasi-certitude qu'il ne se passerait rien de décisif avant lundi.

À 16 h 30, je pris la navette pour Washington. Betsey Cavalierre et Michael Doud restèrent à New York, au cas où.

Moi, j'avais plus important à faire. Ce soir-là, nous avions décidé d'aller voir tous ensemble — les enfants, Nana et moi — le dernier *Star Wars, Épisode I : la Menace fantôme.* Nous passâmes un bon moment, en regrettant tout de même de ne pas voir plus souvent Samuel L. Jackson dans le film. J'avais remarqué un subtil changement dans les rapports entre Jannie et Damon. Depuis les problèmes de santé de Jannie, Damon se montrait beaucoup plus patient à son égard. Elle, de son côté, l'asticotait moins qu'avant. Ils avaient considérablement mûri en l'espace de quelques semaines ; j'avais le sentiment qu'ils étaient en train de devenir de vrais amis, et qu'il en serait ainsi jusqu'à la fin de leurs jours.

Le samedi matin, alors qu'il était encore tôt, je pris la décision de parler franchement aux enfants. J'avais déjà sollicité Nana, qui n'est jamais en manque de conseils avisés. Sa propre réaction ne m'avait pas surpris : elle était désolée de ce qui s'était passé entre Christine et moi, mais elle avait hâte d'accueillir le petit Alex.

— J'adore les bébés, Alex. Je vais vivre dix ans de plus.

J'étais à deux doigts de la croire.

— Je parie que c'est une mauvaise nouvelle, proclama Damon à l'autre bout de la table, alors que nous prenions le petit déjeuner. Je me trompe ?

— En partie, lui avouai-je avec un grand sourire. En partie seulement. Bien, par où vais-je commencer ?

— Par le début, suggéra Jannie.

Le début, oui. Mais par quel endroit du début ? Finalement, je décidai de me jeter à l'eau.

— Christine et moi avons longtemps été très proches. Je crois que vous le savez. Nous le sommes toujours, mais les choses ont changé ces derniers temps. À la fin de l'année scolaire, elle quitte la région. Je ne sais pas exactement où elle va, mais nous ne la verrons plus beaucoup.

Jannie semblait tomber des nues.

— Tu sais, papa, en classe, elle est plus comme avant. Tout le monde le dit. Elle s'énerve pour un rien, et elle a toujours l'air triste.

J'eus un pincement au cœur, car je me sentais partiellement responsable de ce changement de comportement.

— Elle a vécu des moments très difficiles, très angoissants, lui expliquai-je. Personne ne peut imaginer à quel point elle a pu souffrir. Elle n'est pas encore remise. Cela prendra sans doute encore un peu de temps.

D'une toute petite voix, Jannie, le regard inquiet, me fit :

— Et le garçon ?

— Le petit Alex vient vivre avec nous. C'est la bonne nouvelle que je vous avais promise.

— Youpi ! s'écria-t-elle en se lançant dans l'une des danses impromptues dont elle a le secret. Je l'adore, le petit A.J. !

— C'est super, renchérit un Damon radieux. Je suis drôlement content qu'il vienne à la maison.

Moi aussi, je l'étais. Je m'étonnais toujours qu'un même instant, un moment aussi court, pût être à la fois aussi joyeux et aussi triste. Le petit venait vivre avec nous, mais Christine s'en allait. C'était désormais officiel, je l'avais annoncé à tout le monde. Il y avait longtemps que je ne m'étais pas senti aussi vide, aussi seul.

## 2

Plus le danger est grand, plus c'est excitant. Le Cerveau avait souvent pu vérifier le bien-fondé de cette maxime, et ce qu'il avait entrepris de faire était dangereux à souhait. L'argent, c'était bien, mais ce n'était pas tout. Le danger, lui, déclenchait un flot d'adrénaline qui le faisait vibrer.

L'agent du FBI James Walsh vivait seul dans une fermette qu'il louait, non loin d'Alexandria. Une maison aussi modeste que son locataire, parfaite illustration de sa personnalité. Une petite demeure qui respirait l'honnêteté et la simplicité.

Le Cerveau s'introduisit sans peine dans la maison, ce qui ne le surprit pas. Les domiciles des policiers étaient souvent, paradoxalement, très mal protégés. Walsh était-il négligent, ou présomptueux ?

Le Cerveau ne voulait pas s'attarder, mais il lui fallait rester prudent. Le plancher grinçait. Il le savait — il était déjà venu ici.

Il se rapprocha de la chambre de Wash en essayant d'oublier le couinement des lattes de pin.

« Plus le danger est grand, mieux c'est. Et l'excitation est à la mesure de la provocation. »

Des principes dont il avait toujours vérifié la validité.

Lentement, sans un bruit, il poussa la porte de la chambre, mais au moment d'entrer...

— On ne bouge plus, fit Walsh dans la pénombre.

Le Cerveau distinguait à peine l'agent du FBI, qui s'était posté derrière le lit, un fusil de chasse entre les mains. Walsh conservait cette arme sous son lit, et jamais il ne dormait sans elle.

— Vous voyez ce fusil, monsieur. Il est braqué juste sur votre poitrine. Je vous promets que je ne vous manquerai pas.

— C'est ce que je vois, gloussa le Cerveau. Échec et mat, hein ? Vous avez réussi à capturer le Cerveau. Bien joué !

Sans cesser de sourire, il s'avança vers Walsh.

— Arrêtez-vous ! hurla l'agent. Arrêtez-vous, ou je tire ! Plus un pas !

— Je sais, fit le Cerveau. Vous m'avez prévenu.

Mais il continua d'avancer, sans ralentir le pas, inexorablement.

Il entendit alors l'agent Walsh presser la détente. Un petit déclic qui devait entraîner sa mort, anéantir son univers, mettre un terme à la vague de crimes mystérieux qui frappait le pays. Mais il ne se passa rien.

— Eh oui, vous m'aviez prévenu, agent Walsh.

Alors il colla son pistolet contre le front de l'agent Walsh et passa la main dans ses cheveux coupés en brosse.

— Moi, je suis le Cerveau. Pas vous. Vous rêviez de m'avoir, mais c'est moi qui vous ai eu. Votre fusil, je l'avais déchargé. Je vais tous vous attraper, un par un. Les agents Walsh, Doud, Cavalierre. Peut-être même l'inspecteur Alex Cross. Vous allez tous mourir.

# 3

J'arrivai chez Walsh, en Virginie, dimanche soir vers minuit. Des voisins déambulaient dans la rue, l'air nerveux. J'entendis une vieille dame marmonner dans un soupir : « Il était si gentil. Quelle histoire affreuse. C'était un agent du FBI, vous savez. »

Moi, je le savais. Je respirai à fond avant de pénétrer dans la modeste maison où Walsh avait vécu. Le Bureau s'était déplacé en nombre, ainsi que la police locale. Et comme un agent était mort, l'Unité des Crimes Violents, basée à Quantico, avait également été dépêchée sur place.

J'aperçus l'agent Mike Doud et me précipitai vers lui. Il était blême et semblait sur le point de craquer.

— Je suis désolé, lui dis-je.

Walsh et lui étaient des amis proches. Ils habitaient non loin l'un de l'autre, à l'extérieur de la ville.

— Mon Dieu. Jimmy ne m'a jamais dit un mot. J'étais pourtant son meilleur ami, putain !

— Que sait-on pour l'instant ? Que s'est-il passé ?

Il désigna la chambre.

— Jimmy est là-dedans. Je crois qu'il s'est flingué, Alex. Il a laissé une lettre. C'est dur à croire.

Le séjour était meublé de façon spartiate. Je savais que Walsh avait divorcé quelques années plus tôt ; c'était lui qui me l'avait dit. Il avait un fils de seize ans qui préparait la fac, et un autre à Holy Cross, où Walsh avait lui-même fait ses études.

James Walsh m'attendait dans la salle de bains qui communiquait avec la chambre, recroquevillé sur le carrelage blanc cassé inondé de sang. En entrant, je vis ce qui restait de son crâne.

Doud me rejoignit. Il tenait à la main le mot, que les enquêteurs avaient déjà placé dans une pochette de plastique. Je pus le lire sans l'enlever. Il s'adressait aux deux enfants de Walsh.

*Je n'en peux plus, je craque*
*Ce boulot, cette affaire, tout le reste.*
*Andrew, Peter, je suis vraiment désolé.*
*Je vous aime,*
*Papa.*

Une sonnerie de téléphone portable me fit sursauter. C'était celui de Doud. Il répondit, puis me passa l'appareil.

— C'est Betsey.

— Je suis en route pour l'aéroport. (Elle devait être encore à New York.) Oh, Alex, pourquoi aurait-il fait une chose pareille ? Pauvre Jim. Il n'avait pas de raison de se suicider. Je n'y crois pas. Ce n'était pas son genre.

Et elle se mit à sangloter sans retenue. Jamais je ne m'étais senti aussi proche d'elle, alors qu'elle se trouvait si loin de moi...

Je ne lui fis pas part de mon opinion. Une pensée

venait de me faire frissonner. La réaction instinctive de Betsey était peut-être la bonne. Contrairement aux apparences, James Walsh ne s'était peut-être pas suicidé.

## 4

Le lundi matin, je dus retourner à New York pour un briefing dans les bureaux du FBI, à Manhattan. La réunion avait lieu à 9 heures, et je faillis arriver en retard. Je me sentais sur le point d'exploser, mais je m'efforçais de ne rien laisser paraître. Il y avait tant de choses, en moi, qui ne demandaient qu'à sortir...

En entrant dans l'austère salle de réunion, j'avais des lunettes noires. Betsey dut deviner ma présence, car elle leva les yeux de sa montagne de paperasse et m'adressa un signe de tête grave. Je compris que, comme moi, elle avait passé une bonne partie de la nuit à songer à Walsh.

Juste au moment où je prenais place, un représentant du ministère de la Justice prit la parole. C'était un homme d'une cinquantaine d'années, raide et solennel, d'une absolue froideur. Son costume anthracite lustré, aux revers étroits, semblait vieux d'au moins vingt ans.

— Nous avons passé un accord avec Brian Macdougall, annonça-t-il à l'assemblée.

Je lançai un regard en direction de Betsey, qui leva les yeux au plafond. Elle était déjà au courant.

Je n'en croyais pas mes oreilles. Je pris soin d'écouter attentivement chaque mot sortant de la bouche du représentant du ministère.

— Rien de ce qui se dira ici ne doit sortir de cette pièce. Nous n'avons rien communiqué à la presse. L'inspecteur Macdougall a accepté de révéler aux enquêteurs les détails de la conception et de l'exécution du kidnapping de la MetroHartford. Il possède de très précieuses informations, qui pourraient conduire à l'arrestation d'un suspect important, plus connu sous le nom de Cerveau.

Abasourdi, anéanti, j'avais maintenant le très net sentiment d'avoir été roulé dans la farine. Le ministère avait négocié au cours du week-end, et j'étais prêt à parier n'importe quoi que Macdougall avait obtenu ce qu'il voulait. J'avais envie de vomir, mais à quoi bon? Tout cela n'était pas nouveau. Ainsi fonctionnait le département de la Justice depuis que j'étais flic.

Brian Macdougall savait très précisément de quelle marge de manœuvre il disposait. Restait à savoir, à présent, s'il pouvait nous livrer le Cerveau...

Je n'allais pas tarder à être fixé. Plus tard dans la matinée, j'eus en effet l'honneur d'interroger notre témoin vedette, l'inspecteur Macdougall, sur son lieu de détention. L'inspecteur Harry Weiss était là pour représenter le NYPD, et Betsey Cavalierre le FBI.

Macdougall était accompagné de deux avocats. Eux avaient de très beaux costumes taillés sur mesure. Quand nous débarquâmes dans la petite pièce réservée d'ordinaire aux formalités d'écrou, le ripoux leva les yeux.

— C'est dégueulasse, hein? me dit-il. Je suis d'accord avec vous, mais c'est le système qui veut ça.

Macdougall le philosophe s'assit entre ses deux avocats et la séance commença.

Betsey se pencha vers moi pour me chuchoter :

— Ça ne devrait pas être mal. Je suis curieuse de savoir ce que la Justice a acheté.

## 5

La réunion commença très mal. L'inspecteur Weiss, des Affaires internes — la police des polices —, voulut parler en notre nom à tous. Il jugea nécessaire de tout reprendre depuis le début et de revenir méthodiquement sur chacune des déclarations effectuées par Macdougall.

Ce fut un vrai supplice. Je brûlais de l'interrompre, mais je m'abstins. Chaque fois que Weiss posait une nouvelle question ou qu'il se lançait dans une diatribe inutile contre Macdougall, je faisais du pied à Betsey sous la table. Pour mettre un terme à quelques échanges embarrassants, elle me donna un coup dans la cheville.

Finalement, ce fut Macdougall lui-même qui craqua le premier.

— Ce que tu peux être con ! Tu me fais rigoler. Le problème n'est pas de te couvrir, Weiss. Vas-y franchement. Tu me fais perdre mon temps, là. Quelqu'un d'autre pourrait m'interroger ?

Il fusilla Weiss du regard. L'autre ne comprenait toujours pas. Macdougall en vint à se lever et à hurler littéralement :

— Tu ne poses pas les bonnes questions, crétin ! Tu fais mal ton boulot, t'es nul à chier, tu nous fais tous perdre notre temps !

Et, furieux, il marcha lourdement jusqu'à la fenêtre barrée et grillagée, si sale qu'on ne voyait quasiment plus au travers. Ses avocats lui emboîtèrent le pas. Il leur fit une réflexion, ils s'esclaffèrent. Ha, ha, ha. Quel boute-en-train, ce Macdougall...

Nous, nous étions toujours assis. Betsey tenta de consoler Weiss. Il fallait que nous présentions un front uni.

— Qu'il aille se faire foutre, lâcha Weiss avec une netteté et une concision auxquelles il ne nous avait pas habitués. J'ai le droit de lui poser les questions que je veux. On l'a acheté, ce connard.

— Vous avez raison, Harry, opina Betsey. Il est arrogant et il a tort. C'est bien un flic... Peut-être réagirait-il mieux face à l'inspecteur Cross. J'ai l'impression qu'il ne porte pas les Affaires internes dans son cœur.

Weiss fit mine de refuser, avant de rendre les armes.

— Bon, d'accord, comme vous voudrez. Du moment qu'on arrive à nos fins. Je suis pour le jeu collectif.

— Nous aussi. (Elle lui tapota gentiment le bras. Elle savait y faire.) Merci d'avoir accepté ma suggestion.

Macdougall revint à la table. Il semblait s'être calmé, et fit même amende honorable.

— Je suis désolé. Je crois que j'ai les nerfs à fleur de peau.

J'attendis que Weiss accepte ses excuses, mais il

n'ouvrit pas la bouche. Quelques secondes plus tard, je prenais la parole.

— Inspecteur Macdougall, pourquoi ne pas nous dire ce que vous avez d'important à nous communiquer ? Vous savez ce que vous avez à nous proposer, et vous savez ce que nous aimerions entendre.

Macdougall se tourna vers ses deux avocats et un sourire se dessina enfin sur son visage.

# 6

— Très bien, essayons cette nouvelle approche. Des questions simples, des réponses simples. J'ai rencontré le soi-disant Cerveau trois fois. Toujours à Washington. Chaque fois que je l'ai rencontré, il nous a donné ce qu'il appelait « une enveloppe pour les frais de voyage ». Cinquante mille dollars. Ça valait le déplacement, et ça excitait notre intérêt.

« Il était extrêmement, je dis bien extrêmement, organisé. Il avait tout prévu, il avait envisagé toutes les hypothèses. Il savait de quoi il parlait. Et il a commencé par nous annoncer que notre part serait de quinze millions de dollars. Quand il nous a parlé de la MetroHartford, il était très crédible. Il avait une idée, et son plan était très détaillé. Nous nous sommes dit que c'était jouable, et ça l'était.

— D'où vous connaissait-il ? voulus-je savoir. Comment vous a-t-il contactés ?

Macdougall apprécia — ou parut apprécier la question.

— Il y a un avocat auquel on fait parfois appel. (Il regarda ceux qui l'assistaient.) Pas ces deux messieurs. Il a contacté notre autre avocat. Nous ne savons pas exactement comment il s'est renseigné, mais toujours est-il qu'il savait ce que nous faisions, comment nous opérions. Voilà ce que j'appelle un renseignement utile, inspecteur Weiss. Prenez bien note. Qui pouvait bien savoir autant de choses sur nous ? Un membre des forces de l'ordre. Un flic ? Un de nos hommes, l'inspecteur Weiss ? Un agent du FBI ? Un flic de Washington ? Peut-être l'une des personnes présentes en ce moment même dans cette pièce ? Ce pourrait être n'importe qui.

Weiss, écarlate, avait toutes les peines du monde à conserver son calme, et le col de sa chemise blanche soigneusement boutonné paraissait avoir subitement rétréci de plusieurs tailles.

— Mais vous savez déjà de qui il s'agit, Macdougall ? N'est-ce pas ?

Macdougall nous regarda, Betsey et moi, l'air incrédule et vaguement découragé.

— J'y viens, et je vais vous dire ce que je sais, et ce que je ne sais pas. Ne sous-estimez pas les informations qu'il possédait sur notre compte. Il connaissait l'existence de l'inspecteur Cross, tout comme celle de l'agent Cavalierre. Il était au courant de tout. C'est important.

— Je suis d'accord avec toi, lui dis-je. Continue.

— Bien. Avant qu'on convienne du deuxième rendez-vous, nous avons cherché à savoir, par tous les moyens, qui pouvait être ce prétendu Cerveau. Nous avons même parlé de lui au FBI. Nous avons contacté tous les gens que nous pouvions. Impossible de trouver quoi que ce soit. Il ne laissait aucune trace derrière lui.

« Puis c'est le deuxième rencart. Bobby Shaw essaie de le filer à sa sortie de l'hôtel. Il le perd.

— Qu'est-ce qui vous fait croire que ce pourrait être un flic, ou quelque chose d'approchant ? lui demandai-je.

Macdougall haussa les épaules.

— On ne peut pas ne pas y penser. Le troisième rendez-vous doit déterminer si on prend le job ou pas. La moitié de trente millions de dollars — nous, on sait déjà qu'on va dire oui. Lui aussi. On essaie de négocier un meilleur pourcentage. Il nous rit au nez, nous dit que c'est hors de question. On accepte ses conditions. C'est ça ou on perd le job.

« Il quitte l'hôtel après la réunion. Ce coup-ci, on a deux hommes qui le filent. Il est grand, plutôt baraqué, il a une barbe noire, mais on se dit que c'est sûrement un déguisement. Nos deux hommes le perdent presque immédiatement.

« Enfin, pas vraiment. Ils ont beaucoup de chance. Ils le voient entrer à Hazelwood, un hôpital pour anciens combattants. Et là, attention, il ne ressort pas. On ne sait pas à quoi il ressemble, mais le Cerveau est entré là et il est resté. Il n'est pas ressorti.

Macdougall s'interrompit. Son regard glissa lentement de Weiss à Betsey, puis s'arrêta sur moi.

— Ce type est un malade mental, les enfants. Il est à l'hôpital militaire de Hazelwood, en service psychiatrique. Il ne vous reste plus qu'à aller le chercher là-bas.

# 7

Le FBI dépêcha immédiatement plusieurs agents à l'hôpital. La direction de l'établissement leur communiqua pour évaluation les dossiers de tous les patients actuels, ainsi que ceux du personnel. Le ministère des Anciens combattants nous refusait pour l'instant l'accès aux patients eux-mêmes, mais nous avions bon espoir d'obtenir bientôt le feu vert.

Je passai le reste de cette longue journée à comparer des renseignements recueillis sur les employés et les assurés de la MetroHartford avec les dossiers des patients de Hazelwood, à mesure que ceux-ci m'étaient communiqués. Heureusement que les ordinateurs existaient ! Même si le Cerveau se trouvait à l'hôpital, nul ne savait exactement à quoi il ressemblait. Mais jamais nous n'avions talonné notre homme d'aussi près. Les quinze millions de dollars qu'il s'était appropriés se baladaient toujours dans la nature, mais nous avions déjà récupéré la quasi-totalité de l'autre moitié de la rançon. Seules quelques centaines de milliers de dollars manquaient à l'appel. Tous les inspecteurs interpellés essayaient de négocier.

Ce soir-là, vers 21 h 30, je dînai avec Betsey dans

un restaurant de Manhattan appelé Ecco. Sa robe jaune, ses boucles d'oreilles et ses bracelets en or contrastaient superbement avec sa chevelure noire et sa peau encore bronzée. Je pense qu'elle devait se savoir très en beauté. Excessivement féminine.

— Serait-ce un dîner galant ? s'enquit-elle dès qu'on nous eut placés à une table, dans un cadre chaleureux mais bruyant.

— Je dirais qu'il pourrait s'agir d'un dîner galant, répondis-je en souriant, surtout si nous évitons de parler boulot.

— Promis. Même si le Cerveau venait s'asseoir à la table à côté.

— Je suis désolé pour Jim Walsh, lui dis-je.

Nous n'avions guère eu l'occasion de reparler du drame.

— Je sais, Alex. Moi aussi. C'était vraiment un gars bien.

— Ça t'a étonnée ? Qu'il se soit donné la mort ?

Elle posa sa main sur la mienne.

— Absolument. Pas ce soir, d'accord ?

Pour la première fois, elle s'ouvrit et me parla un peu d'elle. Elle avait fait ses études secondaires à John Carroll, un lycée de Washington, elle avait été élevée dans la religion catholique, elle avait reçu une éducation « extrêmement sévère ». Sa mère, femme au foyer, était morte lorsqu'elle avait seize ans. Son père, sergent dans l'armée de terre, était ensuite devenu pompier.

— Je suis sorti avec une fille de John Carroll, lui dis-je. Il était sympa, ce petit uniforme.

— C'est tout récent ? me demanda-t-elle, le regard pétillant.

Elle me faisait vraiment rire. Elle disait avoir acquis ce sens de l'humour dans le quartier de son enfance, et à la maison.

— Dans le coin, quand on était un garçon, il fallait être capable de faire rire, sans quoi on était de toutes les bagarres. Mon père voulait un garçon, mais pas de chance, c'est moi qui suis arrivée. C'était un dur, mais il aimait rigoler, et il avait toujours une nouvelle blague à raconter. Papa est mort au boulot, d'une crise cardiaque. Je crois que c'est pour ça que, tous les jours, je fais de l'exercice comme une malade.

Je lui dis que j'avais perdu mes parents avant l'âge de dix ans, que j'avais été élevé par ma grand-mère, et que moi aussi, je faisais de l'exercice.

— Tu es allé à Georgetown, puis à Johns Hopkins, c'est bien ça ? me demanda-t-elle.

Je levai les yeux au ciel, et lui dis en riant :

— Je vois qu'on a préparé son entretien. Oui, c'est vrai, j'ai passé un doctorat de psychologie à Hopkins. Je suis beaucoup trop diplômé pour le métier que je fais.

— Moi aussi, je suis allée à Georgetown. Mais longtemps après.

— Quatre ans seulement. Quatre petites années, agent Cavalierre. Tu étais impressionnante, en hockey sur gazon.

Elle grimaça.

— Je vois que je ne suis pas la seule à m'être documentée avant la soirée.

— Non, en fait, je t'ai vue jouer, un jour.

— Et tu t'en souviens ? s'étonna-t-elle.

— En tout cas, je me souviens de toi. Tu ne courais

pas, tu glissais. Ça ne m'est pas revenu tout de suite, mais maintenant, je te revois.

Betsey me demanda ensuite de lui parler de mes études de psychologie à Hopkins, puis des trois années où j'avais travaillé en cabinet privé.

— Mais tu préfères être à la criminelle ? m'interrogea-t-elle.

— Oui. Il se passe tellement de choses.

Elle reconnut qu'elle aimait son métier pour les mêmes raisons.

Il fut ensuite question des gens qui avaient compté dans notre vie. Je lui parlai de Maria, ma femme, abattue en pleine rue. Je lui montrai les photos de Damon, de Jannie et du petit Alex, que je conservais dans mon portefeuille.

Sa voix s'était adoucie.

— Moi, je ne me suis jamais mariée, me dit-elle. J'ai cinq sœurs plus jeunes, toutes mariées, avec des gosses. Je les adore, ces enfants. Ils m'appellent tous Tata Flic.

— Je peux te poser une question personnelle ?

— Ouvre le feu, opina-t-elle. Je peux encaisser.

— Tu n'as jamais été sérieusement sur le point de te caser, Tata Flic ?

— Est-ce une question d'ordre personnel ou professionnel, docteur ?

Je sentais bien qu'elle avait du mal à se défaire de sa carapace. Elle se barricadait derrière son humour.

— Non, juste une question amicale.

— Je sais, Alex, j'ai compris. J'ai eu de bons amis dans le passé — des hommes, quelques petits jeunes. Chaque fois que c'est devenu trop sérieux, je me suis dégagée à temps. Enfin, non, ce n'est pas ce que je voulais dire, mais...

— Si, si, dis-je en souriant. Je finirai par savoir toute la vérité.

Elle se rapprocha, déposa un baiser sur mon front, puis m'embrassa tendrement. J'adorais sentir ses lèvres contre les miennes, si douces qu'elles en devenaient irrésistibles.

— J'aime bien être avec toi, me murmura-t-elle. J'aime bien discuter avec toi. On y va ?

Nous rentrâmes ensemble à l'hôtel. Je la raccompagnai jusqu'à sa chambre. Nous nous embrassâmes encore une fois devant la porte, et l'instant fut encore plus délicieux que la première fois, à Hartford. Qui veut aller loin ménage sa monture...

— Tu n'es pas encore prêt, constata-t-elle, très décontractée.

— Tu as raison... je ne suis pas encore prêt.

— Mais tu y es presque, fit-elle en souriant.

Elle entra dans sa chambre, referma la porte. Et j'entendis alors :

— Tu ne sais pas ce que tu perds !

Je n'avais plus qu'à aller me coucher à mon tour. Je ne savais peut-être pas ce que je perdais, mais je savais ce qui me manquait...

## 8

— C'est parti ! s'exclama Sampson en frappant des mains. Alors, où se sont cachés nos vilains garçons ?

On était mercredi, il était 6 heures du matin, et je venais de garer ma vieille Porsche sur le parking du personnel de l'hôpital militaire de Hazelwood, sur North Capitol Street. L'établissement occupait un vaste domaine, entre le centre Walter Reed, un autre hôpital militaire, et la Maison du Soldat et de l'Aviateur.

Était-ce là le repaire du Cerveau ? Brian Macdougall semblait le penser, et il était le mieux placé d'entre nous.

John et moi avions adopté une tenue décontractée : chemise à manches courtes, pantalon de toile flottant, baskets. Nous allions travailler un jour ou deux à l'hôpital. Le FBI n'avait toujours pas réussi à identifier le Cerveau parmi les patients ou les membres du personnel.

Un mur de pierres de taille d'une hauteur appréciable, noyé sous la vigne vierge, entourait le parc. Côté paysage, les architectes n'avaient pas fait trop de frais : quelques arbres et arbustes à feuilles caduques ou persistantes, quelques allées bétonnées.

— Voilà le bâtiment principal, dis-je en désignant une construction jaune pâle, d'une hauteur de six étages, autour de laquelle étaient disséminées une demi-douzaine d'annexes plus petites, aux allures de bunkers.

— Je suis déjà venu ici, grommela Sampson. Je connaissais deux gars du Vietnam qui s'étaient retrouvés à Hazelwood. À les entendre, c'était un vrai cauchemar. Cet endroit me fait toujours penser à *Titicut Follies,* le documentaire de Wiseman. Tu te rappelles la scène où un malade refuse de manger ? Et on lui enfonce un tube dans le nez ?

— Hazelwood ne te plaît vraiment pas, à ce que je vois.

— Ce qui ne me plaît pas, c'est la manière dont on soigne les anciens combattants. Ce qui ne me plaît pas, c'est ce qui arrive aux hommes et aux femmes blessés au combat, à l'étranger. Mais dans l'ensemble, les gens qui travaillent ici font ce qu'ils peuvent. Je suis sûr qu'ils n'ont plus recours aux tubes dans le nez.

— On en aura peut-être besoin, lui dis-je, si on met la main sur notre type.

— On va le trouver, le Cerveau, ma poule, et on lui fourrera un tube dans le nez. Il y a intérêt.

## 9

L'escalier de pierre du bâtiment administratif était particulièrement raide. Une fois le seuil franchi, nous fûmes aussitôt conduits vers le bureau du colonel Daniel Schofield, le directeur de l'établissement.

Il nous attendait devant la porte de son petit local. Deux autres hommes et une petite femme blonde se trouvaient à l'intérieur.

— Entrons, fit Schofield, qui nous parut tendu, voire irrité. Quelle surprise !

Il procéda aux présentations de manière très formelle, en commençant par Sampson et moi. Les autres n'avaient pas l'air ravis de nous voir.

— Je vous présente Kathleen McGuigan. Elle est infirmière-chef au quatrième et au cinquième, où vous et M. Sampson allez travailler. Le Dr Padraic Cioffi. Le Dr Cioffi est le responsable du service psychiatrique. Et le Dr Marcuse, l'un des cinq excellents thérapeutes qui exercent dans cet hôpital.

Le Dr Marcuse nous adressa un signe de tête. Il avait l'air plutôt sympathique. McGuigan et Cioffi restaient figés sur leurs chaises, le visage de marbre.

— J'ai expliqué à Mme McGuigan, au Dr Cioffi et

au Dr Marcuse cette très délicate situation. Pour être tout à fait franc, personne n'apprécie vraiment, mais nous nous rendons compte que nous n'avons pas le choix. Si, et je dis bien si, ce tueur présumé est caché ici, notre premier souci est d'assurer la sécurité de tout un chacun. Il faut qu'on l'arrête, bien entendu. Nul ne le contestera.

— Il était ici, insistai-je, durant un certain temps tout au moins. Il y est peut-être encore.

— Je ne pense pas qu'il puisse être ici, protesta le Dr Cioffi. Je suis navré, mais je vois mal comment ce serait possible. Je connais tous nos patients et, croyez-moi, aucun d'entre eux, aucune d'entre elles n'est un cerveau. Les hommes et les femmes hospitalisés chez nous sont très profondément perturbés.

— Il pourrait s'agir d'un membre du personnel, observai-je en guettant sa réaction.

— Cela n'altère en rien mon opinion, inspecteur.

J'avais besoin de leur soutien, et je me disais qu'il valait mieux tenter de les amadouer.

— L'inspecteur Sampson et moi-même ferons en sorte que notre présence soit aussi limitée que possible. Nous avons des raisons de penser que le tueur séjourne, ou a séjourné, dans cet établissement. J'ignore si cela peut aider ou non, mais je suis psychologue. J'ai étudié à Hopkins. J'ai travaillé comme psychologue assistant à l'hôpital McLean, et à l'Institute for Living. Je suis sûr que je pourrai passer inaperçu dans le service.

Sampson intervint à son tour :

— Et moi, j'ai déjà travaillé comme porteur à Union Station. Personne ne remarquerait rien. « Laissez, monsieur, je vais vous porter votre valise. »

Cela ne les fit pas rire du tout. Lèvres soudées, l'infirmière-chef et le Dr Cioffi foudroyèrent du regard Sampson, qui avait osé, le malheureux, plaisanter dans d'aussi graves circonstances.

J'en conclus que pour détendre l'atmosphère et espérer une quelconque coopération, mieux valait changer mon fusil d'épaule.

— Trouve-t-on de l'Anectine ou du Marplan dans cet hôpital ? demandai-je.

Le Dr Cioffi haussa les épaules.

— Oui, évidemment. Pourquoi ce produit vous intéresse-t-il ?

— Plusieurs complices du tueur ont été tués avec de l'Anectine. Ce type en sait long sur les poisons, et il semblerait qu'il aime regarder les gens mourir. Les auteurs de l'un des hold-up sur lesquels nous enquêtons ont disparu de la circulation, et nous craignons qu'ils aient été, eux aussi, éliminés. L'inspecteur Sampson et moi allons devoir jeter un coup d'œil sur tous les rapports et les feuilles de soins. Ensuite, je vérifierai les tableaux journaliers des patients les plus intéressants. Aujourd'hui, nous prendrons le service de 7 heures à 15 h 30.

Le colonel Schofield acquiesça poliment.

— Chacun devra coopérer pleinement avec ces messieurs de la police. Il y a peut-être un tueur à l'intérieur de cet établissement. Je parle d'une possibilité, non d'une probabilité.

Et à 7 heures, Sampson et moi étions à pied d'œuvre. J'étais conseiller psychiatrique, et lui bagagiste. Restait à découvrir qui était le Cerveau.

## 10

Ce matin-là, quelque part au cinquième étage de l'hôpital Hazelwood, le Cerveau fulminait contre son médecin. Ce crétin fini avait supprimé ses autorisations de sortie. Le psy voulait savoir pourquoi son comportement avait changé depuis peu. Que se passait-il ? Que cachait-il ? Que gardait-il au plus profond de lui-même ?

Il marinait dans sa misérable chambre du cinquième étage, et sa colère montait, montait. Qui le mettait dans cet état de fureur ? À part le psy ? Il étudia la question, puis s'assit et rédigea une nouvelle lettre de menaces.

*À l'attention de M. Patrick Lee*
*Propriétaire*

*Cher monsieur,*

*Je ne vous comprends vraiment pas. J'ai signé de bonne foi votre bail et les avenants sur lesquels nous nous étions mis d'accord. J'ai respecté ma partie du contrat, et vous non ! Vous vous comportez comme si ce bail n'avait à vos yeux aucune valeur.*

*Permettez-moi de vous rappeler, monsieur Lee, que si vous êtes le propriétaire de cet appartement, dès lors que vous acceptez mes règlements, il devient mon domicile.*

*Je tiens à citer, pour mémoire, les actes que vous avez commis à mon encontre, en toute illégalité.*

*Vous devez cesser immédiatement de placarder des avis d'expulsion sur ma porte. J'ai payé le loyer tous les mois, et dans les délais !*

*Vous devez cesser de m'appeler, de brailler dans votre insupportable patois cantonais, et de m'importuner.*

*Cessez de me harceler !*

*Je vous le demande une dernière fois.*

*Cessez de me harceler, et sur-le-champ !*

*Sans quoi c'est moi qui vais vous harceler !!!*

Il s'interrompit, puis réfléchit longuement, en se concentrant autant qu'il le pouvait sur la lettre qu'il venait d'écrire. Il était en train de craquer, non ? Il était à deux doigts de péter les plombs.

Il éteignit son PC et sortit dans le couloir en adoptant son air de circonstance, passif et légèrement absent. Les fous se promenaient dans toute leur gloire. Des fous en robes de chambre sinistrées, des fous dans des fauteuils roulants qui grinçaient comme de vieilles poulies, des fous à poil.

Parfois — le plus souvent, même — il avait du mal à croire qu'il se trouvait ici. Mais toute l'astuce n'était-elle pas là, après tout ? Personne ne pouvait imaginer une seconde qu'il était le Cerveau. Jamais personne ne le trouverait ici. Il avait trouvé le refuge parfait.

Et c'est alors qu'il aperçut l'inspecteur Cross.

## 11

En arrivant au cinquième, je crus presque déceler à l'oreille l'étirement de la mince ligne rouge qui sépare les sains d'esprit des fous.

Le service ressemblait à tous les services psychiatriques : du mauve et du gris délavé partout, des murs éraflés, des infirmières portant des plateaux chargés de gobelets en plastique, des hommes aux yeux creusés, vêtus de pantalons de pyjama et de peignoirs tachés. Tout cela, je l'avais déjà vu ailleurs. Un seul détail, pour moi, était nouveau : les employés du service psychiatrique portaient en pendentif un sifflet leur permettant d'appeler à l'aide. J'en déduisais qu'il y avait déjà eu des blessés parmi le personnel.

Les quatrième et cinquième étages abritaient le service psychiatrique. On dénombrait au cinquième trente-cinq anciens combattants âgés de vingt-trois à soixante-quinze ans. Des patients considérés comme dangereux, soit pour les autres, soit pour eux-mêmes.

J'entamai mes recherches. Deux des pensionnaires de l'étage, grands et forts, correspondaient à la description de l'homme que les inspecteurs Crews et O'Malley avaient suivi. L'un d'eux, Cletus Anderson, portait une barbe poivre et sel, et il avait travaillé pour la police à Salt Lake City et à Denver après son départ de l'armée.

Le premier matin, je trouvai Anderson en salle de détente. Il était plus de 10 heures, mais il portait encore son pyjama et une robe de chambre sale. Il regardait ESPN, la chaîne de sport, et n'avait pas l'air, à première vue, d'un criminel machiavélique digne du qualificatif de Cerveau.

Le décor de la pièce se limitait à une douzaine de fauteuils en vinyle marron, une table de jeu de cartes bancale et un téléviseur monté au mur. L'air était saturé de fumée. Anderson avait une cigarette au coin de la bouche. Je m'assis devant la télé, fit bonjour d'un signe de tête.

Il se tourna vers moi, souffla un rond de fumée approximatif et me demanda :

— Vous êtes nouveau, hein ? Vous jouez au billard ?

— Je veux bien essayer.

— Essayez donc, gloussa-t-il comme si je venais de lui raconter quelque chose de drôle. Vous avez les clés de la salle de billard ?

Sans même attendre la réponse, ou peut-être parce qu'il ne se souvenait déjà plus de m'avoir posé la question, il se leva. Je savais, pour avoir consulté son dossier médical, qu'il était d'un naturel violent, mais qu'on le bourrait de Valium. J'aimais autant. Anderson devait faire près de deux mètres et plus de cent trente kilos.

Avec ses deux baies vitrées donnant sur une cour d'exercice close, la salle de billard me parut étonnamment riante. En bas, le mur d'enceinte était bordé d'érables rouges et d'ormes peuplés d'oiseaux qui pépiaient joyeusement.

J'étais donc là, seul avec Cletus Anderson. Ce

colosse pouvait-il être le Cerveau ? Difficile à dire pour l'instant. Sauf s'il m'éclatait le crâne avec une bille ou une queue de billard.

Nous fîmes une partie. Il n'était pas très doué. Pour ne pas le décourager, je fis exprès de manquer deux coups qu'un débutant aurait réussis, mais il ne s'aperçut apparemment de rien. Ses yeux bleu-gris étaient presque vitreux.

— J'aimerais bien leur tordre le cou, à ces putains de geais, marmonna-t-il, mauvais, après avoir loupé un coup en une bande qui ne s'imposait même pas.

— Ils vous ont fait quoi, les geais ?

— Eux, ils sont dehors et moi, je suis coincé ici. (Il me dévisagea.) Essaie pas de m'embobiner, hein, monsieur le psy de merde. Joue ton coup.

Je rentrai une bille rayée dans un coin, puis manquai volontairement un coup long relativement facile. Anderson m'arracha la queue des mains et resta longtemps, trop longtemps penché devant la table, à étudier la situation. Il se releva brusquement, de tous ses deux mètres, me fusilla du regard comme s'il y avait un problème. Son corps se rigidifiait ; il tendait littéralement ses immenses bras.

— Tu m'as dit quelque chose, monsieur le psy ?

Il serrait la queue de billard de ses énormes mains comme s'il voulait la tordre. Il avait pas mal de graisse, mais de cette graisse compacte qu'on trouve chez les ailiers de football ou certains catcheurs professionnels.

— Que non. Je n'ai pas ouvert le bec.

— C'est censé être drôle ? C'est une allusion au bec de ces putains de geais, que je déteste, comme tu le sais très bien ?

— Non, non, rien de spécial, fis-je en secouant la tête.

Anderson s'écarta de la table, les deux mains vissées sur sa queue de billard.

— Je jurerais que tu m'as traité de mauviette, en douce. Ou quelque chose d'approchant ?

Je le regardai droit dans les yeux.

— Je crois que la partie est finie, Anderson. Pose cette queue de billard, s'il te plaît.

— Parce que tu t'imagines que tu peux m'obliger à le faire ? Oh, remarque, sûrement, si tu me prends pour une mauviette.

Je portai mon sifflet à mes lèvres.

— Je suis nouveau ici, et j'ai besoin de ce boulot. Je ne veux pas d'histoires.

— Alors là, mon vieux, tu t'es trompé de crémerie. C'est toi, la chochotte. La reine du sifflet.

Il jeta la queue sur la table et se dirigea vers la porte, d'une démarche d'ours, en me bousculant d'un coup d'épaule.

— Fais gaffe à ce que tu dis, le nègre, cracha-t-il au passage.

Je m'étais montré suffisamment patient. Je le pris par le col et, sans lui laisser le temps de réagir, le retournai contre le mur en lui faisant sentir que moi aussi, j'avais de la force. Il dut soutenir mon regard. Je voulais voir ce qui se passait lorsqu'on le provoquait.

— Toi, fais gaffe, lui dis-je au coin de l'oreille. Je vais t'avoir à l'œil.

Je lâchai prise. Il se dégagea et quitta la salle de billard. Et en regardant ce géant s'éloigner, je me surpris à espérer qu'il était bien l'homme que nous recherchions.

## 12

Ce que je redoutais le plus, c'était que le Cerveau disparaisse sans jamais plus faire parler de lui. Notre traque s'était transformée en partie de pêche, voire en séance de prières. Mon Dieu, faites que le Cerveau se trahisse !

À l'hôpital, chaque prise de service commençait par une réunion d'une demi-heure, autour d'un café. On faisait un bilan sommaire en évoquant chaque cas, et on notait les modifications dans le régime des autorisations de sortie. Les mots clés de tous les rapports étaient « affect », « soumission », « interaction » et, bien entendu, « APT ». Plus de la moitié des pensionnaires souffraient d'angoisses post-traumatiques.

La réunion s'acheva, et ma journée commença. La principale mission de l'assistant, en service psychiatrique, est d'aller à la rencontre des patients, et cette démarche me rappela très vite les motivations qui m'avaient poussé à faire des études de psychologie.

En fait, j'eus l'impression de revivre une grande partie de ma vie. J'avais passé beaucoup de temps à analyser et à tenter de comprendre la terrible puissance des traumatismes. Une grande partie de ces hommes en étaient victimes. Le monde dans lequel ils vivaient était devenu à leurs yeux un monde dangereux, dont le fonctionnement leur échappait. Ils ne faisaient plus confiance à leur entourage. Le doute et la culpabilité étaient sans cesse présents. La foi et la spiritualité, en revanche, n'existaient plus. Pourquoi le Cerveau avait-il choisi de trouver refuge dans un tel lieu ?

Au cours de mes huit heures de service, je devais m'acquitter de tâches précises : à 7 heures, vérification de tous les objets contondants (il fallait que je compte tous les couverts en cuisine ; s'il en manquait, ce qui était rare, on procédait à la fouille systématique de toutes les chambres) ; à 8 heures, entretien personnalisé avec un patient du nom de Copeland, considéré comme extrêmement suicidaire ; à partir de 9 heures, pointages tous les quarts d'heure (je devais savoir où se trouvait chacun. J'inscrivais les noms sur un tableau noir dans le couloir, devant le bureau des infirmiers). Sans parler de la corvée de poubelle (il fallait bien que quelqu'un vide les corbeilles).

Chaque fois que j'inscrivais sur le tableau noir le nom d'un pensionnaire qui me paraissait suspect, j'appuyais un peu sur ma craie. Au terme de ma première heure de pointage, je me rendis compte que j'avais déjà sept candidats sur ma liste.

James Gallagher s'y trouvait uniquement parce qu'il ressemblait, physiquement, à la description du Cerveau. Grand, le torse large, il paraissait alerte et intelligent, deux qualités qui suffisaient à faire de lui un suspect.

Frederic Szabo avait l'autorisation de sortir quand il le voulait, mais c'était un être timide, et je le voyais mal tuer quelqu'un. Depuis le Vietnam, il errait de ville en ville et n'avait jamais réussi à conserver un emploi plus de quelques semaines d'affilée. Il lui arrivait de cracher sur le personnel de temps à autre, mais cela s'arrêtait là.

Stephen Bowen était, lui aussi, libre de ses déplacements. Capitaine d'infanterie au Vietnam, victime d'APT, il avait fait des séjours répétés dans les hôpitaux militaires depuis 1971. Il se vantait de n'avoir jamais eu « un vrai métier » depuis qu'il avait quitté l'armée.

David Hale avait été policier dans le Maryland durant deux ans avant de basculer dans la paranoïa : tous les Asiatiques qu'il apercevait dans la rue avaient pour but de le tuer.

Michael Fescoe avait travaillé pour deux banques de Washington, mais il planait trop pour être capable de gérer son propre compte bancaire. Je me demandais s'il ne simulait pas son APT, mais le psy qui s'occupait de lui n'était pas de cet avis.

Cletus Anderson correspondait au profil général du Cerveau. Je ne l'aimais pas. Et il était violent. Mais il n'avait rien fait qui pût m'inciter à l'imaginer dans la peau de l'homme que nous recherchions. Bien au contraire.

Juste avant le changement de service, Betsey Cavalierre parvint à me joindre. Je pris l'appel dans le petit local du personnel, juste derrière le bureau des infirmiers.

— Betsey ? Qu'y a-t-il ?

— Alex, il s'est passé quelque chose de très bizarre, me dit-elle d'une voix brisée. Mike Doud a disparu. Il n'est pas venu travailler ce matin. On a appelé sa femme, mais elle nous a dit qu'il était parti à la même heure que d'habitude.

— Que va faire le FBI ?

— Nous ne croyons pas à un accident de voiture. Il est trop tôt pour lancer un avis de recherche. Le problème, c'est que ça ne ressemble pas à Doud. C'est un gars parfaitement réglo, très famille, totalement fiable. Il y a d'abord eu Walsh, maintenant ça. Que se passe-t-il, Alex ? C'est encore lui, hein ?

# 13

Avait-il décidé de nous traquer ? James Walsh était mort, Mike Doud avait disparu. Rien ne nous permettait d'affirmer qu'il existait un lien entre ces deux événements, mais nous devions envisager le pire. « C'est encore lui, hein ? »

J'avais rendez-vous avec le Dr Cioffi. Je m'étais un peu renseigné sur lui et certains de ses collègues. Cioffi était lui-même un ancien combattant ; il avait fait deux séjours au Vietnam et avait ensuite exercé dans sept différents hôpitaux militaires avant d'être nommé à Hazelwood. Lui, le Cerveau ? Pour ce qui était de la psychopathologie, il avait toutes les compétences requises. Moi aussi, d'ailleurs.

Lorsqu'on me fit entrer dans son bureau, le Dr Cioffi était en train d'écrire sur une grande table en pin, dos à la fenêtre. Le tissu jaune à rayures de sa chaise en bois et rotin était assorti aux rideaux.

Je ne le voyais pas très bien, mais je savais que lui me voyait. Eh oui, même nous, les médecins de l'âme, pratiquons parfois ces petits jeux pervers...

Au bout d'un moment, il leva les yeux, fit mine d'être surpris de me voir.

— Inspecteur Cross, excusez-moi. Je n'ai pas regardé l'heure.

Il rajusta ses manchettes, se leva de sa chaise et désigna le coin salon, à l'autre bout de la pièce.

— Le Dr Marcuse et moi parlions de vous hier soir. Nous nous sommes rendu compte que nous avons été un peu durs à votre égard le jour où votre collègue et vous êtes arrivés. Je crois que la perspective de voir la police se balader dans les services nous perturbait un peu. Quoi qu'il en soit, la rumeur court que vous êtes un excellent conseiller psychologue.

Je refusai de mordre à l'hameçon. Il était médecin, j'étais conseiller psychologue. Je lui parlai de la liste de suspects que j'avais établie. Il la prit, la parcourut rapidement.

— Tous ces patients, je les connais, bien sûr. Je suis sûr que certains d'entre eux sont suffisamment aigris pour être violents. Anderson et Hale ont commis des meurtres. Il est néanmoins difficile d'imaginer que l'un de ces hommes ait pu organiser une série de hold-up particulièrement audacieux. Qui plus est, s'ils étaient en possession d'une telle somme d'argent, pourquoi seraient-ils encore ici ? (Il se mit à rire.) Moi, en tout cas, je serais déjà loin.

« Ah, bon, Dr Cioffi ? »

Je passai ensuite près d'une heure avec le Dr Marcuse dont le bureau, plus petit, se trouvait juste à côté. C'était un homme sympathique, et je ne vis pas le temps passer. Il était vivace, brillant, et donnait l'impression de réellement vouloir nous aider.

— Comment vous êtes-vous retrouvé à Hazelwood ? finis-je par lui demander.

— Bonne question, mais la réponse sera un peu

compliquée. Mon père était pilote de chasse. Il a perdu les deux jambes pendant la Seconde Guerre mondiale, et j'ai commencé à fréquenter les hôpitaux militaires à l'âge de sept ans. Je les détestais du plus profond de mon cœur. Je crois que j'avais envie d'en faire des endroits plus vivables que ce que mon père connaissait.

— Et ça marche ?

— Il n'y a pas huit mois que je suis ici. J'ai pris la succession du Dr Francis, qui a été transféré dans un autre hôpital militaire, en Floride. L'argent manque. C'est une honte nationale, et tout le monde a l'air de s'en foutre royalement. Il faudrait que les grands magazines des chaînes télé tournent chaque semaine un sujet sur les hôpitaux pour anciens combattants jusqu'à ce que quelqu'un fasse quelque chose. Alex, je ne sais que vous dire au sujet de votre tueur.

— Vous ne pensez pas qu'il puisse être ici, n'est-ce pas ?

— S'il est ici, me répondit-il, dubitatif, c'est qu'il est vraiment un Cerveau. S'il est ici, il a réussi à tromper tout son monde.

# 14

Je vous vois, Dr Cross. Je vous vois, mais vous ignorez totalement qui je suis. Je pourrais passer devant vous et vous toucher.

Je suis beaucoup plus intelligent que vous, et beaucoup plus intelligent que vous ne l'imaginez. C'est un simple fait, facile à vérifier. J'ai passé des batteries de tests. Des dizaines et des dizaines de tests psychologiques très sophistiqués. Avez-vous vu mes résultats ? Vous ont-ils impressionné ?

L'autre matin, dans la salle de détente, nous étions assis à un mètre l'un de l'autre. J'ai étudié votre visage. J'ai jaugé votre musculature bien entretenue. Je me disais que j'avais peut-être tort, que vous n'étiez peut-être pas réellement Alex Cross. Nous étions si proches l'un de l'autre que j'aurais pu vous sauter à la gorge. Auriez-vous été surpris ?

Je dois admettre que votre présence en ces lieux m'a surpris. Je vous avais vu en photo — on vous voit un peu partout — et voilà que vous débarquez. Mes rêves et mes fantasmes paranoïaques prenaient subitement corps.

Pourquoi êtes-vous venu, Dr Cross ? Pourquoi, au

juste ? Comment diable avez-vous réussi à retrouver ma trace ? Êtes-vous si doué qu'on le prétend ?

Telle est la question que je ne cesse de me poser, et qui finit par m'obséder.

Pourquoi Alex Cross est-il ici ? Quelles sont ses limites ?

Je vais vous préparer une surprise. Je suis en train de prévoir quelque chose en votre honneur.

Je vous regarde vous éloigner dans le couloir en faisant attention à ne pas faire trop de bruit avec vos clés, et pendant ce temps, moi, je fais de nouveaux projets.

Désormais, vous en faites partie.

Soyez très prudent, Dr Cross.

Vous êtes bien plus vulnérable que vous ne le pensez. Vous n'avez pas idée.

Vous savez quoi ? Je vais passer devant vous et vous toucher.

Touché !

15

— Cet hôpital est une impasse, Betsey. Je n'ai oublié personne. Médecins, infirmiers, malades. Pour autant que je sache, Sampson et moi ne retournons pas à Hazelwood la semaine prochaine. Brian Macdougall nous a peut-être entraînés sur une fausse piste. Le Cerveau est peut-être en train de nous manipuler. A-t-on du neuf au sujet de Walsh ou de Doud ?

Elle secoua la tête. L'amertume se lisait dans son regard.

— Doud n'a toujours pas réapparu. Aucune trace. Il s'est totalement évanoui dans la nature.

Nous étions dans son bureau, les pieds sur la table, en train de boire du thé glacé en bouteille. En train de nous lamenter comme des âmes en peine.

— Dis-moi ce que tu sais pour l'instant, me dit Betsey. Je voudrais juste t'entendre, et faire mijoter tout ça dans mon crâne.

— Nous n'avons rien découvert qui permette d'établir le moindre lien entre un patient ou un employé de l'hôpital et la MetroHartford ou les braquages de banques. Aucun des malades ne semble capable d'avoir commis les crimes. Les médecins eux-mêmes n'ont rien de très impressionnant. À l'exception peut-être de Marcuse, mais je pense que c'est un type bien, pas un truand. Une demi-douzaine de tes agents ont tout vérifié dans le détail. Rien, Betsey. Je jetterai de nouveau un coup d'œil sur les dossiers ce week-end.

— Tu penses qu'on l'a perdu ?

— C'est toujours la même rengaine — on n'a pas de suspects. On dirait que le Cerveau disparaît de la surface du globe quand ça lui chante.

Elle se frotta les yeux des poings, puis me dévisagea.

— Le département de la Justice s'est beaucoup impliqué dans les révélations de Brian Macdougall. Il va vouloir poursuivre les investigations à Hazelwood, et ensuite passer au crible tous les autres établissements pour anciens combattants du pays. Ce qui signifie que je vais devoir continuer à chercher. Tu crois que Macdougall et ses sbires se sont trompés ?

— Se sont trompés ou nous ont trompés. Il est possible que Macdougall ait tout inventé. Il obtiendra probablement ce qu'il réclamait — une prison quatre étoiles, avec protection. Mais comme je te le disais, je ne vais pas laisser tomber. Ce week-end, je me retape tous les dossiers.

— Tu comptes travailler tout le week-end. Dommage. Quand on voit ta tête, on se dit qu'une petite coupure te ferait du bien.

— Tu penses à quelque chose ? lui demandai-je en sirotant mon thé.

Elle prit un air faussement timide, siffla dans le goulot de sa bouteille.

— Je crois qu'on a assez attendu, Alex. On a tous les deux besoin de prendre un peu de bon temps. De s'a-mu-ser. Que dirais-tu si je passais te prendre... mettons vers midi, samedi ?

Je riais.

— Alors, c'est oui ?

— C'est oui. Je crois que j'ai effectivement besoin de m'a-mu-ser un peu.

# 16

J'attendais le samedi après-midi avec une impatience grandissante. Damon et Jannie m'aidèrent à penser à autre chose. Ils m'accompagnèrent au supermarché, puis je les conduisis au nouveau zoo pour enfants de Southeast, où l'on pouvait toucher les animaux. J'avais chassé le Cerveau de mon esprit. Je ne pensais plus à Walsh, à Doud, à Hazelwood, aux meurtres et aux drames de ces derniers temps.

Betsey vint me chercher à midi précis dans sa Saab bleue. Elle était allée jusqu'à la faire laver et lustrer à la cire, et la voiture avait l'air neuve. Une belle journée nous attendait.

Sachant que Jannie nous guettait depuis la fenêtre de sa chambre, je fis une grimace et un grand signe de la main, qu'elle me retourna avec un sourire jusqu'aux deux oreilles. Elle était là-haut avec la chatte, et pour rien au monde elles n'auraient manqué le début du feuilleton à l'eau de rose dont j'étais le héros.

Betsey portait un blouson de cuir fin sur un chemisier de soie blanc. Elle était superbe lorsqu'elle le voulait, et je crois qu'aujourd'hui, elle avait sorti le grand jeu.

— Tu es toujours parfaitement à l'heure, la taquinai-je. Très ponctuelle. Comme le Cerveau.

— Le Cerveau Ramolli, corrigea-t-elle. Ça ferait un épilogue formidable, tu ne trouves pas ? C'est moi, le Cerveau ! Tu me coinces parce que j'ai commis l'erreur fatale de m'amouracher de toi.

— Toi, t'amouracher de quelqu'un ? fis-je en me glissant à la place du passager. Toi, l'agent Cavalierre ?

Elle me gratifia d'un magnifique sourire. Il allait être difficile de lui résister.

— Tu vas tout savoir, hein, alors que je voulais te faire la surprise ?

— Où va-t-on ? lui demandai-je.

— Tu verras bien. J'ai un plan magistral.

— Ce qui ne m'étonne absolument pas.

Dix minutes plus tard, la Saab s'engageait dans l'entrée circulaire du Four Seasons, sur Pennsylvania Avenue. Au-dessus de nos têtes, les drapeaux flottaient doucement dans le vent. Les murets de briques disparaissaient sous le lierre. L'endroit était magnifique.

— Ça te va ? fit-elle, vaguement inquiète.

— Oh, oui... C'est pratique. Tu as bien organisé ton affaire.

— Je me suis dit : pourquoi perdre du temps à faire de la voiture ?

Toujours ce sourire diabolique. Je la trouvais plutôt libérée pour un agent du FBI ayant ses compétences et ses ambitions, et j'aimais énormément son style : lorsqu'elle voulait quelque chose, elle y allait franchement. Je me demandais si elle obtenait toujours ce qu'elle voulait...

Comme elle nous avait déjà enregistrés, on nous conduisit directement à notre chambre, au dernier étage de l'hôtel. Je restai derrière elle ; je la regardais marcher.

— Avez-vous besoin de quoi que ce soit ? s'enquit le jeune chasseur un peu guindé dès que nous fûmes dans la suite.

Je lui glissai un billet dans la main.

— Merci de nous avoir accompagnés jusqu'à la chambre. Si vous voulez refermer la porte en partant. Doucement.

Il acquiesça.

— Je me permets de vous signaler également que nous avons un excellent service en chambre. Le meilleur de tout Washington.

— Merci, fit Betsey. La porte. (Elle lui fit signe avec un grand sourire.) Doucement. Au revoir.

# 17

Betsey avait déjà commencé à enlever son blouson. Lorsque la porte se referma avec un petit clic, elle était dans mes bras. Ce fut comme une danse, une danse lente, gracieuse, irrésistible. Nous glissions l'un contre l'autre en nous couvrant de baisers. Nous étions tous les deux sous le charme, et je me fis la réflexion que ce n'était pas si mal. Du bon temps, du pur plaisir. N'était-ce pas ce qu'elle avait promis ?

Dans mes bras, Betsey me parut à la fois électrique et d'une infinie douceur. Cette femme était un contraste ambulant. Elle était petite et légère, mais néanmoins musclée et dotée d'une force étonnante. Son sérieux et sa grande intelligence ne l'empêchaient pas de se montrer souvent drôle et irrévérencieuse, et de manier l'ironie avec une facilité déconcertante. Ah, et puis, bien sûr, elle était terriblement sexy.

Nous nous laissâmes tomber sur le lit. Je ne sais plus qui entraînait qui, cela n'avait pas d'importance. Ma tête alla se perdre dans son chemisier de soie.

Puis je lui dis, en regardant ses beaux yeux marron :

— Tu étais bien sûre de toi, pour nous avoir pré-enregistrés à la réception.

— Le moment était venu, répondit-elle laconiquement.

Je pris tout mon temps pour faire glisser son chemisier de soie, puis sa petite jupe noire. Pour caresser la peau veloutée de son visage, et ses bras, et ses jambes, et la plante de ses pieds. Il nous fallut bien une demi-heure pour nous déshabiller.

— J'adore quand tu me touches, me chuchota-t-elle. Ne t'arrête pas. S'il te plaît, ne t'arrête pas.

— N'aie pas peur. Moi aussi, j'adore te toucher. Toi, n'arrête pas !

— Oh, Alex, c'est trop bon ! miaula-t-elle.

J'ignorais qu'un agent du FBI pouvait miauler...

Ma bouche se posa où mes doigts s'étaient posés. Il y avait une telle chaleur, sous cette peau. Et j'aimais immensément ce parfum. *Forever* d'Alfred Sung, m'avait-elle dit — pour toujours. Mes lèvres se joignirent aux siennes. Pas pour toujours, mais très, très longtemps.

Nous dansâmes encore un peu l'un contre l'autre en nous embrassant, en nous caressant tout le corps. Nous avions l'éternité devant nous. Dieu, qu'une telle complicité m'avait manqué !

— Maintenant, murmura finalement l'un de nous. Tu veux bien ?

Oui, le moment était venu.

Je pris également tout mon temps pour pénétrer Betsey, en essayant de m'enfoncer toujours plus loin en elle. J'étais au-dessus, mais je prenais appui sur mes bras. Nous bougions à l'unisson, sans fournir le moindre effort, en parfaite harmonie. Elle se mit à chantonner doucement. Pas un air précis, mais un air improvisé, tout de tendresse, qui me fit vibrer comme un diapason.

— Ce que j'aime être avec toi, lui dis-je. C'est génial. Encore mieux que ce que je pensais.

— Oh, moi aussi. Je t'avais bien dit que ce serait plus agréable que la chasse au Cerveau.

— Bien plus agréable.

— Maintenant ! Tu veux bien ?

# 18

Nous nous endormîmes dans les bras l'un de l'autre.

En me réveillant, je vis qu'il était déjà 18 heures. Peu importait l'heure, et même le jour. Je passai un coup de fil à la maison pour m'assurer que tout le monde allait bien. Ma petite famille était heureuse pour moi : je m'étais enfin décidé à sortir un peu, à me changer les idées, à me faire plaisir.

Et quel plaisir ! J'aurais pu passer des heures à regarder Betsey dormir nue.

Puis l'idée me vint de nous faire couler un bon bain chaud. Oui, pourquoi pas ?

Dans la salle de bains, je vis un bocal de perles de bain bleues, juste à côté des affaires de Betsey. Apparemment, elle avait toujours une longueur d'avance. Est-ce que cela me plaisait ? Finalement, oui.

La baignoire était en train de se remplir lentement lorsque j'entendis une voix derrière moi.

— Ah, c'est bien, je voulais justement qu'on prenne un bain moussant ensemble.

Je me retournai. Elle était toujours nue.

— Tu avais déjà imaginé toute la scène, hein ?

— Bien sûr. Et souvent. Que crois-tu que je fasse pendant ces briefings qui n'en finissent plus ?

Quelques minutes plus tard, nous montions dans la baignoire ensemble. Un moment de pur bonheur qui compensait le travail acharné, la tension et les frustrations des dernières semaines.

— C'est si bien, avec toi, me murmura-t-elle en scrutant mon regard, que je ne veux plus quitter ni cette baignoire, ni toi. C'est le paradis.

— Le service en chambre de l'hôtel est exceptionnel. C'est le meilleur de tout Washington, n'oublie pas. Si on leur demande gentiment, je suis sûr qu'ils peuvent même nous déposer le plateau au pied de la baignoire.

— Il n'y a qu'un moyen de vérifier, conclut Betsey.

# 19

Et ce fut comme ça jusqu'au dimanche. Tout nous parut parfait, idyllique, comme dans un rêve. Seul problème : le temps passait trop vite.

Plus nous étions ensemble, plus nous bavardions, plus elle me plaisait. Et Dieu sait qu'elle me plaisait déjà avant le Four Seasons. Qu'aurais-je pu lui reprocher ? Nous n'évoquâmes le sujet du Cerveau qu'une seule fois au cours de la journée de samedi. Betsey voulait savoir si, selon moi, nous courions un danger. Si l'homme que nous traquions pouvait décider de s'attaquer à nous. Il était difficile de répondre à une pareille question, mais nous avions néanmoins pris chacun la précaution d'emporter notre arme de service...

Dimanche matin, vers 10 heures, nous nous fîmes servir le petit déjeuner au bord de la piscine. Nous avions recouvert nos transats de serviettes de bain bleu et blanc bien épaisses, et nous lisions le *Washington Post* et le *New York Times.* De temps à autre, un regard curieux se tournait dans notre direction, mais Four Seasons est une chaîne hôtelière sophistiquée, et les clients — notamment ceux de Washington — en ont vu bien d'autres. Et de toute manière, je suis sûr que Betsey et moi avions l'air parfaitement heureux ensemble.

J'aurais dû voir venir le coup. Je ne sais pas pourquoi, mais subitement, je me suis mis à penser à celui qui était derrière tous ces braquages, tous ces meurtres, tous ces enlèvements : le Cerveau. Je tentai de penser à autre chose, mais ce fut peine perdue. Le tueur de dragons reprenait du service. J'étais en train de redevenir un flic.

Je contemplai Betsey. Les yeux fermés, elle paraissait parfaitement détendue. Elle s'était verni les ongles, et avait passé le même rouge écarlate sur ses lèvres. Elle n'avait plus du tout l'air d'un agent du FBI. Elle était séduisante, et je savourais chaque minute passée auprès d'elle.

Je m'en voulais de la déranger. Elle avait bien mérité un peu de répit, elle était au calme, allongée sur sa chaise longue.

— Betsey ?

Ses lèvres dessinèrent un sourire, mais elle garda les yeux fermés, et se contenta de se tortiller pour trouver une meilleure position.

— Oui, j'aimerais bien remonter dans la chambre avec toi. Je suis même prête à renoncer à ce soleil qui me dore le dos et la nuque, c'est dire. On n'a qu'à laisser nos serviettes ici, on retrouvera peut-être nos places en revenant.

Elle me faisait rire. Je lui dis, en lui massant doucement le dos :

— Betsey, je sais que tu vas me détester, mais pourrait-on parler de l'affaire ? De lui ?

Elle ouvrit les yeux. Son regard s'était durci. Betsey

retrouvait, en l'espace de quelques secondes, tous ses réflexes professionnels. Dans le genre, elle était pire que moi.

— Comment ça ? À quoi penses-tu ?

Je m'assis sur le rebord de son transat.

— Voilà. On a passé les dernières semaines à passer la MetroHartford au crible. Puis à interroger Macdougall. Et pendant ce temps-là, Betsey, on a laissé de côté les banques qui avaient été braquées au début. Je voudrais revoir tous les dossiers. Même ceux du personnel.

Elle parut déconcertée.

— Euh, oui, pourquoi pas ? Cela dit, j'avoue que je ne comprends pas très bien. À quoi penses-tu, Alex ? Que devrions-nous chercher, à ton avis ?

— Quatre employés de la First Union ont été exécutés, sans la moindre raison. Dès le départ, nous avons cru qu'il avait voulu faire un exemple. Et moi, plus j'y réfléchis, plus je me dis que ça n'a pas de sens.

Elle ferma les yeux, et je crus presque entendre les rouages de son cerveau se mettre en branle.

— Il a voulu se venger des banques, et récupérer par la même occasion quinze millions de liquide.

— Ce serait bien son genre, hein ? Il est à la fois méthodique et efficace. Il ne laisse rien au hasard. Il veut tout.

Betsey rouvrit les yeux, me dévisagea, ourla ses lèvres d'un rouge éclatant.

— Il y a encore autre chose, me dit-elle, l'air grave. Et c'est important.

Je pris le temps de déposer un baiser sur sa bouche avant de lui demander de quoi il s'agissait.

— J'aimerais quand même remonter dans la

chambre avec toi. Ensuite, on aura tout le temps d'éplucher nos vieux dossiers pleins de poussière.

— Je trouve ce plan extrêmement astucieux, répondis-je en souriant. Surtout la première partie.

## 20

À 15 heures, nous avions réintégré les bureaux du FBI. Betsey avait pris toutes les dispositions nécessaires, et les archives de la First Union nous attendaient sur place. Il ne nous restait plus qu'à nous immerger dans la paperasse. L'épicerie du coin nous livra des sandwiches et du thé glacé.

À deux reprises.

— J'aimerais qu'on m'explique pourquoi on prend cette affaire tellement à cœur, fit Betsey.

— C'est sûrement lui qui a tué Walsh, et peut-être Mike Doud. C'est un vrai malade, et il court toujours. Il y a de quoi s'affoler.

Elle hocha la tête d'un air affligé.

— Nous aussi, nous sommes de vrais malades, et regarde où ça nous a menés. Tu veux bien me passer cette pile ? Oh, quand je pense au Four Seasons. On était bien, on était au calme, on pouvait bronzer.

Il était environ 23 heures lorsqu'une petite photo noir et blanc, perdue au milieu des archives de la First Union, attira mon attention.

— Betsey !

— Mmmmm ? fit-elle, noyée dans ses dossiers.

— Ce type faisait partie des responsables de la sécurité. Et c'est l'un des pensionnaires du cinquième étage à Hazelwood. Je le connais, Betsey. Je lui parlé cette semaine. Dans son dossier, à l'hôpital, il n'est pas indiqué qu'il a travaillé à la First Union. C'est notre homme. Forcément.

Je lui passai la photo.

Il fut aussitôt décidé que Sampson et moi retournerions à Hazelwood le lendemain matin. Pendant ce temps, Betsey réunirait tous les renseignements qu'elle pourrait obtenir sur un patient du nom de Frederic Szabo. Frederic Szabo, la terreur !

Tout désignait Szabo. Il avait été directeur de la sécurité à la First Union Bank, il était grand, et barbu, comme dans la description de Brian Macdougall. À en croire son dossier psychiatrique, il était régulièrement sujet à des fantasmes paranoïaques dans lesquels les cinq cents sociétés les plus riches de la planète jouaient un rôle non négligeable. Il nous avait toutefois semblé trop renfermé, trop mal dans sa peau pour pouvoir endosser le rôle du Cerveau.

Restait que son dossier médical ne faisait pas mention du poste qu'il avait occupé à la First Union. Szabo, y lisait-on, avait vécu en marginal depuis le Vietnam, changeant régulièrement de domicile. Nous savions à présent qu'il avait menti.

Selon son profil psychiatrique, Szabo souffrait de troubles de la personnalité avec tendances paranoïaques. Il se méfiait de tout le monde, notamment des sociétés qui, il en était persuadé, ne cherchaient qu'à l'exploiter et à le tromper. S'il faisait une confidence à quelqu'un, cette personne allait, bien évidemment, s'en servir contre lui. Au cours des deux années qu'avait duré son mariage, du début de 1970 à la fin de 1971, Szabo avait preuve d'une hypersensibilité et d'une jalousie pathologiques. Et quand sa femme l'avait quitté, il avait entamé une vie d'errance. Il avait débarqué à Hazelwood, bien mal en point, trois ans avant les braquages. La First Union l'avait licencié un an plus tôt. Lors de ses fréquents séjours à l'hôpital, il s'était toujours montré froid et hautain. Il ne parlait à personne. Il ne se faisait jamais d'amis, mais tout le monde le trouvait inoffensif. Et surtout, il avait généralement l'autorisation de se déplacer comme il voulait dans et hors de l'enceinte de l'établissement.

Après avoir réétudié le dossier de Szabo, je me fis la réflexion qu'il avait trouvé, à la First Union, le job parfait. À l'instar de nombreux paranoïaques actifs, Szabo s'était mis en quête d'un poste susceptible de lui permettre de punir et de faire la leçon en toute... impunité. Grâce à sa qualité de responsable de la sécurité, il pouvait se consacrer entièrement à sa psychose des agressions. En protégeant le périmètre de la banque, c'était lui-même qu'il protégeait inconsciemment.

Paradoxalement, en organisant une série de hold-up réussis, il avait prouvé, sur un plan symbolique tout au moins, qu'il était impossible de le protéger des attaques des autres. Peut-être était-ce ce qu'il avait voulu démontrer.

Sa défiance pathologique rendait son traitement à l'hôpital difficile, pour ne pas dire impossible. Il avait effectué quatre séjours à Hazelwood au cours des dix-huit derniers mois. Cet établissement lui avait-il servi à couvrir ses activités criminelles ? Avait-il fait de Hazelwood son repaire ?

Si c'était le cas, restait à résoudre une autre énigme : pourquoi était-il toujours là ?

# 21

Je repris le travail à Hazelwood le lundi matin, vêtu d'un pantalon en velours assez ample pour dissimuler l'arme que je portais à la cheville, et d'une chemise blanche que je laissais flotter. Un agent du FBI du nom de Jack Waterhouse, déguisé en employé à tout faire, était venu grossir nos rangs. Sampson jouait toujours au porteur et gardien, mais il ne quittait plus le cinquième.

Frederic Szabo ne faisait rien qui pût attirer les soupçons ou le trahir d'une quelconque manière. Il demeura confiné dans son service trois jours de suite. Il passait beaucoup de temps à dormir dans sa chambre. Il lui arrivait de travailler sur un vieil Apple portable.

Que manigançait-il ? Se savait-il surveillé ?

Mercredi soir, après mon service, je retrouvai Betsey à l'intérieur du bâtiment administratif. Tailleur bleu marine, escarpins assortis. Elle était plongée dans son enquête, et notre week-end idyllique paraissait déjà bien loin. Par moments, elle me semblait si préoccupée, si distante, que j'avais l'impression d'avoir quelqu'un d'autre en face de moi.

Elle aussi commençait à perdre patience.

— Il a préparé son grand projet pendant plus de trois ans, d'accord ? Il est censé avoir planqué quinze millions de dollars quelque part. Il a tué je ne sais combien de personnes pour les obtenir. Et il serait ici, à Hazelwood, en train de mariner dans sa chambre ? À qui voudrais-tu faire croire une chose pareille ?

— Il souffre de paranoïa aiguë, lui dis-je. C'est un psychopathe. Il n'est pas impossible qu'il sache que nous sommes ici. Peut-être devrions-nous nous retirer de l'hôpital et le surveiller de l'extérieur. Le Dr Cioffi l'autorise à se déplacer comme il le veut.

Betsey ne cessait de tirer sur les revers de sa veste, et je commençais à craindre qu'elle ne finisse par s'arracher les cheveux.

— Mais il ne va nulle part ! C'est un traîne-savates de cinquante balais ! Un loser complet !

— Je sais, Betsey. Voilà trois jours que je regarde Szabo roupiller et jouer sur Internet.

Elle eut un rire dépité.

— Bref, il commet cinq crimes parfaits — enfin, cinq à notre connaissance. Et il se met au vert.

— Oui, chez les dingues.

— Veux-tu savoir ce que moi, j'ai fait aujourd'hui ? me demanda-t-elle.

J'opinai.

— J'ai commencé par passer à la First Union, où j'ai discuté avec tous ceux qui ont connu Szabo. D'après eux, il prenait son travail très au sérieux. C'était même un maniaque de l'efficacité et de la précision. On se moquait parfois de lui.

— De quelle manière ?

— Szabo avait un surnom, Alex. Tiens-toi bien : on l'appelait le Cerveau ! Pour rire, bien entendu.

— Et aujourd'hui, c'est lui qui se fout de notre gueule.

## 22

Une chose très étrange se passa le lendemain matin. Dans le couloir, Szabo me bouscula légèrement. Il fit mine d'être confus, bredouilla qu'il avait « perdu l'équilibre », mais j'étais presque certain qu'il l'avait fait exprès. Pourquoi ? Qu'est-ce que cela cachait ?

Environ une heure plus tard, je le vis quitter le service. Il devait se douter que je le surveillais. Dès qu'il fut dehors, je me précipitai à la porte et demandai à l'employé qui l'avait laissé sortir où il était allé.

— En salle de gym. Szabo est autorisé à aller où il veut, à l'intérieur comme à l'extérieur de l'hôpital.

À force de jouer les légumes, il avait fini par m'endormir.

— Dites à l'infirmière-chef que j'ai dû filer.

— Dites-le-lui vous-même, me rétorqua-t-il, mauvais, en me barrant le chemin.

Il fallut que je le bouscule.

— Allez le lui dire. C'est important.

Je sortis du service et pris le monte-charge caractériel qui tenait lieu d'ascenseur pour descendre au rez-de-chaussée. Frederic Szabo détestait les salles de gym. Je me souvenais l'avoir lu dans son dossier médical. Où se rendait-il en réalité ?

Je sortis au pas de course et l'aperçus se dirigeant à grandes enjambées vers le bâtiment voisin. Grand et barbu. Exactement comme nous l'avait décrit Brian Macdougall.

Il passa devant la salle de gym sans s'arrêter, ce qui ne me surprit pas.

Szabo avait décidé de prendre le large !

Je le suivis, à bonne distance. Il paraissait nerveux et agité. Il tourna la tête dans ma direction, mais j'eus le temps de me mettre à couvert. Il ne m'avait sans doute pas vu.

Il franchit le portail de l'hôpital, se retrouva dans le brouhaha de la rue, poursuivit sa marche en direction du sud. Le plus tranquillement du monde.

Deux carrefours plus loin, il s'engouffra dans l'un des trois taxis qui attendaient devant le Holiday Inn.

Je pris le suivant, en demandant au chauffeur de le suivre.

C'était un Indien.

— Quelle direction, monsieur ?

— Je n'en sais rien, lui répondis-je en montrant ma plaque.

Et l'autre de gémir, incrédule :

— Oh, et dire qu'il fallait que ça tombe sur moi. Comme au cinéma — suivez ce taxi.

# 23

Szabo descendit de son taxi sur Rhode Island Avenue, dans Northwest. Je fis de même. Il s'accorda un instant de lèche-vitrines. Je le trouvais plus détendu. À présent qu'il avait quitté l'hôpital, ses tics nerveux s'étaient calmés. Comme par miracle.

Il pénétra dans un immeuble du début du siècle, une vraie ruine dont une blanchisserie chinoise, A. LEE, occupait le rez-de-chaussée.

J'étais en train de me demander s'il allait essayer de me semer en empruntant une sortie donnant dans une ruelle lorsque je vis de la lumière au deuxième étage. Une silhouette grande et barbue passa plusieurs fois devant les fenêtres. C'était bien lui.

Mille questions me venaient à l'esprit. Personne, à Hazelwood, ne savait que Szabo avait un appartement à Washington. Son dossier n'en faisait aucunement mention.

Szabo était décrit comme un vagabond perdu pour la société, inoffensif, sans domicile fixe. Une image qu'il avait soigneusement bâtie. J'avais enfin réussi à percer l'un de ses secrets...

J'attendis dans la rue. Pour l'instant, je n'avais pas

le sentiment de courir le moindre danger. Pour l'instant.

J'attendis ainsi deux bonnes heures, sans le revoir à la fenêtre. Que faisait-il ? Le temps file quand on est en sursis...

Puis la lumière s'éteignit.

Je scrutai l'immeuble avec une appréhension grandissante. Szabo ne ressortait plus. Où était-il passé ?

Cinq minutes plus tard, il réapparut enfin sur le perron. Ses tics avaient repris. Peut-être ne simulait-il pas, en fin de compte.

Il se frottait continuellement les yeux et le menton, tressaillait, tirait sur sa chemise, se passait la main dans les cheveux.

J'avais du mal à croire que cet homme, visiblement mal en point, pût être celui que nous recherchions. Si nous avions fait fausse route, tout était à recommencer.

Szabo regardait nerveusement autour de lui. Il ne pouvait me voir, caché dans l'ombre d'un autre immeuble. De quoi avait-il donc peur ?

Il s'éloigna. Je le vis remonter l'avenue, puis héler un taxi.

Cette fois-ci, je ne le suivis pas. J'aurais bien voulu, mais il fallait d'abord que je vérifie quelque chose. J'avais comme un pressentiment. Je traversai la rue en courant et entrai dans l'immeuble où Szabo avait passé une bonne partie de l'après-midi.

Je devais absolument savoir. Oui, autant l'admettre, ce type me rendait fou. C'était lui qui finissait par me donner des tics nerveux.

## 24

Un petit outil de poche dont je ne me sépare jamais me permit de crocheter la serrure en moins de temps qu'il n'en faut pour prononcer les mots « entrée par effraction ». Personne ne saurait que j'avais mis les pieds dans cet appartement.

Je comptais jeter un coup d'œil rapide, sans m'attarder. Je ne m'attendais guère à trouver des preuves susceptibles de l'impliquer dans le kidnapping de la MetroHartford ou les braquages, mais je voulais voir à quoi ressemblait cet endroit. Les rapports des médecins d'Hazelwood ne disaient pas tout. Pour comprendre le Cerveau, il fallait que j'en sache davantage.

Il collectionnait les couteaux de chasse et les armes anciennes. Il y avait là des fusils de la guerre de Sécession, des Luger allemands, des Colt américains. Des souvenirs du Vietnam : un sabre de cérémonie, et un drapeau nord-vietnamien, celui du bataillon K10. Et, surtout, des livres et des revues. *The Evil That Men Do, Crime et Châtiment, The Shooting Gazette, Scientific American.*

Rien de bien bouleversant, somme toute. Le plus étonnant restait l'existence de cet appartement.

— Szabo, est-ce toi, le Cerveau ? finis-je par demander à voix haute. À quoi joues-tu, dis-moi ?

Je fis rapidement le tour du séjour, de la chambre et d'un recoin qui, manifestement, tenait lieu de bureau.

Szabo, est-ce ici que tu as tout comploté ?

Une lettre manuscrite inachevée reposait sur le petit bureau. Je la lus.

*À l'attention de M. Arthur Lee*
*Blanchisserie A. Lee*

*Ceci est un avertissement, et si j'étais vous, je le prendrais très au sérieux.*

*Voici trois semaines, je vous ai confié des vêtements à nettoyer à sec. Lorsque je donne mes vêtements à nettoyer, je joins toujours une liste complète des articles, en décrivant brièvement chaque article, et je place cette liste dans le sac.*

*J'en conserve toujours une copie.*

*Ma liste est rationnelle et efficace.*

Szabo se plaignait ensuite de ne pas avoir retrouvé certains de ses vêtements. Il s'était adressé à la blanchisserie, où on lui avait promis de les lui déposer sans délai. Ce qui n'avait pas été fait.

*Je prends la peine de me rendre dans votre blanchisserie. Je m'entretiens avec VOUS, et voilà que VOUS avez le culot de me dire que vous n'avez pas mes vêtements. Et pour couronner le tout, vous m'annoncez que c'est sans doute mon concierge qui me les a volés !*

*Je n'ai pas de concierge, imbécile! J'habite le même immeuble que vous!*

*Considérez-vous comme prévenu.*

*Frederic Szabo.*

La lecture de cette lettre bizarre, folle, inconséquente, me laissait perplexe. La blanchisserie A. Lee était-elle la prochaine cible de notre homme?

En ouvrant les tiroirs d'un petit secrétaire, je découvris d'autres lettres adressées à diverses sociétés : la Citibank, la Chase, la First Union, Exxon, Kodak, Bell Atlantic et bien d'autres.

Toutes des lettres de menaces plus insensées les unes que les autres. Je retrouvais là le Frederic Szabo que décrivaient les médecins : un homme de cinquante et un ans aigri, paranoïaque, atrabilaire, qui depuis dix ans n'avait jamais réussi à conserver un emploi.

Je me posais de plus en plus de questions. Mes doigts coururent sur l'arête d'une haute armoire à classement. Il y avait des documents posés sur le meuble.

Des plans de toutes les agences bancaires qui avaient été braquées.

Et celui de l'hôtel Renaissance Mayflower!

— Mon Dieu, c'est bien lui! m'écriai-je. Mais pourquoi avoir conservé ces plans?

Je ne sais plus très bien ce qui se passa ensuite. Est-ce un changement dans la lumière, un mouvement à la périphérie de mon champ de vision? Je fis volte-face. Mes yeux s'écarquillèrent de stupeur. Mon cœur s'arrêta.

Un homme se ruait sur moi en brandissant un couteau de chasse. Il portait un masque de Bill Clinton. Et il hurlait mon nom!

## 25

— Cross !

Des deux mains, je saisis le bras qui allait s'abattre sur moi, armé d'un couteau qui ressemblait beaucoup à tous ceux que j'avais vus exposés dans l'autre pièce. Il y avait beaucoup de force dans ce bras. Si c'était celui de Szabo, l'homme était bien plus robuste et agile qu'il ne l'avait laissé paraître à l'hôpital.

— Que faites-vous ? hurla l'homme masqué, hystérique. Comment osez-vous ? De quel droit touchez-vous à ce qui m'appartient ? Ces lettres sont des lettres privées !

En pivotant sur ma jambe droite, je réussis à faire basculer la main qui tenait le couteau. La lame s'enfonça de plusieurs centimètres dans le bois du bureau. Mon agresseur émit une série de grognements et de jurons.

Et maintenant, quoi ? Je ne pouvais prendre le risque de me baisser pour dégainer l'arme fixée à ma cheville. L'homme dégagea son couteau sans difficulté, porta un coup en arc de cercle qui me manqua de quelques centimètres à peine. J'entendis la lame siffler près de ma tempe.

— Vous allez mourir, Cross !

Sur le bureau, j'aperçus une balle de base-ball en verre taillé, le seul objet susceptible de me servir d'arme. Je réussis à l'attraper et à la balancer de toutes mes forces.

Le presse-papier heurta le côté du crâne et j'entendis un craquement. L'homme rugit comme un animal blessé, vacilla en arrière, mais ne tomba pas.

J'en profitai pour me baisser et prendre mon Glock. À la seconde tentative, je parvins à libérer le pistolet de son étui.

L'autre balaya de nouveau l'espace avec son arme blanche aux dimensions impressionnantes.

— Arrête ! hurlai-je. Arrête ou je tire.

Il avançait toujours en éructant des paroles incompréhensibles. La lame fouetta l'air et m'entailla, cette fois, le poignet droit. J'eus la sensation d'une brûlure atroce.

Je fis feu. La balle de mon Glock érafla l'épaule de mon assaillant, sans le décourager pour autant. Il encaissa l'impact, se redressa.

— Allez vous faire foutre, Cross ! Vous êtes rien du tout !

Je fonçai sur lui, tête la première, en m'efforçant de viser la zone où je l'avais légèrement blessé.

Il poussa un hurlement suraigu, effroyable, puis laissa tomber son arme.

Je le pris à bras-le-corps et, de toute la force de mes jambes, je parvins à l'entraîner jusqu'au mur. Le choc fit trembler tout l'immeuble.

J'entendis quelqu'un taper au mur dans l'appartement voisin en se plaignant du bruit.

— Appelez la police ! criai-je. Faites le 911 !

Cloué au sol, le colosse me déchirait les oreilles. Je l'avais blessé, gémissait-il. Ce qui ne l'empêchait pas de se débattre et d'insister. Un bon crochet à la mâchoire le réduisit au silence. Il s'immobilisa enfin, et je pus arracher son masque.

C'était Szabo.

— Le Cerveau, c'était toi, fis-je en tentant de reprendre mon souffle.

— J'ai rien fait, me rétorqua-t-il. (Il essaya de se libérer de mon emprise, se mit à proférer des jurons.) C'est vous qui êtes entré chez moi par effraction. Espèce d'idiot ! Vous êtes tous des idiots ! Écoutez-moi, ducon. Écoutez-moi. Vous vous êtes trompé de mec !

# 26

L'atmosphère de folie qui régnait dans l'immeuble illustrait parfaitement l'arrestation délirante à laquelle je venais de procéder. Une équipe de spécialistes du FBI débarqua sur les lieux moins d'une heure après. Je connaissais deux d'entre eux, Greg Wojcik et Jack Heeney, croisés sur d'autres affaires. C'étaient des hommes hautement compétents. Dès leur arrivée, ils entreprirent de démonter l'appartement.

La fouille minutieuse se déroula sous mes yeux. Les techniciens recherchaient des fausses cloisons, des lattes de plancher disjointes, toutes les caches où Szabo aurait pu dissimuler des preuves, voire entreposer ses quinze millions de dollars.

Betsey Cavalierre arriva juste après les hommes du FBI. J'étais content de la voir. Nous tentâmes d'interroger Szabo, mais il ne desserrait pas les dents. Un instant surexcité, silencieux et amorphe la minute suivante, il paraissait plus atteint que jamais. Il me cracha dessus plusieurs fois — après tout, n'était-ce pas sa grande spécialité, si l'on en croyait son dossier médical ? Szabo cracha jusqu'à ce qu'il manque de salive, puis il se mura dans le silence, les bras autour du corps, comme s'il avait oublié sa blessure.

Il ferma les yeux pour ne plus nous voir. C'était fini ; il ne réagissait plus. Les infirmiers l'emmenèrent dans l'ambulance.

— Où est l'argent ? se demanda Betsey en le regardant partir.

— Il est le seul à le savoir, et il refuse de dire un mot. Jamais je ne me suis senti autant à côté de la plaque au cours d'une enquête.

Le vendredi fut un jour sinistre et pluvieux. Betsey m'accompagna au Metropolitan Detention Center où Frederic Szabo était détenu.

Une meute de journalistes s'était rassemblée autour du bâtiment. Protégés de la pluie battante et des caméras par un immense parapluie noir, nous nous frayâmes un chemin au milieu de la foule sans dire un mot.

— Pauvres vautours, maugréa Betsey. Il y a trois certitudes dans la vie : la mort, les impôts et la partialité de la presse.

— Oui, et une fois qu'une connerie est publiée, elle est définitive, fis-je, histoire de renchérir.

Nous retrouvâmes Szabo dans un petit local impersonnel contigu aux cellules. Il ne portait plus de camisole mais semblait totalement déphasé. Son avocate — désignée d'office — était présente. À en juger par son attitude, Lynda Cole n'appréciait pas son client davantage que nous.

Je m'étonnais qu'il n'eût pas choisi un ténor du barreau, mais tout ce que faisait cet homme était, somme toute, étonnant. Il ne raisonnait pas comme les autres, et sans doute était-ce là sa grande force. Une particularité dont il était fier, mais qui avait peut-être fini par causer sa perte.

Cette fois encore, durant plusieurs minutes, Szabo refusa de nous adresser la parole. Nous avions préparé une batterie de questions auxquelles il resta totalement imperméable. Était-ce en partie parce qu'on avait augmenté le dosage de ses tranquillisants ? J'en doutais, et je me demandais s'il n'était pas en train de nous jouer la comédie, une fois de plus.

— C'est sans espoir, conclut Betsey au bout d'une heure.

Elle avait raison. Nous perdions notre temps.

Lorsque nous nous levâmes, Lynda Cole en fit autant. Elle n'avait prononcé que quelques mots, mais à quoi bon parler si son client refusait d'ouvrir la bouche ? Et Szabo, subitement, détacha son regard de la table, de ce point qu'il fixait depuis une vingtaine de minutes.

Il me dévisagea et, enfin, me dit :

— Vous vous êtes trompé de mec.

Après quoi il me gratifia d'un grand sourire. Un vrai sourire d'illuminé. Et j'en ai vu, des illuminés, dans ma carrière...

# 27

Retour à Hazelwood, où des tonnes de sale travail nous attendaient encore. Sampson était là pour nous accueillir. Ce soir-là, à 22 h 30, nous avions fait le tour de tout ce qui pouvait nous intéresser à l'hôpital. Nous avions réussi à identifier dix-neuf membres du personnel ayant côtoyé Szabo, et en tête de liste figuraient les six médecins qui l'avaient soigné.

Nous avions collé toutes les photos au mur, et je les contemplais en faisant les cent pas. J'attendais la révélation salvatrice. Où donc était passé l'argent ? Comment Szabo avait-il pu réussir à diriger, à distance, ses équipes de braqueurs ?

Je me rassis. Betsey en était à son sixième ou septième Coca Light et moi, je la suivais, mais au café. Nous avions reparlé du mystérieux suicide de James Walsh, et de la disparition aussi soudaine qu'énigmatique de Michael Doud. Szabo avait refusé de répondre à nos questions concernant ces deux agents. Quelle raison aurait-il eu de les tuer ? Quel était son véritable objectif ?

— Tu crois vraiment qu'un taré comme Szabo

aurait pu monter toutes ces opérations ? me demanda Betsey.

— Je ne sais plus, répondis-je en poussant ma chaise. Il est tard, de nouveau. Je suis crevé, Betsey. Je rentre me coucher. On verra demain.

Les plafonniers nous aveuglaient. Betsey se tourna vers moi, les yeux rougis, le regard vide. J'avais envie de la prendre dans mes bras, mais une demi-douzaine d'agents travaillaient encore dans la pièce. J'aurais tellement aimé pouvoir la serrer dans mes bras et lui parler de tout, sauf de l'enquête.

— Bonne nuit, lui dis-je enfin. Essaie de dormir un peu.

— Bonne nuit, Alex. (Et elle articula en silence :) Tu me manques.

— Sois prudente. Fais attention sur la route.

— Je fais toujours attention. C'est toi qui ferais bien d'être un peu plus prudent !

Je réussis tant bien que mal à rentrer et à monter me coucher. Je travaillais trop depuis trop longtemps et peut-être était-il sérieusement temps de songer à quitter la police. Il ne me fallut que quelques secondes pour m'endormir. Vers 2 h 20, j'étais déjà réveillé. Je venais de faire un rêve dans lequel je discutais avec Frederic Szabo. J'avais également parlé à un autre témoin de l'enquête. Et là...

C'est le pire des moments pour se réveiller. D'ordinaire, je ne me rappelle pas mes rêves, ce qui signifie probablement que je les réprime, mais cette fois-ci, les dernières minutes m'apparurent avec une netteté déconcertante.

Tony Brophy, le braqueur, avait décrit sa rencontre avec le Cerveau. Face à une rampe de projecteurs, il n'avait pu distinguer qu'une silhouette. Mais la tête dont il se souvenait n'était pas, et de loin, celle de Frederic Szabo. Il était question d'un long nez busqué et de grandes oreilles. Brophy avait parlé des oreilles à plusieurs reprises. « De grandes oreilles, comme une voiture portières ouvertes. » Or Szabo, lui, avait de petites oreilles et un nez normal.

Un autre nom me vint alors à l'esprit. Nom de Dieu ! Je sautai du lit, mis le nez à la fenêtre, le temps de m'éclaircir les idées. Puis j'appelai Betsey.

Elle décrocha à la deuxième sonnerie. Sa voix était à peine audible.

— C'est Alex. Désolé de te réveiller à une heure pareille, mais je crois savoir qui est le Cerveau.

— Attends, bougonna-t-elle, je dois être en train de faire un mauvais rêve...

— On peut même parler de cauchemar.

## 28

Il y avait deux Cerveaux. Cette explication qui m'avait initialement paru impensable éclairait à présent bien des zones d'ombre de l'enquête.

Szabo était l'un d'eux. Un maniaque de l'efficacité et de la perfection que ses collègues, par dérision, avaient surnommé le Cerveau. Mais il y avait un autre Cerveau qui ne faisait pas sourire autour de lui et ne passait pas son temps à rédiger des lettres de menaces dans une chambre d'hôpital.

Il me fallut quelques minutes pour convaincre Betsey du bien-fondé de ma théorie. Restait à appeler Kyle, à Quantico. Nos arguments finirent par le persuader de nous donner le feu vert. L'enquête repartait dans une direction entièrement nouvelle. Et quel rebondissement !

À 11 heures, Betsey et moi embarquions déjà à bord d'un avion sur l'aérodrome de Bolling. Cela devenait une habitude. Quelques semaines plus tôt, je n'avais encore jamais mis les pieds à Bolling et maintenant, je fréquentais ce petit terrain plus souvent que l'aéroport national de Washington, aujourd'hui rebaptisé aéroport Ronald Reagan.

Deux heures plus tard, nous atterrissions à Palm Beach, dans le sud de la Floride. Une fois sorti de l'appareil, on se serait cru dans une serre, mais l'humidité et la chaleur ne me gênaient même pas. J'étais trop fébrile, survolté à l'idée de voir l'énigme bientôt résolue. Des agents du FBI étaient venus nous accueillir. On les avait placés, eux aussi, sous l'autorité de Betsey.

Dès que nous eûmes quitté le petit aéroport ultramoderne, nous suivîmes l'Interstate 95 vers le nord durant une quinzaine de kilomètres avant de tourner à droite en direction de Singer Island. Le soleil se noyait dans le ciel d'azur comme une goutte de citron.

Plus je réfléchissais à mon hypothèse, plus j'étais persuadé que nous étions sur la bonne piste. Une image parfaitement claire me revenait régulièrement à l'esprit.

C'était la photo d'un psychiatre, le Dr Bernard Francis. Je l'avais vue agrafée dans son dossier, et j'en avais aperçu deux autres au mur, dans le bureau du Dr Cioffi. Bernard Francis était grand. Il avait le crâne dégarni, le front large et un nez busqué. Il avait aussi de grandes oreilles en feuilles de chou. Une voiture aux portières ouvertes.

Francis avait soigné Frederic Szabo durant neuf semaines en 1997, puis durant cinq mois l'an passé. En fin d'année, il était allé s'installer en Floride, officiellement pour travailler à l'hôpital pour anciens combattants de West Palm. Une fois le lien avec Francis établi, d'autres pièces du puzzle se mettaient en place. L'an passé, selon les rapports de suivi médical, le Dr Francis avait accompagné Szabo hors de l'établissement à trois reprises au moins. Des déplacements qui n'avaient rien d'exceptionnel en eux-mêmes, mais qui se révélaient extrêmement intéressants à la lumière de ma nouvelle théorie.

Durant le vol vers la Floride, j'avais eu le temps de relire les notes que le médecin avait consacrées à Szabo en 1997 et l'an dernier.

Dans l'une des premières, il s'interrogeait avec beaucoup de perspicacité :

*Le patient a-t-il réellement passé plus de vingt ans à faire des petits boulots dans tout le pays ? Cela me paraît peu crédible. Le supposé patient a un imaginaire très riche et il est possible qu'il ne nous dise pas tout. Qu'est-ce qui a précipité son arrivée à Hazelwood cette année ?*

Betsey et moi connaissions la réponse à cette question, et nous devinions que Francis l'avait trouvée, lui aussi. Frederic Szabo avait perdu son emploi de responsable de la sécurité à la First Union. Plusieurs agences de la First Union en Virginie et dans le Maryland avaient été victimes de hold-up dont les auteurs n'avaient pu être arrêtés. Szabo estimait n'avoir pas rempli son rôle, et il avait réussi à convaincre la banque. On l'avait licencié.

Peu après, en pleine dépression nerveuse, il s'était présenté à Hazelwood. Et la grande manipulation avait enfin pu commencer.

## 29

Nous décidâmes de faire surveiller le domicile du Dr Francis vingt-quatre heures sur vingt-quatre. Ce magnifique appartement de six pièces en terrasse, avec solarium, directement sur le front de mer, semblait excéder les moyens d'un psychiatre ordinaire affecté à un établissement pour anciens combattants. Mais bien entendu, le Dr Francis ne se considérait pas comme un psychiatre ordinaire.

Francis passait la soirée en compagnie d'une jeune femme blonde qui paraissait deux fois moins âgée que lui. Certes, le médecin, mince et en excellente forme physique, portait très élégamment ses quarante-cinq ans, mais la blonde était un vrai canon. Elle ne portait qu'un maillot de bain deux-pièces avec string noir, et des escarpins à talons hauts assortis. Elle passait son temps à ajuster son décolleté et à écarter les mèches qui lui tombaient sur le visage.

— Très seyant, commenta Betsey. Elle s'est trouvé un fiancé « mortel ».

Betsey, moi et deux autres agents campions dans un fourgon Dodge garé juste derrière la résidence. Le parking était quasiment plein, on ne nous remarquerait pas. Un périscope nous permettait d'épier Francis et son invitée. Ils se faisaient griller des steaks sur la terrasse. Le FBI avait déjà identifié la jeune femme. Danseuse dans « un restaurant-grill topless relativement chic » de West Palm, elle avait déjà été arrêtée plusieurs fois à Fort Lauderdale pour incitation à la débauche et prostitution. Elle s'appelait Bianca Massie, elle avait vingt-trois ans.

Le bon docteur câlinait sa blonde tout en préparant le repas. Puis tous deux disparurent une dizaine de minutes. Ils dînèrent ensuite sur la terrasse sans cesser de se faire du pied et de se caresser. Ils vidèrent une deuxième bouteille de cabernet Stag's Leap, puis s'éclipsèrent de nouveau.

— On voit quelque chose ? s'inquiéta Betsey. J'ai besoin de savoir ce qui se passe.

— L'homme qu'on a placé sur l'autre toit a une bonne vue de l'intérieur par les baies vitrées, nous signala l'un des agents présents dans le fourgon.

— C'est un bel appart de célibataire, fit la voix de l'intéressé. Beaux meubles, gravures sur tous les murs, enceintes Bose, du matériel de muscu. Le toubib a aussi un labrador noir. Il doit s'en servir pour draguer les filles sur la plage.

— Je ne pense pas qu'il l'ait draguée, dis-je. Je crois plutôt qu'il l'a louée pour la nuit.

— La jeune dame et lui sont très intimes en cet instant même, reprit la voix dans nos oreillettes. Le labrador a dû apprendre quelques positions à son maître. Ah, notre espion nous informe que le nez et les oreilles du Dr Francis sont plus développés qu'une autre partie de son anatomie.

Les rires firent baisser la tension d'un cran. Nous craignions un peu pour la fille, mais nous étions assez près pour pouvoir intervenir rapidement en cas de pépin.

— Oups, le toubib souffre apparemment d'un problème d'éjaculation précoce. La jeune femme n'a pas l'air trop vexée. Ah, elle lui a fait un petit bisou sur le crâne. Pauvre lapin...

— Il en a eu pour son argent, décréta Betsey.

Puis la blonde finit par s'en aller, et le spectacle torride s'arrêta là. Depuis sa terrasse, un verre de cognac à la main, le Dr Francis contemplait les reflets de la lune sur l'Atlantique.

— Voilà quelqu'un qui sait vivre, murmura Betsey. Ah, le clair de lune à Miami...

— Pour s'offrir sa place au soleil, il n'a tué qu'une douzaine de personnes.

Vers minuit, le téléphone portable de Francis sonna. Nous avions pris la précaution de le mettre sur écoute. On nous retransmit la communication à l'intérieur du fourgon.

L'appel avait l'air intéressant. Betsey et moi échangeâmes un regard. L'interlocutrice paraissait nerveuse.

— Bernie, ils sont revenus et ils fouillent partout. Maintenant, ils se renseignent sur le personnel. Ils...

— Il est tard, coupa Francis. Je t'appellerai demain matin. C'est moi qui appelle. Ne m'appelle pas ici, je te l'ai déjà dit. Sois gentille, ne recommence pas.

Et le Dr Francis raccrocha sèchement avant de vider son verre de cognac.

Betsey me poussa du coude. Pour la première fois de la soirée, elle souriait.

— Alex, as-tu reconnu la voix ?

Et comment...

— La belle et talentueuse Kathleen McGuigan. Notre infirmière-chef est dans le coup. Tout finit par concorder, tu ne trouves pas ?

# 30

Il était vraiment facile de détester le Dr Bernard Francis. C'était un rebut de l'humanité, un tueur éprouvant du plaisir à faire souffrir ses victimes. Notre surveillance nocturne en devenait, du coup, presque supportable. Nous nous raccrochions à l'idée que Francis était le Cerveau et que nous allions bientôt l'épingler aux murs de sa résidence de stuc rose, au style faussement méditerranéen.

Kathleen McGuigan ne tenta pas de rappeler Francis cette nuit-là. Lui ne l'appela pas non plus. Vers 1 heure du matin, il rentra se coucher et activa son système d'alarme.

— Fais de beaux rêves, mon salaud, marmonna Betsey lorsque la lumière s'éteignit.

L'un des agents qui nous accompagnaient enrageait.

— On sait où il habite, on sait que c'est lui qui a fait le coup — même si on ne sait pas comment — et on ne peut pas l'embarquer maintenant ?

— Patience, patience, lui dis-je. On vient d'arriver. On l'aura. On aimerait simplement le voir encore un petit peu à l'œuvre. Cette fois-ci, il faut qu'on soit absolument certains. Et on veut récupérer l'argent volé.

Vers 2 heures, Betsey et moi abandonnâmes le « sous-marin » du FBI. Une voiture avait été mise à notre disposition. Nous quittâmes Singer Island pour rejoindre la 95, en direction du nord. Les autres avaient réservé des chambres au Holiday Inn de West Palm.

— Tu es d'accord ? me demanda Betsey, moins sûre d'elle que d'habitude. Il y a un Hyatt Regency quelques sorties plus loin.

— J'adore être avec toi, Betsey, répondis-je. Depuis le premier jour où on s'est rencontrés.

— Oui, Alex, je sais. Mais ce n'est pas assez, hein ?

Je l'aimais encore plus lorsqu'elle commençait à douter. Je fis, en plaisantant :

— Tu exiges franchise et honnêteté à 2 h 15 du matin ?

— Absolument. Je ne ferai aucun compromis.

— Ça va te paraître un peu bizarre, mais...

— Ce qui est bizarre ne me fait pas peur, dit-elle en souriant.

— Je ne sais pas trop où je vais en ce moment, je me laisse dériver. Ce n'est pas tellement mon genre, mais ça me fait peut-être du bien.

— Je crois aussi que tu n'es pas encore remis de ce que tu as vécu avec Christine. Je pense que tu as choisi la bonne attitude. Je te trouve courageux.

— Ou alors ridicule.

— Sans doute un peu des deux, mais en tout cas, tu n'attends pas que les choses se passent. Tu donnes l'apparence de quelqu'un de simple et d'inébranlable, dans le bon sens du terme, mais tu es en réalité très complexe, toujours dans le bon sens du terme. Tu dois te dire que c'est pareil pour moi.

— Non, en fait, je suis en train de me dire que j'ai eu de la chance de te rencontrer.

Elle me fixa de son regard incandescent, si beau.

— Nous ne sommes pas obligés de faire des projets, Alex. Je suis déjà heureuse d'avoir passé un moment inoubliable avec toi. Enfin, quoi qu'il en soit, tu veux bien rentrer avec moi, ce soir ? Dans mon petit pied-à-terre ? Mon humble chambre au Hyatt ?

— Oui, j'aimerais beaucoup. Vraiment beaucoup.

Alors que nous venions de nous garer devant l'entrée de l'hôtel, elle se pencha vers moi et m'embrassa. Je la serrai contre moi de toutes mes forces. Nous demeurâmes ainsi pendant de longues minutes.

— Tu vas tellement me manquer, chuchota-t-elle.

31

Ce fut une très, très courte nuit, et l'arrivée du jour nous consterna. Je repensais sans cesse à la phrase de Betsey : « Tu vas tellement me manquer ». À 9 heures, nous avions réintégré le sous-marin du FBI. Dans cet espace confiné, l'air était devenu presque irrespirable. Heureusement, dans un coin, deux seaux de glace fumante nous apportaient un peu de fraîcheur.

— Quoi de neuf, messieurs ? s'enquit Betsey. Avons-nous loupé quelque chose ? Le Cerveau Ramolli est déjà debout ?

On nous répondit que notre suspect était levé, qu'il n'avait pas encore appelé Kathleen McGuigan. Je fis une suggestion qui plut énormément à Betsey. Nous réussîmes à joindre Kyle Craig chez lui. Il trouva l'idée excellente.

Ce matin-là, vers 10 heures, des agents interpellèrent l'infirmière-chef McGuigan à Arlington, en Virginie. On l'interrogea. Elle disait tout ignorer des contacts entre le Dr Francis et Frederic Szabo. Elle niait toute implication, clamait que les allégations portées à son encontre étaient ridicules, qu'elle n'avait pas téléphoné à Francis la veille au soir et nous invitait à vérifier la liste de ses appels.

Pendant ce temps, on fouilla méthodiquement sa maison et son jardin. À midi, l'un des diamants de la rançon versée par la MetroHartford fut retrouvé. McGuigan, prise de panique, revint sur ses déclarations. Le Dr Francis, Frederic Szabo, les braquages et les exécutions, oui, elle était au courant.

— Oui, oui, oui ! s'écria Betsey Cavalierre en apprenant la nouvelle. (Elle fit un bond à l'arrière du fourgon, se cogna la tête.) Ouille ! Pas grave. On le tient ! Le Dr Francis va plonger.

Peu après 14 heures, en traversant la belle pelouse et en gravissant les marches de briques, je sentis mon cœur s'affoler. Le grand moment était pour bientôt. L'ascenseur nous déposa au dernier étage. La terrasse, le repaire du Cerveau.

— On va enfin pouvoir se faire plaisir, dis-je.

— J'ai hâte de voir sa tête, fit Betsey en sonnant. Assassin de merde. Dring, devine qui est à la porte ? De la part de Walsh et de Doud.

— Et du petit Buccieri, et de toutes ses autres victimes...

Le Dr Francis ouvrit la porte. Bronzé, pantalon de survêtement des Florida Gators, T-shirt des Miami Dolphins, pieds nus. Difficile d'imaginer que cet homme avait sur la conscience des meurtres effroyables, commis avec le plus grand sang-froid. Chez les tueurs, les apparences sont souvent trompeuses.

Betsey se chargea des présentations, puis expliqua que nous faisions partie de l'équipe chargée d'enquêter sur la prise d'otages de la MetroHartford et un certain nombre de hold-up perpétrés sur la côte Est.

Francis parut décontenancé.

— Je ne suis pas sûr de comprendre la raison de votre présence ici. Il y a quoi... près d'un an que je ne suis pas allé à Washington. Je vois mal comment je pourrais vous aider pour des hold-up commis dans le nord. Êtes-vous certains d'être à la bonne adresse ?

J'intervins.

— Pouvons-nous entrer, docteur Francis ? C'est bien la bonne adresse, croyez-moi. Nous voudrions vous parler au sujet de l'un de vos anciens patients, du nom de Frederic Szabo.

Francis prit un air encore plus perplexe. Il interprétait parfaitement son rôle, ce qui ne me surprenait guère.

— Frederic Szabo ? Vous me faites marcher, dites ?

— Pas le moins du monde, lui rétorqua Betsey.

Francis s'anima. Son visage et sa nuque s'empourprèrent.

— Je serai à mon bureau de West Palm demain. L'hôpital se trouve sur Blue Heron. Nous pourrons parler de mes anciens patients si vous voulez. Frederic Szabo ? Mon Dieu, cela remonte à près d'un an. Qu'a-t-il fait ? Ne me dites pas que c'est au sujet des lettres de menaces qu'il a envoyées à toutes les grosses boîtes du pays ? Vous êtes impayables, vous. Maintenant, vous voudrez bien partir de chez moi.

Il tenta de me claquer la porte au nez, mais je réussis à la bloquer de la paume de la main. Mon cœur battait toujours aussi bruyamment. Je savourais ces instants de victoire.

— Cela ne peut pas attendre lundi, docteur, dis-je. Cela ne peut pas attendre du tout.

Il soupira, plus agacé que jamais.

— Bon, d'accord, j'allais me faire un peu de café. Entrez, s'il le faut absolument.

— Il le faut, répondis-je au Cerveau.

## 32

— Je me demande bien ce que vous faites ici, répéta-t-il.

Nous le suivîmes dans la verrière qui surplombait le ressac. Ce panorama extraordinaire valait bien quelques meurtres. Le soleil de l'après-midi semait une pluie d'étoiles et de diamants sur les eaux bleutées de l'Atlantique. Pour le Dr Bernard Francis, c'était tous les jours la belle vie.

— Frederic Szabo vous a mâché le travail, n'est-ce pas ? commençai-je afin de briser la glace. Il rêvait de se venger des banques et il avait peaufiné un fantasme très élaboré. Il avait le savoir-faire, l'obsession, les contacts. N'est-ce pas ainsi que les choses se sont passées ?

— Mais de quoi parlez-vous ? fit-il en nous regardant comme si nous étions aussi perturbés que ses malades.

J'ignorai son air et son ton condescendants.

— Lors de ses séances de thérapie, Szabo vous a exposé ses plans. Son sens du détail et de la précision vous a impressionné. Il avait pensé à tout, vraiment à tout. Vous avez également appris que, contrairement à ce que mentionnait son dossier, il n'avait pas passé son temps à errer d'une ville à l'autre depuis le Vietnam. Il avait travaillé pour la First Union Bank. Quelle surprise ! Il était responsable de la sécurité. Il connaissait donc vraiment les banques et savait comment les dévaliser. Il était fou, mais pas comme vous l'imaginiez.

Francis alluma une cafetière électrique.

— Je ne vous ferai pas l'honneur de répondre à un tel tissu de conneries. Je vous aurais volontiers offert le café, mais je suis en colère. Vous m'avez sérieusement énervé. Soyez gentils. Finissez-en avec vos âneries, et allez-vous-en.

— Je ne veux pas de café, répliquai-je. C'est vous que je veux, Francis. C'est vous qui avez froidement assassiné toutes ces personnes. C'est vous qui avez tué Walsh et Doud. C'est vous le fou qui se fait appeler le Cerveau. Pas Frederic Szabo.

— Non, c'est vous qui êtes fou, contre-attaqua le psychiatre. Vous êtes tous les deux fous. Moi, je suis un médecin respecté, j'ai été officier, décoré.

Et presque malgré lui, il se mit à sourire. Un sourire qui voulait dire : je peux faire tout ce que je veux, vous n'êtes rien pour moi, je fais ce que j'ai envie de faire. Cet horrible sourire, je le connaissais bien. Je l'avais déjà vu. Gary Soneji, Casanova, M. Smith, le Furet. Francis était un psychopathe, lui aussi, et il n'avait rien à envier aux tueurs fous que j'avais déjà arrêtés ou abattus. Peut-être s'était-il senti sous-estimé à force de ne travailler que dans des établissements pour anciens combattants, mais sa névrose devait avoir des sources encore plus profondes.

— L'un des braqueurs que vous avez envisagé de recruter s'est souvenu de vous. Il nous a décrit un homme avec un nez busqué et de grandes oreilles. Ce n'est pas Frederic Szabo.

Francis abandonna sa cafetière, émit un rire sec et désagréable.

— Oh, quelle preuve irréfutable, inspecteur ! Je donnerais cher pour vous entendre la soumettre au district attorney de Washington. Je suis sûr que ça la ferait beaucoup rire.

— Nous lui en avons déjà parlé, et ça ne l'a pas fait rire. Au fait, Kathleen McGuigan nous a parlé, elle aussi. Comme vous ne l'avez pas rappelée, nous nous sommes permis d'aller la voir. Nous vous arrêtons pour vol à main armée, enlèvement et meurtre. Je vois que vous ne riez plus, docteur Francis.

Il continua de préparer son café. Je devinais qu'il réfléchissait à sa prochaine réplique.

— Vous remarquerez que je ne m'empresse pas pour autant d'appeler mon avocat.

— Vous devriez, lui dis-je. Il faut que vous sachiez autre chose. Szabo a fini par parler ce matin. Il notait toutes vos discussions dans un journal, docteur. On y lit ainsi que vous vous intéressiez à ses plans. Vous savez que c'est un homme qui place l'efficacité et la méthode au-dessus de tout. Il nous a dit qu'au cours de vos séances de thérapie, vous lui posiez davantage de questions sur les braquages de banque que sur lui-même. Il vous a montré tous les plans.

— Nous voulons l'argent, ajouta Betsey. Si nous récupérons l'argent, tout sera beaucoup plus facile pour vous. C'est la meilleure offre que nous puissions vous faire.

Francis suintait le dédain.

— Supposons un instant que je sois le fameux Cerveau auquel vous faites allusion. Ne croyez-vous pas que j'aurais mis au point un stupéfiant plan d'évasion ? Vous ne vous imaginez tout de même qu'il vous suffirait de débarquer ici et de me passer les menottes, j'espère ? Le Cerveau ne se laisserait pas capturer par deux ploucs de votre espèce.

À mon tour de sourire.

— Ça, je l'ignore, Francis. Nous, les ploucs, on pourrait vous surprendre. Je crois que maintenant, vous êtes livré à vous-même. À moins que Szabo vous ait également fourni un plan d'évasion. Mais franchement, ça m'étonnerait.

## 33

— Eh bien, justement, si, rétorqua Francis, dont la voix s'était abaissée d'au moins un octave. Il y avait toujours cette toute petite, cette infime chance que vous me mettiez la main dessus. Qu'on me condamne à la prison à vie. C'est absolument hors de question, vous comprenez. Cela ne se produira pas. Vous avez compris ?

— Je vous assure que ça va bel et bien se produire, insista Betsey d'un ton très ferme.

Ma main cherchait déjà mon arme. Soudain, le psychiatre s'élança vers la porte de verre menant au solarium. Je savais qu'il n'y avait pas d'issue. Qu'avait-il en tête ?

— Francis, non !

Betsey dégaina en même temps que moi, mais nous n'ouvrîmes pas le feu. Nous n'avions aucune raison d'abattre Bernard Francis. Nous nous lançâmes à sa poursuite sur les planches de la terrasse.

Arrivé à la rambarde, Francis fit l'impensable. Jamais, au cours de ma carrière mouvementée, je n'avais assisté à un geste aussi insensé.

Il plongea dans le vide, tête la première. Nous étions

au cinquième étage, et je voyais mal comment il pouvait survivre à un tel plongeon.

— Non, c'est pas vrai ! s'écria Betsey en se penchant.

Comme elle, je n'en croyais pas mes yeux. Francis venait de plonger d'une hauteur de cinq étages dans les eaux bleues et miroitantes d'une piscine. Il refit surface et gagna le bord à grandes brasses.

Je n'avais plus le choix. Sans hésiter, je me jetai à mon tour dans le vide.

Betsey m'imita.

La chute sembla durer une éternité. Nous n'entendions plus que nos propres hurlements.

C'est mon dos qui heurta le premier la surface de l'eau, avec un grand splash. Très mauvaise idée. J'eus l'impression que mes entrailles venaient subitement de changer d'emplacement.

Mon élan m'entraîna jusqu'au fond de la piscine, que je touchai assez violemment, mais très vite je pus remonter à la surface et regagner le bord à la nage. J'essayais de reprendre mes esprits, d'ajuster mon regard, de trouver un moyen d'empêcher la fuite du Cerveau.

En sortant de la piscine, j'aperçus Francis. Il courait vers les immeubles voisins en s'ébrouant comme un canard.

Nous le prîmes en chasse. Nos chaussures, pleines d'eau, couinaient horriblement, mais il fallait que nous le rattrapions coûte que coûte.

Francis allongeait le pas. J'en fis autant. Sans doute essayait-il d'atteindre une voiture garée dans l'un des parkings, ou un bateau dans une marina proche.

En dépit de tous mes efforts, je gagnais très peu de

terrain. Francis, lui, courait pieds nus, mais cela ne semblait pas le ralentir.

Il se retourna, nous aperçut. Puis vit, devant lui, quelque chose qui changeait tout.

Trois agents du FBI s'étaient postés sur le parking et le tenaient en joue. Ils lui hurlaient de s'arrêter.

Francis se figea, nous regarda, dévisagea les trois agents. Plongea la main dans la poche de son pantalon.

— Francis, non !

En me précipitant vers lui, je vis qu'il venait de saisir non pas une arme, mais un flacon de verre transparent. Il en versa le contenu dans sa bouche.

Il se prit subitement la gorge. Ses yeux doublèrent de volume. Il tomba à genoux, et j'entendis ses rotules craquer sur le bitume.

— Il s'est empoisonné, fit Betsey d'une voix étranglée. Mon Dieu...

Francis trouva la force de se relever et, épouvantés, nous le vîmes tituber dans le parking en battant des bras, le dos raide, comme un zombie sur une piste de danse. Sa bouche écumait. Il finit par s'écraser la face contre le capot d'une Mercedes gris métallisé, vite éclaboussé de sang.

Il poussa un hurlement, tenta de nous dire quelque chose, mais nous ne perçûmes qu'un gargouillis d'agonie. Le nez ruisselant de sang, il était agité de spasmes et de soubresauts.

Les agents du FBI continuaient de déferler, et les badauds affluaient. Nous ne pouvions plus rien faire pour Francis. Il avait tué, il avait empoisonné, il avait supprimé deux agents du FBI. Et maintenant, sous tous les regards horrifiés, il n'en finissait plus de mourir.

Il s'affala de tout son poids. Sa tête heurta le sol

avec un bruit affreux. Les spasmes semblaient se calmer. Un gargouillis terrifiant s'échappa de la gorge de Francis.

Je me mis à quatre pattes à côté de lui.

— Où est l'agent Doud ? Où est Michael Doud ? Je vous en prie, dites-le-nous.

Il me regarda, et prononça les mots que je ne voulais surtout pas entendre.

— Vous vous êtes trompés de mec.

Et il rendit l'âme.

Épilogue

# Le vrai coupable

## 1

Deux semaines s'étaient écoulées, et ma vie reprenait lentement un cours relativement normal. Pas un jour ne se passait, pourtant, sans que j'envisage de quitter la police. Était-ce le stress de l'affaire du Cerveau, était-ce l'accumulation des enquêtes ? Je commençais à donner de sérieux signes de fatigue professionnelle.

Le FBI s'énervait : on n'avait toujours pas retrouvé la plus grande partie des quinze millions de dollars. Betsey passait presque tout son temps à tenter de localiser la rançon. Ses week-ends étaient pris, et je ne la voyais plus. Ne m'avait-elle pas dit en Floride : « Tu sais que tu vas me manquer ? »

Et ce soir-là, tout était la faute de Nana. Enfin, tel était mon avis. Elle nous avait piégés, Sampson et moi.

Nous nous trouvions dans la très ancienne et vénérable église baptiste de la Quatrième Rue, à deux pas de chez moi, entourés d'hommes et de femmes en sanglots. Le pasteur et sa femme répétaient à qui voulait l'entendre que ces débordements d'émotion étaient bénéfiques, qu'il fallait évacuer la haine, la peur, le poison en nous. Toute l'assemblée s'était donc mise au diapason. Sauf nous, qui ne pleurions pas.

Sampson se pencha vers moi et me glissa :

— Je m'en souviendrai, de la petite soirée de Nana Mama.

Cela me fit sourire. Beaucoup de choses lui échappaient encore, chez cette dame qu'il connaissait depuis l'âge de dix ans.

— Elle pensait bien faire. Et puis, pense à toutes les fois où elle nous a évité le pire quand on était gosses et qu'on faisait les quatre cents coups.

— Bon, d'accord, je veux bien, ma poule. Mais ce plan-là vient d'effacer une grande partie de mes dettes.

— Tu prêches un converti, lui dis-je.

— Si j'avais su, j'aurais apporté des mouchoirs.

John et moi étions coincés entre deux femmes qui pleuraient à chaudes larmes, clamaient des prières, lançaient des *amen!* et autres cris du cœur. L'événement s'appelait « Pardonne-moi, ma sœur ». Ce genre d'office était de plus en plus populaire à Washington. Des hommes se réunissaient dans les églises ou d'autres lieux pour rendre hommage à toutes les femmes victimes de violences physiques ou verbales, ainsi qu'à celles qu'ils avaient eux-mêmes fait souffrir.

— C'est si gentil à vous d'être venu ! clama subitement la jeune femme assise à côté de moi, d'une voix si forte qu'elle couvrit sans peine le concert de hurlements auxquels nous assistions. (Elle me prit l'épaule.) Vous êtes un homme bien, Alex. Il n'y en a pas beaucoup.

— Ouais, c'est bien mon problème, fis-je à mi-voix avant d'ajouter, assez fort pour qu'elle puisse m'entendre : Pardonnez-moi, ma sœur. Vous aussi, vous êtes quelqu'un de bien. Vous êtes adorable.

Sa main se fit plus ferme. Elle était vraiment adorable. Elle s'appelait Terri Rashad. Une petite trentaine d'années, beaucoup de charme, assez fière, elle était presque toujours de bonne humeur. Je l'avais déjà croisée dans le quartier.

J'entendis Sampson dire à sa voisine de banc :

— Pardonne-moi, ma sœur.

— Je ne sais pas si je vais te pardonner, lui rétorqua Lace McCray. Merci quand même. Finalement, tu es moins mauvais que je le pensais.

Sampson me poussa du coude et me chuchota de sa voix grave :

— C'est émouvant, en fait. Nana a peut-être eu raison de nous faire venir.

— Elle le sait parfaitement. Elle a toujours raison. C'est Oprah Winfrey, version quatrième âge.

Et tandis que les chants, les plaintes et les sanglots atteignaient un nouveau palier sonore, Sampson me demanda comment j'allais.

Je pris le temps de réfléchir.

— Oh, Christine me manque, mais on est très contents d'avoir le petit avec nous. Nana prétend que ça va rallonger son espérance de vie de plusieurs années. Alex nous apporte beaucoup de fraîcheur, du matin au soir. Il doit croire qu'on est tous à son service.

Christine était partie s'installer à Seattle à la fin juin. Elle avait fini par me révéler sa destination, et j'étais allé lui dire au revoir à Mitchellville. Sa voiture neuve était bourrée jusqu'au toit, et tout était prêt. Au moment de partir, elle s'était jetée dans mes bras, s'était mise à pleurer, le corps secoué de sanglots, en murmurant : « Un jour, peut-être. »

Un jour, peut-être...

Ce jour-là, elle vivait dans l'État de Washington, et moi j'étais dans cette église baptiste, à deux pas de chez moi. Je soupçonnais Nana d'essayer de me trouver une compagne. C'était assez drôle, finalement, et je me mis à rire.

— Tu demandes aux sœurs de te pardonner, Alex ?

Sampson devenait sensiblement plus loquace.

Je le dévisageai, puis mon regard fit le tour de l'église.

— Bien sûr. Ici, c'est plein de gens bien qui font du mieux qu'ils peuvent. Ils réclament juste un peu d'amour de temps en temps.

— Pas de mal à ça, fit-il en me broyant l'épaule de la main.

— Non, absolument pas. On fait du mieux qu'on peut.

## 2

Deux soirs plus tard, j'étais en train de jouer du piano sur la terrasse. Il devait être 23 h 30, et toute la maison dormait. J'aimais ce silence, ce sentiment de paix. Je venais juste de monter voir Alex ; il dormait à poings fermés, comme un petit ange dans son berceau. Je jouais *Rhapsody in Blue* de Gershwin, une de mes œuvres préférées.

Je pensais à ma famille, à notre vieille maison de la Cinquième Rue à laquelle j'étais tellement attaché, en dépit de tous les problèmes que connaissait le quartier. Je commençais à avoir les idées un peu plus claires. Peut-être devais-je remercier les hurlements et les pleurs de l'église baptiste. Ou peut-être Gershwin.

Le téléphone sonna. Je dus me précipiter vers la cuisine pour décrocher avant que tout le monde soit réveillé — surtout le petit A.J., comme Jannie et Damon avaient commencé à le surnommer.

C'était Kyle Craig.

Kyle ne m'appelait quasiment jamais chez moi, et jamais à une heure aussi tardive. C'était l'un de ses coups de fil qui avait marqué le départ de l'affaire du Cerveau.

— Kyle, pourquoi m'appelles-tu ici ? Que se passe-t-il ? Je te préviens : je ne suis pas prêt à me lancer dans une nouvelle enquête.

Et il me répondit, d'une voix toute douce, si calme :

— C'est horrible, Alex. Je ne sais pas comment t'annoncer ça. Putain, Alex, Betsey Cavalierre est morte. Je suis chez elle en ce moment. Il faudrait que tu viennes. Viens.

Une minute s'écoula, et je dus raccrocher machinalement. J'avais les bras et les jambes en coton. Je me mordais la joue, je sentais un goût de sang dans ma bouche. Ma tête tournait. Kyle ne m'avait pas tout dit. Je devais juste me rendre chez Betsey. Quelqu'un était venu chez elle et l'avait tuée. Qui, mon Dieu, et pourquoi ?

J'étais en train de m'habiller lorsque le téléphona sonna de nouveau. Quelqu'un d'autre venait m'annoncer la mauvaise nouvelle. Probablement Sampson, ou alors Rakeem Powell.

La voix que j'entendis à l'autre bout du fil me glaça d'effroi.

— Je voulais simplement vous féliciter. Vous avez fait un travail merveilleux. Vous avez capturé et puni tous mes petits laquais, comme je le prévoyais. Pour tout vous dire, ils étaient là pour cela.

— Qui est-ce ? demandai-je, mais j'avais déjà une petite idée.

— Vous savez qui je suis, docteur inspecteur Cross. Vous êtes suffisamment intelligent. Vous avez dû vous rendre compte que l'arrestation du bon Dr Francis était très opportune. Un peu trop, sans doute. Tout comme celle de mes amis enquêteurs, M. Brian Macdougall et son équipe. Et puis, bien sûr, il y a toujours le problème de cet argent qu'on n'a pas retrouvé. Je suis celui que vous appelez le Cerveau. Ce surnom ne me déplaît pas. Il est assez mérité. Je suis extrêmement doué.

« Je vous souhaite donc une bonne nuit. Nous nous reverrons bientôt. Ah, au fait, amusez-vous bien chez Betsey Cavalierre. Moi, j'y ai passé un excellent moment.

## 3

Mon premier réflexe fut d'appeler Sampson pour lui demander de venir tenir compagnie à Nana et aux enfants. Puis je fonçai à Woodbridge en Virginie, où se trouvait la maison de Betsey. Je fis quasiment tout le trajet sur la bande d'arrêt d'urgence, en dépassant parfois le cent soixante.

Je n'étais encore jamais venu, mais la maison n'était pas difficile à trouver : il y avait des voitures garées en double file, des Crown Victoria, des Grand Marquis. La plupart devaient appartenir au FBI. Les secours étaient déjà sur place, et j'entendais d'autres sirènes hurler dans le lointain.

J'entrai après avoir respiré à fond, mais une sensation de vertige s'empara très vite de moi. Kyle était toujours là. Il dirigeait les hommes de l'Unité des crimes violents qui avaient entrepris de rassembler les indices. Je doutais qu'ils pussent trouver quoi que ce soit sur place. C'était visiblement la première fois qu'ils intervenaient sur un lieu où avait sévi le Cerveau.

Certains agents du FBI étaient en pleurs. Moi, j'avais sangloté pendant tout le trajet mais maintenant que j'étais sur place, je devais être aussi lucide et concentré que possible. C'était le seul moyen d'avoir une vision de la maison proche de celle du tueur.

Il était manifestement entré par effraction. Les techniciens du FBI avaient trouvé des traces autour d'une des fenêtres de la cuisine, et ils étaient en train de faire un enregistrement vidéo. Tout ce qui était ici — les objets, les meubles, le décor — me rappelait Betsey. Sur le réfrigérateur, je vis un *Newsweek* avec, en couverture, Brandi Chastain, championne du monde de football féminin, et le titre : « Les filles font la loi ! »

La demeure, sans doute vieille d'une centaine d'années, recelait un invraisemble bric-à-brac campagnard. Je remarquai des reproductions d'Andrew Wyeth, des photos de plongeurs s'en donnant à cœur joie sur un superbe lac, en automne. Une convocation à une séance de tir obligatoire au stand du FBI traînait sur la console de l'entrée.

Restait à faire le plus dur, l'impossible. Un long couloir menait à la chambre à coucher, et à en juger par le nombre d'agents du FBI regroupés à cet endroit, c'était là qu'avait eu lieu le crime.

Je n'avais toujours pas dit un mot à Kyle, je ne voulais pas le déranger pendant que lui et son équipe passaient la maison au peigne fin. Peut-être aurions-nous, cette fois-ci, un peu de chance. Peut-être pas.

Puis je vis Betsey, et je crus devenir fou. Comme dotée d'une volonté qui lui était propre, ma main gauche me voila les yeux. Mes jambes faiblirent. Je me mis à trembler de tout mon corps.

J'entendais encore cette voix résonner dans ma tête : « Ah, au fait, amusez-vous bien chez Betsey Cavalierre. Moi, j'ai passé un excellent moment. »

Betsey devait dormir. Il l'avait dénudée, mais je n'apercevais pas les vêtements dans la pièce. Le corps de Betsey était couvert de sang. Cette fois-ci, il s'était servi d'un couteau. Il l'avait punie. Il y avait du sang partout, et surtout entre ses jambes. Betsey fixait le plafond de ses beaux yeux marron, mais elle ne voyait rien.

Le médecin légiste vit que j'étais là. C'était Merrill Snyder. Je le connaissais. Nous avions déjà fait du bon travail ensemble. Nous n'avions cependant jamais été confrontés à une scène aussi horrible.

— Il est possible qu'elle ait été violée, murmura-t-il. En tout cas, le couteau est passé par là. Il a peut-être voulu effacer les traces de son passage. Comment savoir, Alex ? Il faut vraiment être malade. Vous avez une idée ?

— Oui, répondis-je à mi-voix. Je veux le tuer pour ça. Et je le ferai.

## 4

Le tueur était présent chez Betsey Cavalierre. Il éprouvait un mélange de tristesse ct de haine — à leur égard — qui le grisait littéralcment. Il était en train de vivre l'un des moments les plus palpitants de sa carrière.

Pouvoir être là, en même temps que les enquêteurs de la police et du FBI...

Pouvoir les toucher, bavarder avec eux, les écouter le vouer à tous les diables, les entendre pleurer leur collègue assassinée, sentir leur peur. Ils bouillonnaient de rage.

Et pourtant, ils ne pouvaient strictement rien faire contre lui.

Il avait marqué le coup. Il avait la situation en mains.

Il s'était même offert le luxe de rendre une nouvelle visite à Betsey Cavalierre, qui avait cru pouvoir, un jour, accéder au sommet dc la hiérarchie du Bureau fédéral.

Quel orgueil démesuré...

Croyait-elle vraiment faire partie des meilleurs éléments, des grosses têtes du FBI ? Oui, bien sûr. Aujourd'hui, tout le monde se prenait pour un génie.

Elle faisait moins la fière maintenant, à poil et baignant dans son sang, violée de toutes les façons qu'il avait pu imaginer.

Il vit Alex Cross sortir de la chambre. Un Cross qui avait enfin perdu toute sa superbe, mais qui jurait de faire justice et ne parvenait pas à cacher sa colère.

Il s'assura que son visage affichait bien la bonne expression — celle qu'il adoptait pour jouer — et alla trouver Alex Cross.

Le grand moment était arrivé.

— Je suis vraiment désolé pour Betsey, déclara Kyle Craig, le Cerveau. Je suis vraiment désolé, Alex.

*Impression réalisée sur Presse Offset par*

BRODARD & TAUPIN

GROUPE CPI

24268 – La Flèche (Sarthe), le 25-05-2004
Dépôt légal : juin 2004

POCKET – 12, avenue d'Italie - 75627 Paris cedex 13
Tél. : 01.44.16.05.00

*Imprimé en France*